Elbie Lötter

Dis ek, Anna

Tafelberg

Tafelberg-Uitgewers,
Heerengracht 40, Kaapstad 8001

Omslagontwerp: Hanneke du Toit
Omslagfoto: www.gettyimages/galloimages.com
Geset in 10.5 op 14.5 pt Melior deur Alinea Studio, Kaapstad
Gedruk en gebind deur Paarl Print,
Oosterlandstraat, Paarl, Suid-Afrika
Eerste uitgawe, eerste druk 2004

Tweede druk 2004
Derde druk 2004
Vierde druk 2004
Vyfde druk 2004
Sesde druk 2005
Sewende druk 2005
Agtste druk 2005

ISBN 0 624 04226 X

Vir Lovey en C.J.

Ek was agt jaar oud toe my ma oom Danie huis toe gebring het. Agt jaar. Vandat ek agt was, tot met sestien jaar, was my lewe . . . anders. Dis al woord waaraan ek kan dink om my lewe te beskryf. Anders. Daarom sit ek vandag, nou, in my motor, op die pad vir agt uur, sodat ek agt jaar van onreg, van hel kan uitwis. As alles goed gaan, staan ek môre-oggend drie-uur voor hulle deur. Drie-uur op 'n weeks-oggend in Bloemfontein. Dis goed. Hulle sal nog vas aan die slaap wees. Is dit nie so dat die meeste misdaad in hier-die dooie uur plaasvind nie? Maar voor ek daar kom, voor ek iets kan doen, moet ek dít wat ek so lank onderdruk en uit my geheue gewil het, voor my sien. Dan, wanneer ek die pyn onthou, dit vóél, sal ek die moed hê om te doen wat ek moet. Ek moet dit weer kan sien, ek moet dit kan voel. Soos ek hom gaan sien, soos ek sy vrees gaan ruik.

My vroegste herinnering dat alles tussen my pa en ma nie goed was nie, kom uit my sesde jaar. Ek was in die kleuter-skool, terwyl my ouers bedags gewerk het. My pa was 'n sersant in die SA Polisie, my ma het by Bantoe Adminis-trasie gewerk. Ons het op 'n plattelandse dorpie in die Oos-Kaap gewoon.

1

Ek en my ma was in die sitkamer. Die radio het saggies in die agtergrond gespeel. Ek was besig om 'n toring van my houtblokkies te bou, my ma het net gesit. Soos een wat dood was. Of dood wou gaan. Toe stap my pa in, en daar kom lewe in my ma.

"Kyk mooi na hom, jou pa!" skree sy. "Hy is nie meer lief vir jou nie, Anna. Ook nie meer vir my nie."

"Johanna!" waarsku my pa, maar my ma was buite haarself.

"Wil jy die waarheid vir jou kind wegsteek?" Sy snak na asem, skree nog harder: "Hy is liewer vir 'n ander vrou met drie kinders as vir ons. 'n Slet! Dis by háár wat hy wil wees, Anna. Alta die slet en haar drie kinders!"

Alta. Tot vandag toe haat ek daardie naam met 'n passie. Ek kan ook nie onderskeid tref tussen daardie Alta en ander Altas nie. As ek een ontmoet, word sy dadelik die vrou wat my pa van my gesteel het, die een met die drie kinders vir wie my pa liewer was as vir my. Ek is dadelik antagonisties teenoor die draer van die naam.

My pa het sonder 'n woord verbygestap en gaan stort, ná die tyd op die dubbelbed gelê en rook. Ma het opgestaan, uitgestap. Ek gaan lê by my pa, styf in sy arms, soos altyd. Toe stap sy in met Pa se dienspistool in haar hand.

"Vark! Jou fokken vark! Ek sal jou doodskiet. Dis wat 'n man verdien wat sy vrou en kind eenkant toe stoot vir 'n ander vrou!"

Ek was nie bang nie, miskien omdat ek nie geweet het mens moet bang wees as jou ma dreig om jou pa te skiet en hy trek jou oor sy bors en sê: "Skiet maar!" nie. Later jare, elke keer wanneer ek die toneel weer onthou het, het ek gewonder wie was lief vir my. My ma wat toe nie geskiet het nie, of my pa wat my gebruik het om my ma daarvan te weerhou om hom soos . . . 'n vark . . . dood te skiet.

My pa was die vriendelike een in ons gesin. Die een wat graag vir my tyd gemaak het. Wat my saamgesleep het, soms teen my wil, na rugby- en krieketwedstryde. Hy het kort-kort by sulke wedstryde lemoene uitgehaal en gerol tot hulle sag van binne was. Die lemoene was in twee aparte houers verpak. Myne was pure lemoen, die sap het taai teen my ken afgeloop, my vingers aan mekaar laat vassit. My pa het syne die vorige aand in die geheim met spuitnaalde vol brandewyn gedokter sodat hy ná die wedstryd nog vroliker was. As ons ná die wedstryd by die huis opdaag, vol lag, veral as ons span gewen het, sou my ma soos 'n dreigende donker donderwolk oor ons uittroon. Sy sou niks sê nie. My net kamer toe stuur ná ete. Haar woorde sou sy laat opbou tot sy so barstens toe vol van woorde was dat sy nie anders kon as om te skree nie. Op my pa. Nie op my nie. Nie toe nie. Terwyl ek in my bed opgekrul lê, toegerol in my komberse om die snerpende koue af te weer, het woorde, frases deur die mure gesyfer. "Hoe kan jy? Kan jy nie meer verantwoordelik wees nie? Hoe bang dink jy is sy as jy só lyk? Kar omgooi . . . ongeluk . . . Jy is veronderstel om die pa te wees, iemand na wie sy kan opkyk!"

Aan en aan tot ek van skone uitputting aan die slaap raak. Wat my altyd sal bybly, is dat ek nooit my pa se stem gehoor het nie. Asof hy nie daar was nie. Asof hy homself toe al onttrek het.

Een Sondagoggend ná kerk het ek die moed bymekaar geskraap om met my ma te praat.

"Mamma, Pappa kyk mooi na my as ons gaan rugby kyk, ek is nie bang nie."

"Anna," en toe kom sit sy voor my op haar knieë sodat

sy my in die oë kan kyk, "ek weet dis vir jou lekker, ek weet jy het pret, maar dit is nie die regte manier van doen nie. Jou pa is veronderstel om jou te beskerm, met sy lewe as dit moet, nie jou lewe op die spel te plaas nie. Dit is ongelukkig wat gebeur wanneer hy drink en bestuur. Dan kan hy oordeelsfoute begaan. Dan raak dit gevaarlik. Verstaan jy?"

Ek het nie, maar ek het geknik: ja.

Ek kon nie verstaan hoe dit gevaarlik kan wees om pret saam met jou pa te hê nie. Ek is ná daardie dag verbied om saam met my pa te gaan rugby kyk. Ek moes op die stoep staan en vir hom waai, terwyl hy wegry.

Die Saterdag ná my ma met my pa geraas het omdat hy drink en bestuur, het ek en hy gaan visvang. Ek weet nie hoe my pa my ma oorreed het dat ek saam met hom kon gaan nie, maar dié keer het sy niks gesê nie. My net styf teen haar gedruk voor ek in die kar geklim het. Ons het nooit by die see visgevang nie, al was dit naby genoeg. "Te rof," het hy gesê. "Ek is 'n gebore Vrystater, ons vang vis, ons hengel nie, en definitief nie in die see nie."

Daarom was ons daardie dag langs die dam. Dit was nie 'n groot dam nie, net groot genoeg vir visvang. Dit was 'n mooi dag. Die son het warm geskyn, die wind het nie daardie dag gewaai nie, en my pa het genoeg koeldrank en eetgoed saamgebring sodat ons nie sou honger of dors ly nie.

"Anna," het hy gesê, maar nie na my gekyk nie, hy het oor die water uitgestaar asof hy hulp soek, "ek en Mamma het besluit om te skei. Weet jy wat skei beteken?"

"Ja." Baie kinders in my kleuterskoolklas se ouers was geskei. Dit het beteken dat hulle twee huise het en twee geskenke kry met hulle verjaardag en met Kersfees.

"Pappa wil hê jy moet weet dat ek en Mamma jou baie

4

liefhet. Dit is nie jou skuld dat ons gaan skei nie. Ons, ek en Mamma, hoort net nie meer bymekaar nie. Verstaan jy?" Nou het hy vir my gekyk. "Ek is jammer, Anna, dat ek dit aan jou doen." Die trane het in sy oë begin wys.

Ek het sy hand vasgehou, dit 'n drukkie gegee. "Dis orraait, Pappa."

Van die egskeiding self onthou ek nie veel nie. Net dat my kat dieselfde dag doodgery is, en dat my pa my daarvan kom sê het net voor ons verhuis het. My hart was gebreek. Oor die kat? Oor die egskeiding? Dit weet ek nie. Ek weet net dat my hart nog altyd wil breek as ek aan daardie dag dink.

Na die egskeiding het ek en my ma stad toe getrek. By die see. My pa het 'n verplasing aangevra en ook in die stad kom bly. Hy het vir hom 'n huis naby die see gehuur. "Omdat ek net te veel na my meisiekind verlang," het hy gesê.

My ma het gewerk en ek het by Paulina gebly. Paulina Willemse het kort na ons intrek aan ons deur kom klop vir werk. Mens kon sien sy kry swaar. My ma moet haar jammer gekry het, want sy het die volgende dag by ons kom werk. Sy het baie jare by ons gebly. Paulina was die een wat soms, veral as my ma met my geraas het, haar busgeld gevat en vir my roomys gaan koop het. Dan het ek op my maag op die mat gelê en aan die een kant van die roomys gelek. Spokie, die wit kat wat my ma vir my gekoop het na ons ingetrek het, het aan die ander kant sit en lek.

"Hoekom koop jy vir my roomys, Paulina? Vanmiddag sal jy huis toe moet stap. En dis ver."

"My kinders bly by my suster. As ek vir jou goed is, sal die Here kyk dat sy vir my kinders ook goed is." Sy het met haar hande voor haar maag gevou gestaan, die maag effens uitgestoot, 'n glimlag om haar mond en oë. Paulina het altyd so gestaan. Ek was baie lief vir haar.

5

Ek het my kat gehad, vir Paulina bedags, ballet twee keer 'n week, my ma saans en my pa elke tweede naweek. Ek was gelukkig.

Eers baie later het ek begryp dat hulle moes skei. Ek het hulle nog nooit kwalik geneem nie. Hulle het so min by-mekaar gepas soos sneeu in die wildtuin. My ma was hiper-netjies, 'n pyn eintlik, sy het nie gerook of gedrink of paarties gehou nie. Sy het dit gehaat. My ma was elke Sondag in die kerk, en ek elke Sondag in die Sondagskool. My pa het gerook en gedrink. Baie. Hy was mal oor vrouens en paarties. My ma het geglo dat dit 'n dodelike kombinasie was, en soos gewoonlik was sy reg; hy het Alta by 'n paartie ontmoet en toe hy te veel gedrink het, het hy saam met haar in die bed gespring en eindelik by haar en haar drie kinders in haar huis wat een van haar vorige mans betaal het, beland. Net soos my ma voorspel het dat dit eendag sou gebeur.

Hy het 'n uitval met die dominee gehad voor my ge-boorte, omdat hy nie as diaken ná die diens in die konsis-torie wou afsluit met gebed nie en toe deur die dominee gedwing is. Hy het 'n belofte gemaak dat hy nooit weer kerk toe sou gaan nie.

"Mense, Anna," het hy my op 'n dag gesê, "glo dat God in die kerk bly. Dat die predikant ons voorspraak by Hom is. Hulle is verkeerd. Hy bly hiér." Hy het sy hand op sy bors gedruk. "As jy Hom nie hier binne het nie, sal jy Hom nie in 'n kerk kry nie."

Hy het daardie belofte net een keer verbreek, en dit was die dag met my doop. Ek vermoed nog altyd dat my ma hom met iets verskrikliks gedreig het as hy nie saam met haar voor die preekstoel gaan staan nie. Selfs met sy begrafnisdiens is ons nie toegelaat om sy kis in die kerk in te bring nie.

Nee, ek het hulle nooit kwalik geneem nie.

Skool was alles waarvan ek gedroom het. Ek het leer lees, skryf, somme maak. Ek het van alles gehou, maar die meeste van lees. Met lees was daar nie perke in my wêreld nie. Ek het ander kinders asof vir die eerste keer gesien. Soos kinders werklik is. Lief vir speel, lief vir sports. Seuns het my gefassineer. Seker omdat ek hulle nie geken het nie. Wat maak hulle anders? Daarom, toe 'n seun in my klas my een pouse vra of ek na sy tottermannetjie wil kyk, het ek my nie twee keer laat nooi nie. Eenkant, weg van die ander kinders, onder 'n boom, het hy sy broek laat sak en my 'n vinnige kykie laat kry. 'n Wurmpie, het ek gedink.

"Ek het jou gewys, wys my nou joune!" het die seuntjie aangedring.

Ek het my rokkie hoog opgetrek, my broekie laat sak. Die geskokte uitdrukking op sy gesig terwyl hy oor my skouer na iets kyk, het my die broekie vinnig weer laat optrek.

Om op sewe in meneer Van Pletzen se kantoor te staan, terwyl hy jou ma bel, is angswekkend.

Sy het die hele pad huis toe nie met my gepraat nie. My kamer toe gestuur met: "Ek kan nie eens na jou kyk nie!" en sies in haar oë. Dat ek haar dit aangedoen het, kon ek myself nooit vergewe nie. Ek sal die hartseer en teleurstelling in haar oë nooit vergeet nie. Ek het geweet wat ek gedoen het was stout, maar ek het nie gedink dit was so erg stout nie.

My ma het my pa gebel, vir my kom sê dat ek nie uit my kamer mag kom nie, hulle wil privaat gesels. Daardie aand het daar nie net woorde deur die mure gesyfer nie, maar 'n gesprek. 'n Eensydige gesprek, soos gewoonlik.

"Waar kom sy daaraan?"

Stilte.

"Dit kan nie normaal wees nie, nie alle kinders doen dit nie."

7

Stilte.

"Sy kry dit van jou."

Stilte.

"Dit moet geneties wees."

Stilte.

"Dis nie 'n grap nie. Jy is nie die een wat voor die skool-hoof moes staan nie. Wat maak ons groot, ek en jy? 'n Slet! Dis omdat jy nooit jou man teen haar staan nie. Sy draai jou om haar pinkie."

Stilte.

My pa het my die volgende oggend skool toe gevat om-dat my ma nog nie vir my kon kyk nie. "Pappa," het ek hom gekeer toe ons voor die skoolhek stilhou, "wat is 'n slet?"

"Waar kom jy aan daardie woord?"

"Ek het gehoor toe Mamma —"

Hy het sy hand die lug in gehou, my gekeer. "Anna, wat jy gister gedoen het, was nie sonde nie. Jy was nuuskierig, en dit is normaal. Ek weet dat jy nie stout wou wees nie. En dis mos al wat saak maak, of hoe?"

Ek het geknik, nog steeds nie seker wat slet beteken nie.

"Anna, wat jy ook al doen, Pappa sal altyd vir jou lief wees. Onthou dit."

"Mamma sê ek is 'n vrot appel in haar boom. Ek moet luister na haar, dan sal my en haar lewe beter wees."

"Jou ma sê baie dinge. Ek sou my nie so daaraan steur as ek jy was nie. Toe, draf, die klok het al gelui."

My ma het ná die skoolepisode baie lank nie met my ge-praat nie, sy was te kwaad. Maar op 'n dag het sy tog weer vriendeliker opgetree, my eetkamer toe geroep en by die tafel maak sit.

"Anna," het sy begin, "ek wil hê jy moet mooi luister. Sal jy?"

Ek het ja geknik.

"Dit is nou net ek en jy. Jou pa wil ons nie meer hê nie. Ek gaan van nou af harder moet werk en jy ook. Ek wil hê dat jy jou beste in die skool moet doen. Hard moet werk. Verstaan jy?"

Ek het weer geknik: ja.

"Anna," het sy swaar gesug, "ek het nog nooit met jou gepraat oor daardie dag by die skool nie." Ek het my kop laat sak. Sy het nie nodig gehad om meer te sê nie, ek het geweet na watter dag sy verwys. "Ek wil net vir jou sê dat ek nie meer vir jou kwaad is nie. Maar," en sy het haar vinger voor my neus geswaai, "dit mag nooit ooit weer gebeur nie, hoor jy? Wat jy gedoen het, was vuil, 'n mens se hande val sommer af as mens daar vroetel. Verstaan jy?"

"Ja, Mamma." Bedees.

"Nou goed." Sy het opgestaan. "Dan verstaan ons mekaar. Dis ons kans dié, Anna, om 'n nuwe begin te maak."

Ons lewe het 'n rustige patroon aangeneem. My en my ma s'n. Ons het geleer om met mekaar se nukke saam te leef. Sy was minder streng. Meer verdraagsaam. Al het sy my nog steeds gedwing om rokke, wat ek gehaat het, te dra. My klasmaats het die somers in kortbroeke baljaar, ek moes in rokkies rondsit. By my pa het ek twee jeans en toppies gebêre. Hy het dit die vorige vakansie vir my gekoop. Dáár kon ek dit dra. My ma het jeans gehaat, dit as die klere van ducktails beskou. Wanneer my pa my kom oplaai het, het hy altyd netjiese langbroeke gedra, het ek opgemerk, maar by die huis het hy ook vinnig in sy jeans geklim. Al wat hy nie vir haar kon wegsteek nie, was sy baard. Dít het sy ook gehaat. Sy het afkeurend na hom gekyk, maar niks gesê nie.

Naweke saam met my pa was waarna ek die meeste uitgesien het. Hy het vir my altyd 'n klein geskenkie gehad, maar dít was nie die lekkerste nie, die lekkerste was dat ons saam was, soos in die ou dae. Ons het weer gaan rugby kyk, gaan visvang. En daar was niemand by my pa se plek wat vir ons vangs neus optrek nie! Ons het saam die vis skoongemaak, in happies gesny en gebraai. My pa het nie lank saam met Alta gebly nie. Hy het wel nog by haar gekuier, maar op my naweke het hy haar laataand, wanneer ek al moes slaap, gebel. Ek het haar nooit gesien nie. Dit was net mý naweke.

My ma het as verkoopsdame by 'n afdelingswinkel gewerk, iets wat sy gehaat het. "Ek moet ander werk probeer kry," het sy menigmaal moedeloos gesê. "Ek voel dat ek daar in 'n doodloopstraat is, dit is dieselfde patroon oor en oor."

Soms het ek haar so jammer gekry. Sy was nie gelukkig nie, mens kon dit sien. Haar hart was seer oor my pa. Oor haar werk. Sy het baie gehuil, soms net die niet in gestaar. Nie veel aandag aan my gegee nie, nie dat ek haar ooit daarvoor kwalik geneem het nie. Maar in sekere opsigte was die eerste twee jaar dat ons alleen was, hel. Dit was soos om aan die buitekant in die koue te staan en deur 'n venster die gelukkige huisgesin daar binne om die kaggel dop te hou: Van my klasmaats se ouers was ook geskei, dit is waar, maar daar was ook baie ander wie se ouers nog bymekaar was. Die verskil tussen die twee groepe was vir my ooglopend. Kinders wat uit 'n gelukkige huisgesin kom, so het ek dit gesien, is net gelukkiger, minder buierig, én hulle kruip minder gat, by die onderwyseres en by maats.

Ek was agt jaar oud, en in sub B, toe juffrou Lubbe ons eerste Engelse leesboekies uitdeel.

"Lees net die eerste bladsy vir môre," was haar opdrag.

Ek kon nie. Ek het dieselfde middag die hele boekie deurgelees. Die naam van die boek kan ek glad nie herroep nie, dalk omdat die titel nie vir my belangrik was nie; die storie het gegaan oor 'n kameelperd, 'n olifant en 'n leeu. Die vreemde woorde het die eerste keer swaar oor my lippe gekom, die tweede keer makliker. Trots het ek die volgende dag vir juffrou Lubbe vertel dat ek klaar is met die boek. In haar oë kon ek sien sy glo my nie.

"Moet ek vir Juffrou lees?" het ek aangebied.

Sy was so beïndruk, sy het my die ganse oggend in die skool rondgesleep sodat ek vir al die onderwysers kon lees.

My ma was so trots toe ek haar die aand vertel dat sy hardop gelag het. Ek het selfs roomys na ete gekry. My ma het so selde gelag dat ek my voorgeneem het om nog harder te leer sodat sy meer gereeld vrolik kon wees. Sy het my pa gemis, ek kon dit sien. Sy het dit nooit gesê nie, maar ek het geweet dis na hom wat sy verlang as sy saans in haar bed lê en huil. Sy het baie gehuil die laaste ruk. Veral as my pa my na 'n naweek kom aflaai het. Hy het altyd ingekom. Bietjie met my ma gesels. Soms koffie gedrink. Ek het altyd gesorg dat ek weer my rokkie aanhet as hy my aflaai. Die ander rokke opgefrommel in my tas gedruk sodat sy nie moet weet en vir hom kwaad wees nie. Want dis al wanneer haar oë geglimlag het. Wanneer my pa daar was.

Toe bring Ma vir Danie du Toit huis toe.

"Ek het mos vir jou vertel dat ek verlede week 'n nuwe werk gekry het," het sy glimlaggend gesê, "dis nou my nuwe baas."

"Hallo, mooi ding," groet hy en buk af om my kat te streel. Ek het dadelik van hom gehou, en hoekom nie? Hy was 'n mooi man, lank, donker met blou oë, hy het gedink ek is mooi en hy het van my kat gehou.

"My naam is oom Danie, jou ma werk vir my, ek's haar departementshoof."

"Hallo, oom," groet ek bedees, soos deur my ma geleer. Ma het opgestaan om koffie te gaan maak, ek het met oom Danie gesels. Ek kan nie onthou oor wat alles nie, maar hy het my vertel dat hy 'n seun het wat so oud soos ek is, en dat die kind by sy ma bly, soos ek by myne. Hy sal hom volgende keer saambring, dan kan ons lekker speel.

"Werk Ma nou lekker?" het ek gevra terwyl sy suiker en melk na oom Danie uithou.

"Baie." Sy het glimlaggend na hom gekyk.

"Ek is bly, Mamma." Na hulle koffie gedrink het, is ek kamer toe gestuur om te gaan speel, en kort daarna om te bad en toe bed toe.

My pa het ook in dié tyd weer begin kuier; sy verhouding met Alta het tot 'n einde gekom toe hy haar in die middel van die dag met haar vriendin in die bed vang. My ma het haar kop geskud en triomfantlik geglimlag. "Ek het jou mos gesê!" Terwyl my pa kop onderstebo voor haar staan. Daar was 'n hartseer aan hom. Ek kon sien.

My ma het daarna selfs een Saterdag saamgegaan na 'n krieketwedstryd waarin my pa gespeel het. Ek was so trots op hom, my pa. Hy was die paaltjiewagter. Ek en my ma het op die pawiljoen tussen die ander trotse kinders en vrouens gesit. Ek met 'n rok aan, lang wit kouse wat tot by my knieë kom, swart skoene. Soos vir kerk. Geen papgerolde lemoene nie, in plaas daarvan het sy nou en dan my plastiekglas gevat en van die aangemaakte Oros daarin geskink. Terwyl die ander kinders blikkies Coke en roomys vashou.

Alles het so skielik gebeur, ek weet nou nog nie presies hoe dit gekom het nie. Die bouler het ingekom en geboul, my pa het agter die paaltjies gewag, en toe, skielik, sak hy vooroor op sy knieë, sy hande oor sy voorkop geslaan. Van waar ons sit, kon ek die bloed deur sy vingers sien sypel.

Ons het met hom hospitaal toe gejaag. Daar was gelukkig nie ander skade nie, het die dokter ons verseker. Hy sou moes steke kry en die nag in die hospitaal deurbring. Die steke het soos 'n x-teken oor sy voorkop gelê. Sy linkeroog was besig om toe te swel.

"Kom sit hier by my," het hy genooi en met sy hand op die bed beduie. Ek het versigtig gaan sit sodat ek hom nie seermaak nie. "Moenie worry nie, Anna," het hy getroos, "ek is piekfyn. Onkruid vergaan mos nie so maklik nie, nè?"

My ma het aan die ander kant van die bed gaan sit. Ook sy het sy hand vasgehou.

En ek het in die stilligheid gehoop.

Maar toe kom oom Danie weer kuier en dié keer het hy sy seun saamgebring, en van hom het ek net mooi niks gehou nie. Ook 'n Danie. Klein-Danie, het sy pa hom genoem. Daar was niks kleins aan hom nie, het ek verwonderd gedink, hy was vét. En hy was 'n pyn, het ek later uitgevind, hy het altyd my vlegsel getrek, my kat geskop en stories by sy pa loop aandra. Oom Danie het nooit sy seun se kant gevat as ons baklei het nie, my ma het wel. Ek is 'n paar keer kamer toe gestuur om oor my sondes te gaan nadink, terwyl die vet klein Danie eintlik die sondebok was.

"Anna, maak vir ons koffie," het my ma die dag gevra.

My hart het in my skoene gesink. Ek was bang ek laat die skinkbord val, dit het altyd te swaar gevoel. Maar ek het sonder om 'n woord te sê opgestaan.

"Doen jy altyd wat jou ma jou sê om te doen?" het oom Danie gevra toe ek die skinkbord versigtig op die koffietafel neersit.

"Ja, oom."

"Sy beter! Ons het 'n goeie verstandhouding, ek en Anna. Sy weet dat ek van beter weet, en daarom luister sy na my."

"Hoor jy, Klein-Danie? Ek hou van gehoorsame kinders," het hy gesê met iets in sy oë wat ek nie geken het nie.

Oom Danie se kuiers het al meer gereeld geword. Soms het hy my ma uitgevat vir ete. Ander kere om te gaan dans. Op hierdie geleenthede het Paulina by my kom bly. Omdat ek bang was, het sy by my in die kamer kom slaap. Dan het ek vir haar gelees. Alles wat ek kon. Haar gunsteling was die *Huisgenoot*. Ek moes sommige artikels vir haar oor en oor lees. Wanneer ons dan my ma-hulle hoor terugkom, het sy haar komberse gegryp en in die kombuis gaan wag.

My pa het nog steeds gereeld kom kuier, maar nou het hy sy jeans aangehou.

"Jo," – hy het altyd vir haar Jo genoem as hy vir haar lief was – "kan ons nie maar weer probeer nie? Geen drank nie, ek belowe," het hy een aand vir haar gesê.

"Ek wens ek kon jou glo, Hendrik," – sy het hom altyd Hendrik genoem, al was sy lief vir hom – "maar ek kan nie. Ek het 'n man ontmoet wat soos ek is. Hy drink nie, hy rook nie. Hy hou nie van rugby óf krieket óf visvang nie. Hy is welaf. Hy kan goed vir my en Anna sorg."

"Klink vir my meer na moffie as man," het Pa gebrom. Ek kon nie help om te lag nie.

"Anna! Hendrik!" het my ma gewaarsku. "Ek het hom lief, Hendrik."

"Wat van my? Wat van Anna?" het my pa gesmeek.

"Anna is en bly my verantwoordelikheid. En wat tussen my en jou was, is lankal verby. Jy weet dit. As jy enige gevoel vir my oorhet, sal jy my hierdie geluk gun. Ek wil nie hê dat jy weer hierheen kom nie, jy maak net vir Anna deurmekaar. Skep verwagtinge wat daar nie is nie."

"Dink jy nie dis goed vir Anna om te sien dat haar ouers nog vriende is nie?"

"Nee, ek dink die waarheid is beter: ons sal nooit vriende kan wees nie."

Hy het nie weer ingekom as hy my kom op- of aflaai nie.

"Anna, ek weet jy sou graag wou hê dat ek en jou pa weer moet trou," het my ma probeer verduidelik. "Maar dit kan nie. 'n Jakkals verander van hare, maar nie van streke nie."

"Wat beteken dit?"

"Dit beteken dat hy ons kort voor lank weer sal los vir 'n ander vrou. Kyk na hom. Hy weet ek kan dit nie verdra as hy jeans of 'n baard dra nie, en tog doen hy dit."

"Hy het 'n brief van die dokter vir sy baard. Dis sy vel."

"Skelmstreke, dis wat dit is."

Oom Danie hét my ma gelukkig gemaak. Sy het meer en meer gelag. As toegif het ek haar einde van die jaar verras met 'n gemiddelde A+. Tien van die skool se toppresteerders is afgeneem vir die plaaslike koerant. Ek ook. My ma het die foto versigtig uitgeknip en laat raam. Toe hang sy die foto in my kamer.

Vir my tiende verjaardag het my ma en oom Danie ons strand toe gevat. Dit was 'n wonderlike dag. Wolkloos. See potblou. Ek het die skokpienk bikini aangehad wat my ma net die vorige dag op my bed neergesit het. Die goue kettinkie met 'n hartjie waarop my naam gegraveer is, om my nek. Dit was my verjaardaggeskenk van my ma.

"Wat wil jy graag vir jou verjaardag hê, Anna?" het sy die vorige week gevra.

Ander jare sou ek net my skouers optrek, die opwinding van nié weet wat jou geskenk gaan wees nie, is soms beter as die geskenk self. Maar dié keer was ek reg met 'n antwoord.

"Klere, asseblief, Mamma."

"Klere?" het sy verbaas geantwoord. "Maar, Anna, jy het 'n kas vol rokke."

"Ek wil nie meer rokke dra nie. Ek haat rokke! Ek wil shorts hê, en jeans en T-shirts."

"Anna." My ma het haar hier-kom-'n-preek-gesig opgesit. "'n Vrou moet altyd soos 'n vrou lyk én voel. Jeans en kortbroeke werk vir die strand, maar andersins gaan dit jou nie soos een laat voel nie. 'n Vrou moet sag, toegewend wees. Broeke laat 'n meisie so mannetjiesagtig voorkom. En dít wil ons nie hê nie. Jy is 'n dogtertjie en jy moet soos een lyk. In elk geval het jy mos daardie mooi broeke vir die winter, en sweetpakke."

Dit was nie dieselfde nie, maar ek het stilgebly. Mens baklei nie met my ma nie. Jy wen tog nooit. Ek het die goue kettinkie gekry. Dit was baie mooi, maar ek sou die klere verkies het. Die bikini het sy as toegif gekoop. "Sien, dit is nou vir my mooi vroulik. Jy sal sien, as jy dit môre aantrek, gaan jy soos 'n regte prinses voel én lyk."

Oom Danie was dié dag so gaaf, hy het saam met my en Klein-Danie gespeel. Hy het my gekielie totdat dit gevoel het of die lag al die asem uit my longe druk. Hy het nie omgegee as ons hom vol sand gooi nie. Ons het so baie gelag, ek en Klein-Danie, roomys geëet wat taai aan ons hande geword het. Geswem. Toe my ma en oom Danie onder die sambreel inskuif om die ergste hitte te vermy, het Klein-Danie gesê ek moet saam met hom die hoogste duin uitklim. Die sand het ons voete gebrand sodat ons met elke tree ons voete diep in die fyn korrels gegrawe het, op soek na daardie koeligheid ónder die warm sand. Bo gekom, het hy sy T-hemp uitgetrek sodat ons daarop kon sit. Dat ons boude nie ook so moes brand soos ons voete nie. Terwyl hy nog uittrek, het ons op en af gespring om die ergste brand onder ons voete te probeer stil. Ons het op die hemp gaan sit, styf teen mekaar, voete in die sand begrawe. Uitasem het ons na my ma en sy pa tussen die menigte gesoek.

"Jy weet dat hulle gaan trou, nè?" het Klein-Danie gevra.

"Wie sê so?"

"My pa sê so. Maar nie nou al nie. Later. Hy sê hulle moet mekaar eers goed leer ken. Hy wil nie dieselfde fout maak as wat hy met my ma gemaak het nie."

"My ma sê ook altyd dat my pa 'n fout was."

"Ek hou van jou ma."

"Ek hou van jou pa."

"Ek hou meer van my eie ma."

"Ek hou ook meer van my eie pa," het ek hom getroef.

"As hulle trou, sal ek vir jou ma Ma sê."

"Hoekom?"

"Omdat ek van haar hou. Omdat my pa daarvan sal hou."

Ek het 'n rukkie doodstil gesit, dit oordink. Wat sou my pa daarvan sê as ek vir oom Danie ook Pa sê? Miskien, het ek gewonder, hoef hy nie te weet nie. "Dan sal ek ook vir jou pa Pa sê." Ons het na mekaar gekyk, toe gelag.

"Dan," het Klein-Danie gesê, "hoef ons nie meer skaam te wees by die skool omdat ons pa's en ma's geskei is nie. Of omdat ek nie 'n boetie of sussie het nie."

"Ja." Ek was nog nooit dáároor skaam nie, maar daardie dag vol son sou ek met alles wat Klein-Danie sê, saamstem.

Ná aandete het oom Danie ons verras met 'n video wat hy gehuur het. "Vir die verjaardagnooi, omdat sy vandag so mooi in haar bikini gelyk het."

"Nou toe," het my ma ons aangejaag, "trek julle nagklere aan, dan kan ons kyk."

Ek het gehardloop, al was dit streng teen die reëls, sodat ek die badkamer eerste kon gebruik. My ma het dié keer nie geraas nie.

17

Die televisie was in my ma se kamer, en die twee groot-
mense het op die bed gelê en kyk. Ons twee kinders onder
op die vloer, voor die bed.

"Anna, kom lê hier by ons," het oom Danie genooi. "Ons
kan darem nie die verjaardagmeisie op die grond laat lê nie."

Hy het opgeskuif sodat hy in die middel lê, met ma en
dogter weerskante van hom.

Ek weet nie hoe dit gebeur het nie, eers het ek gedink ek
droom, maar dit was te werklik. Toe ek regtig daarvan be-
wus word, was sy linkerhand, die hand naaste aan my, oral
op my onderlyf. Hy het my gevryf, dáár. Ek was lam. Van
skok. Kon nie beweeg nie. My ma het niks gesien nie. Of
het sy? Hoekom doen sy niks? Is dit wat pa's, of amper-
stiefpa's dan, veronderstel was om aan kinders te doen?
Hoekom doen my pa dit dan nie? Of sou hy dit nog doen?

Hy het sy mond teen my oor gedruk, ek kon sy warm asem
voel. Die soet geur van Old Spice ruik. "Sjuut," het hy baie
saggies gefluister. "Dis ons geheim. Omdat jy so mooi is."

Hy het eers sy hand uit my broekie gehaal toe ek begin
ruk. Verskriklik ruk. Hoekom was my bene so lam? Hoekom
kon ek nie praat nie? Toe die lewe terugkom in my bene, toe
my lyf ophou ruk, het ek opgestaan. "Ek's vaak, ek gaan
slaap."

"Maar die fliek is nie klaar nie!" het Klein-Danie gekeer.

"Los haar maar, sy het te veel son weg, dink ek. Lekker
slaap, Anna."

"Ma ook."

Ek het toilet toe gestap. Lank gewag om te kan piepie.
Die piepie wou net nie kom nie. Toe bed toe. Ek het so koud
gekry onder die kombers en deken dat ek na die gangkas
gesluip het om nog 'n kombers te gaan haal. Nog steeds was
dit nie genoeg nie. Ek het gelê en bewe. My lyf was yskoud.

Hoekom het hy dit gedoen? Hoekom? Ek het vir Spokie onder van my voete af opgetel, hom onder die komberse ingedwing, teen my maag, sodat ek 'n bietjie van sy warmte kon steel. Hy het hom lank uitgestrek, hard begin spin. "Ek is lief vir jou, Spook," het ek vir hom gefluister.

Diep in die nag het ek wakker geskrik, die nattigheid tussen my bene gevoel. Spokie was lankal weg, die plek waar hy gelê het, was koud en nat. Handdoeke gaan haal, styf om my lyf gedraai sodat ek die nattigheid nie voel nie. Vroeg die volgende oggend die nat handdoeke tussen die ander in die kas weggepak. Ek sou later vir Paulina van die nat handdoeke vertel, saam sou ons 'n plan kon maak. Die ekstra kombers in die gangkas teruggesit. Self my bed opgemaak. Ma was so trots op my. Sy moes nie weet van die nattigheid in my bed nie. Ek wou my ma vertel, maar hoe? Wat sou haar reaksie wees? Ná wat by die skool gebeur het, kon ek nie. Ek het nie die moed gehad om met haar oor sulke dinge te praat nie. Tussen my en my ma was daar nog altyd 'n kloof waaroor nie een van ons 'n brug kon of wou bou nie. My ma sou nie verstaan dat dit nie my skuld was nie.

Die Maandagmiddag ná skool lê daar die mooiste pop op my bed. Met die fynste klere aan. " 'n Porseleinpop. Is sy nie pragtig nie?"

"Sy is! Dankie, Mamma!"

"Dis nie van my nie, Anna. Dis van oom Danie. Hy bederf jou vreeslik."

Die pop wás mooi, maar as jy goed gekyk het, sou jy die spot in haar oë gelees het.

Queenstown. Ek sal moet stop vir petrol. En ek is dors. Ek kyk weer op my horlosie, daar is genoeg tyd om in die Wimpy te gaan sit. Dis koud. Ek sal koffie drink, iets eet. Ek

19

kry 'n plekkie naby die kombuis. Ek hou daarvan naby die kombuis, die stemme laat my altyd gerus voel, asof ek nie so alleen is nie. Vanaand het ek dit meer as gewoonlik nodig. Ek's bang. Moenie! keer ek myself. Moenie. Konsentreer. Ek mag nie nou bang word nie. Ek moet deurdruk. Ek moet doen wat gedoen moet word. Wat ek lankal moes gedoen het. 'n Vakerige jong meisie kom neem my bestelling. Dis laat, ek wonder tot wanneer sy nog moet werk. Die plek is stil, dis net ek en 'n ouerige man wat kliphard aan sy koffie slurp. Wonder waarheen hy op pad is. Dis asof daar skielik lewe in die spul in die kombuis gekom het. Ek hoor die ge-tjie-tjie. Sien die onderlangse blikke na my kant toe. Ek behoort al daaraan gewoond te wees, maar ek is nie. Almal kyk, altyd. Omdat ek, 'n vrou, bid jou aan, vormlose klere dra en verkies om sonder grimering te loop. Van my lang hare het ek jare gelede afgesien. Afgeskeer. Met 'n knipper. Borselkop. Jeans, oorgroot hemde, tekkies, dis my uniform. Ek is die androgene wese waarteen my ma so hard baklei het. Een van my gereelde kliënte het eendag reguit vir my gevra hoekom ek, wat myself met soveel mooi goed omring, nie ook mooi aantrek nie, nie ligstrepies in my hare laat sit nie, nie grimering dra nie. Ek het net gelag. En die waarheid diep binne-in my gebêre: sodat geen man, jonk of oud, ooit weer na my sal kyk met lus in sy oë nie.

Dis 'n ander meisie, wakkerder, wat my toebroodjie en koppie koffie voor my neersit, terwyl sy onderlangs na my loer.

Ek het vroeg al geleer om die verlede in die verlede te los. Om vorentoe te kyk, vir vandag te lewe. Dís hoekom hierdie terugreis vir my so moeilik is. Hoekom ek die dood op elke telefoon- of kragpaal sóék. 'n Uil. My pa het geglo dat 'n uil die dood voorspel. Tot dusver het ek nog nie een

gesien nie. Ek eet my toebroodjie klaar, sluk hard teen die
bitterheid wat in my keel opstoot. Die laaste bietjie koffie is
te soet. Ek roer nooit my koffie goed genoeg nie, daar bly
altyd te veel soetigheid vir die laaste sluk oor. Sou hulle in
die tronk vir 'n mens soet koffie gee? Lekker sterk, soet
koffie? Moenie. Los dit.

"Sal Pappa weer trou?" vra ek terwyl ons besig is om sy
nuwe bakkie te was.

"Trou? Ek? Nee, my skat, nie maklik nie."

"Hoekom nie? Mamma gaan tog weer trou."

Hy het stil gaan staan, die nat, skuimerige spons in sy
hand. Ons het sy nuwe bakkie elke Saterdagoggend gewas.
Hy was heilig daarop. "Ek wou nog altyd 'n bakkie gehad
het, maar jou ma het 'n gesinsmotor verkies," het hy trots
gesê toe hy my die eerste keer daarmee kom oplaai. "'n
Man moet 'n bakkie hê waarop hy sy visstokke kan laai."

"Pappa?" het ek versigtig gevra. Hy het na my gekyk, toe
stadig geglimlag asof hy van ver weg terugkom.

"Het sy gesê sy gaan trou?"

"Nee, maar ek weet mos. Nie nou al nie, sê Klein-Danie,
eers wanneer hulle mekaar beter ken."

"Kom ons spuit die bakkie af," het hy gesê, skielik stroef.

Hoekom sê ek sulke goed vir hom, het ek gewonder, ek
weet tog dit maak hom seer. Halfpad deur die afspuit het hy
weer sy ou self geword, my skielik begin natspuit, terwyl ek
gillend probeer wegkom. Ons was albei natter as die bakkie
toe ons klaar is.

"Gaan trek gou iets anders aan, dan gaan haal ons jou
geskenk."

Hy het belowe dis iets moois. Ek het 'n jean en 'n bloed-
rooi toppie aangetrek omdat ek geweet het hy sou daarvan

hou. Omdat ek hom graag wou troos. Rooi was nog altyd sy gunstelingkleur. My nat hare het ek so goed ek kon droog-gevryf; hy het dit uitgekam, my kuif uit my oë gevee.

"Jy lyk pragtig. Kom ons ry."

Ons is na my pa se vriend Willem toe. Ek het altyd daar-van gehou by oom Willem en tannie Marta. Hulle het nie kinders gehad nie, maar hulle het baie speelgoed gehad. En tannie Marta het nie omgegee as ek in die huis speel of koeldrank mors nie. "Is my geskenk hier? Wat is dit, Pappa?"

"Jy sal nou sien, ou agie."

Ons is agterom die huis, saam met oom Willem.

" 'n Hond!" het ek gegil toe die twee Alsatians op my af-storm.

My pa het gelag. "Ja, een is oom Willem s'n, die ander een is joune."

"Dankie, Pappa!" Ek het my arms om hom gegooi voor ek afgebuk het na die wollerige hond wat my stertswaaiend dopgehou het. Ek het my arms ook om hom geslaan, en hy het my met 'n nat tong deur die gesig gegroet.

"Hy hou klaar van jou," het oom Willem gesê.

My pa het langs my gehurk. "Jy moet vir hom 'n naam gee."

"Wat van Vlooi?" het ek voorgestel.

"Dis 'n mooi naam," het my pa gehuiwer, "maar onthou, hy is nou nog net 'n baba. Dink jy nie dit sal verspot wees as hy groot is en hy het so 'n poep naampie nie?"

"Dan noem ek hom Sersant, soos Pappa."

"Liewer Kaptein, dan is hy jou pa se baas," het oom Willem gelag.

"Ja!" het ek uitbundig saamgestem.

Op pad huis toe, met Kaptein styf langs my op die sit-plek, het ek hom dít gevra wat my toe al heeltyd pla van ek

22

die honde gesien het: "Pappa, dink jy Mamma sal my toe-
laat om 'n hond aan te hou?"

"Ek glo nie, en daarom het ek gedink dat Kaptein maar
by my moet bly, dan het hierdie ou man ook darem gesel-
skap."

"Dis nie lekker om 'n hond te hê wat nie eers by jou bly
nie," het ek dikmond geprotesteer.

"Ek weet," het hy gesug, "maar dis beter as niks."

Ek het gedink hoe swaar dit elke Sondagaand gaan wees
om Kaptein agter te laat.

Ek en my pa het nooit Sondae kerk toe gegaan nie, tot
my ma se ergernis. Maar my pa het voet by stuk gehou, in
'n kerk sou hy nie weer kom nie, nie lewend of dood nie.
Sondae het ons rondgery. Strand toe, of as dit koud en nat
was, is ons na die ysskaatsbaan. My pa kon ure lank daar
bly. Terwyl ek bibberend smeek om huis toe te gaan, sou hy
sê: net nog 'n rukkie. Hy het nie geskaats nie. Hy het op die
rand bly staan en hom slap gelag vir die ouens wat val. As
ons dan eindelik daar uitstap, het sy oë getraan. Of dit van
die koue of die lag was, was ek nie seker nie.

Die Sondag nadat ek Kaptein gekry het, is ons strand toe.
Met Kaptein by ons was dit lekkerder op die strand as by
die ysskaatsbaan. Ons kon ure kyk hoe hy rondhardloop,
hoe hy na die branders hap. Hy het vir eers voor by ons
gery, maar my pa het belowe hy gaan agterop ry as hy eers
groot is.

"Dink net hoe spoggerig ons dan gaan lyk," het hy gelag.

Dit was op pad terug na my ma toe, die Sondagaand, dat
ek die moed bymekaar geskraap het om my pa te vra of ek
by hom kon kom bly.

"Hoekom?" het hy verbaas gevra. "Ek dag dan jy en jou
ma bly so lekker daar?"

23

"Dis nie dit nie. Dis oom Danie, ek hou nie van hom nie."

"Ek dag dan jy het gesê hy is so goed vir jou en Mamma? Is hy nie?"

Ek het lank gedink. Ek sou jok as ek sê dat hy nie goed vir ons is nie. Moet ek my pa die waarheid sê? Wat sou sy reaksie wees? Dis waar dat ek nog altyd met my pa kon praat, maar oor só iets? "Hy ís goed vir ons."

"Nou toe. Dit is net nie moontlik om by my te kom bly nie, Anna. Jy weet tog dat ek soms nagdiens werk, wie sal dan na jou kyk? 'n Ma kyk tog die beste na haar kind. En dink net hoeveel jy na haar sou verlang. Is ek nie reg nie?"

Ek het geknik: ja.

"Ek is lief vir jou, Anna," het hy gesê toe hy my voor die meenthuis aflaai.

Maar nie lief genoeg om my hier weg te vat nie, het ek gedink.

My ma het my kopskuddend ingewag. "Ek kan nie glo jou pa koop vir jou 'n hond nie. Ek hoop nie julle dink die ding gaan hier kom bly nie."

"Nee, Mamma."

"Ons kan nie 'n hond in die meenthuis aanhou nie, Anna. Die erfie is te klein, en jy het mos 'n kat." Asof sy jammer is.

My standerddriejaar het maar soos die voriges begin. Maar omdat my skoolwerk puik was, het die onderwysers my anders as die res behandel. Nie noodwendig beter nie, net anders. En natuurlik was ek die bleeksiel in die klas. Die een wat altyd haar huiswerk doen, die een wat nie veel erg aan sport het nie, wat eerder twee keer 'n week haar balletpassies oefen. Dit was nie asof ek nie van sport gehou het nie, ek het. Maar ek sou eerder rugby of krieket wou speel, nie netbal nie. Die baan was te klein, die bal te rond, en dit het my eindeloos frustreer dat jy nie daarmee mag hardloop nie. Ná al die moeite om die bal in die hande te kry, moet jy gaan stílstaan om uit te gee? Dit het nooit vir my sin gemaak nie.

"Was Pappa goed in sport?" vra ek een naweek terwyl ons wag vir die pizza in die oond om warm te word.

"Hoe dink jy?" Hy was besig om borde uit te haal. "Gooi solank vir ons iets in om te drink."

Ek het glase uitgehaal, koeldrank vir my, 'n bier vir hom. "Pappa wás seker goed."

"Goed genoeg."

"Was Ma goed?"

"Nee," het hy gelag, "sy was nooit die sportiewe soort nie."

"Nie eens op skool nie?"

"Veral nie op skool nie. Sy het geleer, dís waarin sy goed was."

Hulle was saam in die klas, my pa en ma. En 'n paar jaar ná skool is hulle getroud. Hulle was vyf jaar getroud voor hulle my gehad het.

"Ek is ook nie goed nie."

"Nee wat, ek dink jou belangstelling lê dalk net elders." Hy het die pizza uit die oond gehaal, tafel toe gedra. Ons het ingeskep, pizza en chips.

Na my eerste mond vol vra ek: "Wat beteken ambisieus?"

"Hete, maar jy is vol vrae vandag." Hy het sy skyf pizza laat sak. "Dit beteken 'n mens wil graag verder vorder in jou werk of sport. Verstaan jy?"

"Is Pappa nie ambisieus nie?"

"Hoekom vra jy?"

"Mamma sê jy sal nooit verder as 'n sersant vorder nie, want jy is nie ambisieus genoeg nie."

Hy het sy glas bier opgetel, 'n vinnige sluk gevat. "Anna, kom ek vertel vandag vir jou iets belangriks. Om gelukkig met jouself te wees is soms belangriker as ambisie. Jou ma is seker reg, ek sal nooit meer as 'n sersant wees nie. Ek het 'n polisieman geword omdat ek gedink het ek kan 'n verskil maak. Die waarheid is ek kan nie. Hoekom moet ek streef na meer as wat ek het? Ek is tevrede om 'n sersant te wees. Dis iets wat jou ma nooit kon verstaan nie. Dis al wat ek ooit wou wees. 'n Sersant en 'n pa. Ek het vir jou, my bakkie, Kaptein, die huis," en hy beduie met sy hande, "kos in die kaste, klere aan my bas. Wat meer wil 'n man hê? Behalwe nog 'n bier?" Hy het geknipoog, die glas vir my aangegee. "Anna, mense met ambisie het gewoonlik te veel geld, en te veel geld is 'n onding. Geld kan nie geluk koop nie. Onthou dit."

Ek het ja geknik, ingeskink en sy glas vir hom aangegee. "Pappa?"

"Nóg 'n vraag?"

"Wie is die tannie in die foto op jou bedkassie?"

Hy het in sy bier verstik, woes begin hoes. Ek het opgespring en hom op sy rug geklap. "Genoeg," het hy hees gesê, "dis oor." Hy het nog 'n sluk bier gevat. "Ek wou jou nog van haar vertel. Haar naam is Cecilia."

"Is sy Pa se meisie?"

"Sy is."

"Bly sy hier by Pappa?"

"Nee, anders as jou ma en oom Danie, glo sy nie aan . . . saambly voor die huwelik nie."

"Hulle bly nie by ons nie. Dis te ver van Klein-Danie se skool af. Hulle kom bly net naweke by ons."

"Mm."

Ons was klaar met die ete, ek het die borde bymekaar

26

gemaak. Ek het skottelgoed gewas, my pa het afgedroog en weggepak. "Pappa, is jy lief vir Cecilia?"

"Ja, Anna, ek is."

"So lief soos vir Mamma?"

Hy het 'n oomblik opgehou met afdroog, die bord in sy hand. "Ek sal nooit weer vir iemand só lief kan wees nie. Maar ek maak jou ma ongelukkig en Danie nie. Cecilia maak weer vir my gelukkig."

Ek kon dit sien. Die geluk was terug in sy oë. "Gaan jy met haar trou?"

"Dis nog te vroeg om te sê," het hy geglimlag.

"Ek wil haar graag ontmoet."

"Moet ek haar nooi vir ete, môre?"

"Ja!"

"Nou goed, dan maak ons so."

Ek het van Cecilia gehou. Sy was kort, effens rond, met lang bruin hare en lang rooi naels. En sy was vriendelik. Sy het met my gepraat soos my pa met my praat. Nie soos my ma nie. Asof sy my maat is. Sy het my uitgevra oor my skool en ek het haar alles vertel. Waarvan ek hou en nie hou nie. Wie my vriende is. Van my ballet. En sy het my pa Hennie genoem, nie Hendrik, soos my ma, nie.

My pa kon nog altyd lekker kos maak. My ma het baiekeer gesê hy is tuis in 'n kombuis, dat hy sy ware roeping gemis het, dat hy 'n kok moes geword het. Dit was een van die min kere dat sy iets goeds van hom gesê het. Vir die ete met Cecilia het hy kerriehoender en groente gemaak. Ek het die tafel gedek, vir die mooiheid wynglase uitgehaal.

"Slim kind," het my pa gesê en 'n bottel wyn uit die yskas gehaal. Toe vir hom en Cecilia elk 'n glas geskink. Vir my 'n halwe. Dit was my eerste glas wyn, ek het baie groot en belangrik gevoel.

27

Na ete het sy die borde bymekaar gemaak en vir my pa gesê: "Ek weet jy brand om na die krieket te luister, ek en Anna sal opwas, sit jy maar solank jou radio aan."

"Dankie." Hy het geglimlag en haar 'n drukkie gegee. Hulle het dit heeldag al gedoen, mekaar drukkies gegee.

Terwyl ons skottelgoed was, het ek haar gevra of sy kinders het.

"Nee, ongelukkig nie."

"Is jy ook geskei?"

"Nee, my man is twee jaar gelede dood." Daar was hartseer in haar oë.

"Dan is jy ook alleen."

"Nie meer nie."

"Is jy lief vir my pa?"

"Baie."

"Ek is bly."

Sy het vir my geglimlag.

Cecilia was iets goeds wat met my en my pa gebeur het. My standerddriejaar was 'n tevrede jaar. Behalwe een aaklige nuwe vak wat ek geháát het. Naaldwerk. My hande en my kop wou nooit saamwerk nie, sodat die onderwyseres, 'n lang, maer skerpneusvrou, meer as een keer 'n periode oor my gebuk en "Knoeiwerk! Dis omdat jy sit en droom!" uitgeroep het.

Sy was reg. Terwyl ek moes ryg en stik (hoekom moet jy altyd ryg voor jy kan stik, asof jy jouself nie genoeg vertrou nie?), wás my kop by ander dinge. By my pa en Cecilia, ballet, my ma en oom Danie, Klein-Danie. Soms het ek aan dáárdie aand gedink. Dit het so lank terug gevoel dat ek my dit netsowel kon verbeel het. Maar sou ek myself so iets kon verbeel? Hy het daarna nie weer aan my geraak nie, ek het ook gesorg dat ek uit sy pad bly, dat ons nooit alleen saam was nie. Dit was nie so moeilik nie, ons meenthuis was klein genoeg, en ons het nooit na sy huis gegaan nie. Miskien moes ek my ma vertel het, het ek gedink, sy sou tog net met my kon ráás, sy sou my nie kon doodmaak nie. Dalk sou sy vir 'n ruk nie met my gepraat het nie, maar daaraan was ek tog ook gewoond. Dit was haar manier van straf, en dit het gewerk, 'n pak maak nie so seer soos 'n stom ma nie. Maar sê nou ek sê haar en sy los vir oom Danie? Vir my sou dit wonderlik wees, maar wat van haar? Sy sou weer verander in die ongelukkige vrou wat sy was vóór oom Danie. Die huilende een. En ék sou die skuld daarvoor moet dra. Ek het geweet ek sou nie kan nie. Nee, ek sou stilbly, dit was tog net een keer, dalk gebeur dit nooit weer nie, het ek myself getroos. En die jaar het inderdaad verbygegaan sonder dat so iets weer gebeur het.

Aan die einde van daardie jaar het ek met 'n arm vol trofees vir akademiese prestasies huis toe gegaan.

"Anna, ry gou saam met my kafee toe."

Ek het verskrik opgekyk van waar ek op my bed lê en lees het. Dit was die Junievakansie van my standerdvier-jaar, oor 'n paar maande sou ek twaalf word, die laaste treë na tienerstatus.

"Ek kan nie nou nie, oom, ek moet my kaste regpak."

Ek was nie regtig van plan om dit te doen nie, al het my ma my al twee keer daaroor aangespreek, maar dit was al verskoning waaraan ek kon dink. Ek wou nie saam met hom ry nie. In 'n motor is daar nie wegkomkans nie, ek het so hard daaraan gewerk om nie alleen saam met hom in 'n vertrek te wees nie, nou moes ek saam met hom ry.

"Anna, ry maar gou saam. Jy kan jou kaste regpak as julle terugkom," het my ma uit die kombuis geroep.

"Maar Mamma het al gister gesê ek moet regpak."

"Hemel, Anna! Ry tog nou saam. Jou kaste sal nie weghardloop nie." Sy het nie geskree nie, net baie hard gepraat.

"Wil Mamma nie ook saamry nie?" het ek probeer.

"Ek kan nie, ek het 'n koek in die oond."

Op pad na sy motor het ek gewens dat Klein-Danie daar was, hy sou definitief wou saamry, dit sou dalk nie eens vir my nodig gewees het om saam te gaan nie. Maar hy het die vakansie by sy ma gekuier.

Oom Danie het niks gesê terwyl ons ry nie. By die kafee het hy my saam ingenooi. Saam met die brood en melk het hy lekkergoed, chips en koeldrank, alles vir my, in die mandjie gepak.

"Kom ons gaan sit bietjie by die Punt," het hy gesê toe ons die pakkies in die motor laai, "gee jou ma kans om klaar te woel daar in die kombuis."

Omdat dit 'n reënerige dag was, was daar min motors by die Punt. Al was dit vakansie. Hy het op 'n plek ver van die ander gaan stop.'n Ruk lank het ons oor die see sit en uitstaar.

Skielik draai hy skuins sodat hy na my kan kyk. "Ek sien die bytjies begin steek." Met 'n groot glimlag.

"Oom?" Ek het geen benul gehad waarvan hy praat nie.

"Hierso." Hy het met die palm van sy hand oor my borsies gestreel. Ek het probeer wegskuif sodat ek buite reikafstand was, maar hy moet baie lang arms gehad het, want hy het weer aan my gevat. Met sy duim oor my tepel gevryf, sy ander hand op my bobeen. Hóóg op my bobeen.

Ek het sy hand van my bors weggestoot. "Dis seer."

"Jy is die mooiste meisiekind wat ek nog ooit gesien het. Selfs mooier as jou ma."

Ek het nie geantwoord nie, net hard gesluk teen die knop in my keel. My lyf snaarstyf gespan.

"Anna, kyk vir my."

Ek het opgekyk, maar nie vir hom nie, die vlug van 'n paar meeue dopgehou.

"Moenie vir jou ma vertel nie. Ook nie vir jou pa nie. Dis óns geheim. Myne en joune. Verstaan jy?"

Ek het geknik: ja.

"Jy sal nie vertel nie?"

Ek het my kop geskud: nee.

Ek sou nie vertel nie. Ek was te skaam, te bang. My ma sou dit nie verstaan nie. Vir my pa was die lewe op 'n manier 'n grap, dalk sou hy dit nie ernstig opneem nie, dink ek oordryf, vir my lag. Nee, ek sou nie vertel nie. Ek sou stilbly. Ek sou stom wees.

Stom Anna.

Hy het nie 'n woord gesê terwyl ons terugry nie. Net hard asemgehaal. Ek het myself so klein moontlik probeer maak, so ver moontlik van hom probeer sit.

"Nou kan jy jou kaste regpak," het my ma gesê toe ons die huis instap. "En doen dit ordentlik."

Ek het niks gesê nie, net verbygeloop na my kamer toe en die deur agter my toegemaak; my ma het nie omgegee as ek die deur toemaak nie, maar ek mag nooit my deur gesluit het nie. Dit het sy my ten strengste verbied. Ek het Spokie van die bed afgetel, op my skoot vasgehou. Die trane wat wou opstoot, het ek teruggesluk. Spokie het saggies begin spin, hom lui uitgestrek en toe op my skoot verder geslaap. Hy moet die luiste kat in die wêreld wees, het ek vlugtig gedink, net om nie dááraan te dink nie.

Ek sou nie huil nie.

Ek sou stom wees.

Stom Anna.

Ek onthou my ma se woorde 'n paar dae later toe sy in

31

my kamer kom. "Nee, my magtig, Anna! Wat gaan deesdae met jou aan? Jy luister net nie meer nie." Sy het haar vinger teen my neus gedruk. "Jy pak jou kaste nóú reg. Dadelik. En ruim jou kamer op. Ek gaan oor 'n rukkie terugkom, dan beter dit netjies wees."

Sy het omgedraai, al my klere uit die kas gegooi. "Begin nou!" En toe gewag dat ek opstaan en die eerste klomp klere bymekaar maak voor sy uitstap. By die deur omgedraai met: "Wat ís dit met jou?"

Stom Anna.

Dit was my verjaardagnaweek. "Jou ma het gevra dat ek met jou moet praat oor jou skoolwerk," het my pa gesê. Ek het geweet dit was oor my Septemberpunte. Hy het verleë gelyk én geklink. Hy was nooit goed met praat nie. "Sy sê jy doen nie meer so goed soos altyd nie."

"Ek doen nog steeds goed."

Ons het in die sitkamer gesit. My pa met 'n blikkie bier, ek met 'n glas Coke. Die radio was sag in die agtergrond. 'n Vrou se opgewonde stem het vertel hoekom jy 'n sekere waspoeier moet gebruik.

"Maar nie meer uitstekend nie."

"Skool is nie meer lekker nie."

"Skool is nie veronderstel om lekker te wees nie. Dit was nooit vir my lekker nie. Maar dit is nou maar iets wat jy moet doen. Goed moet doen."

"Ek kom nog steeds al my vakke deur." Biep, biep, biep, agtuur. Tyd vir die nuus. Ek het gedink my pa sou die praatjie los tot na die nuus, maar hy het nie eens agtergekom dat dit eintlik al my slaaptyd was nie.

"Behalwe naaldwerk. En jou tale se punte is ook af."

"Behalwe naaldwerk," moes ek toegee, "en my punte vir

32

taal is af omdat ons moet mondeling doen. Ek skryf altyd hierdie mooi stukkie, maar as ek moet opstaan en praat, bewe ek so dat ek nie 'n woord kan uitkry nie."

"En naaldwerk? Hou jy nie daarvan nie?"

"Ek haat dit."

Hy het gelag. "Wel, ons is nou in die vierde kwartaal. Probeer harder werk. Onthou, alles wat mens doen, doen jy na die beste van jou vermoë. Meng die ballet nie dalk te veel in met jou skoolwerk nie?"

"Maar ek doen net twee maal 'n week een uur lank ballet, Pappa."

"Mm, hou jy daarvan? Of doen jy dit omdat jou ma wil hê jy moet?"

"Nee, Pappa! Ek is mál oor ballet. Ons het volgende na-week 'n konsert, gaan jy kom kyk? Ons doen die *Scarecrow*. Ek is een van die piekniekmeisies."

"As ek nie werk nie, kom ek beslis."

"Jy kan vir Cecilia ook saambring."

"Sy sal dit geniet. Kom ons praat oor aangenamer dinge. Wat gaan ons môre doen? Besef jy dis die eerste keer dat jy by my verjaar? En nogal jou twaalfde."

"Ek weet nie."

"Ek kan nie 'n paartie hou nie, ek sal nie weet waar om te begin nie."

"Ek wil nie 'n paartie hê nie. Kan ons nie gaan eet nie? Hamburgers, chips én milkshake!"

"Deal!"

"Pappa, kan net óns gaan? Of sal Cecilia kwaad wees?"

"Cecilia word nooit kwaad nie."

Ons het die volgende middag gaan eet. Ek en my pa. Hy het 'n bier gedrink in plaas van die milkshake, maar dit het my nie gepla nie. My ma sou woedend wees, maar ek het geweet wanneer om stil te bly. Sy sou dit nie van my hoor nie. Na ons ete het ons vir Cecilia gaan oplaai. Sy sou die res van die middag en aand by ons kuier.

As Cecilia by was, het ek en Kaptein altyd agterop die bakkie gery. My pa het dan my hare in 'n bolla vasgemaak. "Anders waai dit die hele wêreld vol, en dan sukkel ek vanaand om die knope uit te kry." Sy bollas was nooit netjies nie, nie soos dié wat my ma gemaak het nie, maar hy het probeer.

Ek was die aand net besig om my pajamas aan te trek na ek gebad het, toe ek my pa en Cecilia hoor fluister in die sitkamer. Ek het op my tone gangaf gesluip en agter die deur gaan staan. Sodat hulle my nie kon sien nie, en ek hulle kon hoor.

"Dis haar skuld dat die kind so deurmekaar is. Nou wil sy hê ék moet haar skoolpunte laat styg. Plaas sy trou met die fokken man." My pa het selde gevloek, net as hy baie kwaad was. "Nou bly hulle so in sonde saam."

"Ek dog hy bly nie by haar nie?"

"Nie in die week nie, maar wel naweke. Kan jy dit glo? Johanna die heilige, wat nooit haar bene vir my wou oopmaak nie, bly in sonde saam met 'n man."

"Ai, Hennie."

"Jammer, Cecilia, ek wil jou nie opsaal met my probleme nie." Hy het hard gesug. "Wil jy nie gaan kyk waar Anna so lank bly nie?"

Ek het op my tone so vinnig as wat ek kon badkamer toe gehardloop.

Daar het groot opgewondenheid geheers in die saal waar ons ons balletopvoering sou hou. Dit was maar die tweede keer dat ek op 'n verhoog sou dans, omdat – so het my ma gesê – ons juffrou te lui was om meer aan te bied. Dié keer was dit 'n kompetisie tussen die onderskeie balletskole. Ons het almal dieselfde stuk gedans en almal het meegeding om die goue diploma wat aan die einde van die aand uitgedeel sou word.

Ek het alreeds my rok aangehad toe ons in die kleedkamers kom, 'n bloue met groot wit kolle op. Lae en lae netonderrok wat die rok laat boepens het. My hare in 'n netjiese bolla vasgemaak met 'n blommekrans om die bolla. Ma het onderlaag dik oor my gesig gesmeer; bloedrooi appelwange geteken; maskara en rooi lippe die lot. Ek het soos 'n grootmens gevoel, maar toe ek in die spieël kyk, gou besef ek lyk nie soos een nie. Te veel van alles, te dik. Dit het darem getroos dat die ander net so gelyk het. Met die vorige opvoering was ek 'n spook, gesig wit gesmeer, hierdie was my eerste kennismaking met grimering.

Met ons finale buiging het ek tussen die mense na my pa gesoek. Ek kon my ma en oom Danie sien, maar nie my pa nie. Hy moes iewers tussen die mense wees! Hy het gesê hy gaan kom. Maar hy was nêrens nie. My oë het begin traan, so hard het ek na hom gesoek.

Ons het 'n silwer diploma gekry.

"Toemaar," het my ma getroos, "julle het net verloor omdat die ander régte appels in hul piekniekmandjies gehad het."

'n Silwer diploma is goed genoeg vir my, Ma, wou ek sê, ek huil omdat ek nie my pa kon sien nie, nie oor 'n simpel diploma nie.

"Het Mamma vir Pappa gesien?"

"Hy het nie gekom nie."

"Anna, bring die wasgoed!"

Saterdae was wasgoeddag. My ma het Paulina vertrou

35

met die strykwerk, met haar enigste kind, maar nie met die wasgoed nie.

"Ek lees!" het ek teruggeroep.

"Bring dit nou!" Haar stem het gestyg.

Ek het traag van my bed opgestaan. Ek het nog gebaai in die gloed van die vorige aand se opvoering. Ek was nog hartseer oor my pa wat nie daar was nie, en omdat hy nog nie eens gebel het nie. Ek was nie lus vir wasgoed nie.

Dis toe ek oor die wasgoedmandjie buk dat die houe op my boude begin reën het. "Jy-moet-luister-as-jou-ma-met-jou-praat!" Woord vir woord, hou vir hou. "Jy-is-nog-nie-te-groot-vir-'n-pak-slae-nie!" Hy het nie omgegee of die houe oor my bene of oor my rug val nie.

Ek het soos 'n maer vark begin skree; ek was gewoond aan raas, skel, selfs stilstuipe, nie aan pak nie.

My ma het my later kom troos. Sy het langs my op die bed kom sit. Deur die venster agter haar kon ek sien dat dit al begin donker word. "Hou nou op huil, dit was nie so erg nie. Jy sal daaraan gewoond moet raak. Oom Danie gaan jou pa word. En hy glo aan lyfstraf."

"Hy sal nooit my pa wees nie! Ek hét 'n pa!" het ek gesnik.

"Jou pa kan nie eens opdaag vir 'n balletkonsert nie. Hy is nie die naam pa werd nie. Hou nou op huil, Anna." Sagter, so-dat dit soos troos klink. "Ek moet nou ry. Een van die vrouens by my werk gaan trou. Ons hou vir haar 'n kombuistee. Ek sal nie lank bly nie. Ek belowe. Oom Danie bly hier by jou." Ek het harder begin huil. "Nee, regtig, dis nou genoeg, Anna."

Sy het uitgestap sonder om haar verder aan my te steur. Ek het gewens Klein-Danie was daar, maar hy was na sy ma toe vir die naweek. My trane het later vanself opgedroog. Daar was nie meer genoeg water in my lyf oor om te huil nie, het ek gedink.

Ek het later my pajamas bymekaar gemaak om te gaan stort. Ek kon die televisie hoor speel, oom Danie het seker daar gesit. Ek het die stortkrane groot oopgedraai, my boude het nog steeds gebrand.

Ek het hom nie hoor inkom nie, net sy asem hortend oor sy lippe hoor kom. Toe ek omdraai, staan hy na my en kyk met daardie selfde iets in sy oë. Hy het met sy hande én sy oë oor my lyf gestreel. Van bo tot onder. My tieties seer gekneus, tussen sy duim en wysvinger. "Jy is so mooi." Terwyl ek staan, stíl staan, my lyf wou nie na my kop luister nie. "Ek wil jou nie pak gee nie, meisie. Jy moenie weer stout wees nie. Moenie terugpraat nie. Nie met my nie, nie met jou ma nie. Doen wat ek vir jou sê, en alles sal goed gaan." Hy het eers omgedraai toe ons die voordeur hoor klap.

In daardie week het ons 'n partytjie by die balletklas gehou. Ons klasse sou voorlopig stop sodat ons op ons skoolwerk en die eksamen kon konsentreer.

"Wie gaan weg vir die vakansie? Of vir Kersfees?" het Juffrou gevra.

'n Paar kinders het vertel dat hulle na hul oumas toe gaan. Skielik het ek oor my ouma gewonder. My pa se ma. My ma se ma en pa was lankal dood. My pa se pa ook. Maar sy ma het nog gelewe. Ek het nie eens geweet wat haar naam was nie. My ma het my vertel dat my pa uit 'n baie slegte huis kom. Sy wou nie sê hóé sleg nie. En dat sy, my ma, altyd met my ouma so gepraat het dat dit nie nodig vir haar was om haar Ma te noem nie. Ek het haar jare laas gesien, my ouma. Selfs nog voor my ma en pa geskei is. My pa het nie baie gaan kuier nie. Miskien moet ek hom vra om my na haar te vat, het ek gedink. Maar dit toe tog nie gedoen nie.

Die toeter het die Vrydagmiddag skel buite geblaas en ek

het my sak opgewonde gegryp, maar my ma het my gekeer. "Wag eers binne, ek wil met jou pa gaan praat."

Ek het kombuis toe gesluip en bo-op die kas geklim om deur die venster te kan loer.

"Waar was jy Vrydagaand?" Sy het met dié woorde die glimlag van sy gesig gevee.

"Ek kon nie kom nie, jammer, ek moes gebel het."

"Ja, jy moes. Maar so was jy nog altyd, Hendrik, jou meisies en jou drinktyd was nog altyd meer belangrik as jou kind. Of jou vrou."

"Jo."

Ek het dit gehaat as my ma só met my pa praat. Hy het net daar gestaan, kop onderstebo; hy kon homself nooit verdedig nie.

"Moenie my Jo nie. Jy is nie die een wat haar trane moes afdroog nie. En moenie haar Sondag weer so laat kom aflaai nie. Dis eksamen, kyk dat sy leer." Toe sy omdraai, het ek van die kas afgespring en kamer toe gehardloop. Sy het my daar kom roep, haar mond was styf en koud toe sy my groet.

My pa was stil in die bakkie op pad huis toe. Net Kaptein het vir almal langs die pad geblaf. "Pappa, ek het nie gehuil toe jy nie daar was nie," het ek gejok.

"Ek's jammer, my kind, ek kón nie kom nie."

"Dis orraait, Pappa." Ons het in stilte verder huis toe gery.

Ek en Kaptein het 'n stoeigeveg op die mat voor die televisie begin, sodat my pa later saam moes lag. Soms moes ek baie hard werk om die lag in my pa se oë terug te sit. Nie eens Cecilia kon dit meer regkry nie. Oom Willem en tannie Marta het later die aand kom inloer, hulle was op pad na nog 'n vriend se verjaardagbraai. My pa wou nie saamgaan nie.

"Wanneer trou jou ma?" het tannie Marta gevra.

"Ek weet nie."

"Kom jy goed oor die weg met die oom?"

"Hy het my geslaan."

"Wat!" Pa het opgespring.

"Ek het nie gedoen wat Ma gevra het nie en ek het terug-gepraat, toe slaan hy my." Ek wou hom nog vertel van die stort en die kar en die video, maar my pa was te kwaad. Sy gesig was bloedrooi, soos my wange met die opvoering, so rooi dat ek bang was hy bars. Ek het geskrik en eerder stilgebly.

"Gaan kamer toe."

Ek het vir Kaptein geroep; ons was nog in die gang, toe hoor ek my pa: "Ek sal hom doodmaak!"

Oom Willem het gewaarsku: "Hendrik, los dit. Jy is nie meer daar nie, Johanna het 'n ander man in haar lewe. En Anna is op 'n moeilike ouderdom, onthou dit."

"Dit gee hom nie die reg om aan my kind te slaan nie. En Anna was nog nooit moeilik nie. Hulle is nog nie eens ge-troud nie. Ek sal hom doodbliksem!" Toe my pa al hoe har-der skree, het ek en Kaptein kamer toe gehardloop.

Hy het die hele naweek nie weer daaroor gepraat nie. Net met 'n donderwolkgesig rondgesluip. Ek was bang vir Sondag se aflaai. Bang hy slaan hom regtig dood, bang hy slaan hom nié.

Lekker, jou bliksem, het ek gedink toe ons voor die meenthuis stilhou en sy motor in die oprit staan, vandag gaan jy jammer wees, my pá is hier!

Maar my pa het my net afgelaai en gery, terwyl Kaptein sy kop deur die venster steek en weemoedig huil. Soos ek graag sou wou. My pa het níks gedoen nie. Hy was nes ek. Te bang om ons monde oop te maak.

Die week ná die skool daardie laaste kwartaal gesluit het, het Klein-Danie saam met sy pa by ons meenthuis opgedaag. Ons huisie was nie te klein nie, maar met hulle daar het dit altyd oorvol gevoel. Tog was ek bly wanneer Klein-Danie saamkom. Hy moes by my in die kamer slaap, en soms kon ons tot laatnag lê en gesels.

"Ek dog jy kuier by jou ma?"

"Haar nuwe boyfriend het haar vir 'n week berge toe genooi."

"Hoekom het jy nie saamgegaan nie?"

"Ek was nie lus nie." Dit het nie oortuigend geklink nie.

"Ek moes ook die naweek na my pa toe gaan, maar omdat dit vakansie is en almal weggaan, moet hy werk."

Klein-Danie het skaars geglimlag.

"Toemaar," het ek getroos, "nou kan jy saam na die partytjie gaan."

"Watse partytjie?"

"Jou pa en my ma se werkspartytjie. Ons gaan geskenke ook kry, van Kersvader!"

"Daar is nie so iets soos 'n Kersvader nie."

"Ek weet." Hoekom kon daar nie maar een wees nie? En 'n paashaas, en 'n tandmuis? Hoekom moet ouers altyd vir hulle kinders lieg? "Maar dit gaan tog lekker wees."

"Miskien," het Klein-Danie gesê en hom omgedraai om te slaap.

Die Kerspartytjie was by 'n oord net buite die stad. Daar was baie mense; my ma en oom Danie het vir 'n groot boumaatskappy gewerk, en selfs oom Danie se hoofde was daar. Daar was 'n yslike Kersboom en onder die boom het Kersvader gesit. Ek het geweet dis net 'n ou oom met rooi klere en 'n vals baard, maar hy het soos 'n ou vriend gevoel toe hy my nader roep en ek my geskenk gaan haal. Dit het gevoel soos destyds toe my ma en pa nog getroud was en ons elke jaar na die polisie se Kersboom is. My ma het my nie toegelaat om later saam met my pa na sy Kerspartytjie te gaan nie, omdat sy bang was hy drink te veel en vergeet dan van my.

Ek het my geskenk in die motor gaan sit sodat ek dit later in my kamer kon oopmaak. Ek, Klein-Danie en die ander kinders het buite gespeel: blikaspaai, wegkruipertjie, aan-aan.

Dit was al donker toe my ma ons kom roep om ons kos te kom haal waar dit op lang tafels uitgepak was. Ek en Klein-Danie het alreeds met ons vol borde staan en wag dat my ma haar en oom Danie s'n klaar inskep, toe hy aange-stap kom. Mens kon sien hy het gedrink, te veel gedrink, maar anders as my pa, wat dan meer lag, was sy gesig stroef. Ek kon nie hoor wat hy vir haar sê of wat sy sê nie, net gesien hoe hy die borde uit haar hand klap, gesien hoe Klein-Danie syne laat val en hardloop. Oom Danie was be-sig om driftig vir my ma te beduie. Sy het vinnig omge-draai, my aan die hand beetgekry en uitgestap.

"Johanna! Johanna!" het hy agterna geroep, maar sy het net vinniger geloop. Dit was doodstil in die saal. Al wat ek kon hoor, was oom Danie se geroep na my ma.

"Sit neer jou bord."

Ek het nog steeds my bord vasgehou, het ek besef, en dit laat val op die gras. Toe hardloop ons. Ek en my ma. Tussen die rondawels deur, terwyl hy ons in sy motor agtervolg en bly roep. Ek dink as my ma wou, sou ons nog vinniger kon gehardloop het. Dit was asof sy 'n speletjie speel. Sy wou hê dat hy ons moes vang. Ons het lank so bly wegkruip, hardloop, wegkruip, tot hy ons voorgekeer het.

"Ek is jammer, Johanna, ek is jammer," het hy gehuil en op sy knieë voor ons neergeval. "Dis wat drank aan my doen, dis hoekom ek nie drink nie. Dis daardie spul van

41

finansies wat my mááK drink het. Ek is jammer. Trou met my, Johanna." Hy was nou nugter geskrik. "Ek weet hoe haat jy drank, gee my 'n jaar kans om aan jou te bewys dat ek nie só is nie. Trou dán met my," het hy gesnik.

My ma het my hand gelos, by hom gaan kniel en hom in haar arms geneem.

Dis ék wat later moes vra waar Klein-Danie is.

"O Here! My kind!" het hy uitgeroep.

Ons het hom eers die volgende oggend in die swembad se kleedkamers gekry. Hy was yskoud en baie honger. Hy wou nie met my praat nie.

Die aand, met die beskerming van die donker om ons, het hy tóg gepraat: "Pas op vir my pa, Anna. Hy is 'n vark. 'n Fokken vark. Ek haat hom."

Ek het nie gevra hoekom nie. Ek was te bang om te hoor watse onheilighede daar nog in oom Danie se kas skuil.

Vroeg in die nuwe jaar, my standerdvyfjaar, het my ma en oom Danie na huise begin kyk. Dit het hom nie lank gevat om haar te oorreed om saam met hom in te trek nie. "Ek gaan nie dieselfde fout weer maak nie, jy sal sien."

Sy het steeds onseker gelyk.

"Ek wil jou nie dwing om vroeër met my te trou nie, Johanna, ons bly by ons datum van 5 Desember. Kom ons koop solank huis, bly saam. Werk dit nie uit nie, hou jy die huis, ék sal ander blyplek soek."

So begin ons toe weeksmiddae huis soek. Ek en Klein-Danie opgewonde op die agterste sitplek van sy pa se luukse motor. Ná elke huis, terwyl my ma-hulle die voor- en nadele van die huis bespreek, het ek en Klein-Danie die inhoud van die huis, en soms die mense, bespreek.

"Het jy gesien hoeveel tapes daai meisiekind het?"

"Het jy gesien hoeveel *Huisgenoot*-middelprente daar teen sy muur is?"

"Hulle moet seker elke week 'n *Huisgenoot* koop."

"Het jy gesien hoe lank die tannie se naels is?"

"Het jy haar hare gesien?"

"Sy groot boep?"

Die huis wat almal van ons se hart gesteel het, was in 'n spogwoonbuurt. "Ruim," het my ma gesê. Daar was ook 'n swembad en die mooiste uitsig oor die see.

Ons sou begin Maart intrek. My ma het solank bokse bymekaar gemaak, metodies begin pak. Die ekstra linne is gewas, drooggemaak en dan gepak. So ook ons winterklere. Die breekgoed wat sy net met spesiale geleenthede uitgehaal het, is in groot velle borrelplastiek toegedraai en dan in die bokse gepak. My hande het gejeuk om 'n vel daarvan tussen my vingers te laat bars, maar my ma se waarskuwende oë het my daarvan weerhou. Spokie het die pakkery geniet. Tussen die bokse rondgehardloop, die velle papier bestorm, tot my ma gegil het: "Vat tog die kat van jou uit, Anna! So sal ek niks gedoen kry nie."

Soms het ek gewonder of my ma ooit kind was, sorgeloos. Sy was so streng oor alles, dit kon tog nie vir haar lekker wees om altyd bemoerd te wees nie?

Ek het daardie selfde nag, dit moet 'n Vrydag gewees het, hulle het tog net naweke na ons toe gekom, wakker geword toe my bene begin ruk, toe die lamheid deur my lyf trek. Hy het oor my gebuk gestaan, sy hand by my broekie uitgetrek, my op die voorkop gesoen, omgedraai en geloop. Ek het lank wakker gelê. Was hy regtig hier? Hier in my kamer, met Klein-Danie wat op die ander bed lê en slaap?

Dit was naweek. Paulina sou eers weer Maandag kom,

ek sou die volgende twee nagte in dié nat bed moes slaap, het ek die volgende dag besef toe ek my bed opmaak. Ek sou maar snags 'n dik sweetpakbroek moes aantrek teen die nattigheid.

"Pappa?"

Ons het op die strand geloop. Altans, my pa het geloop, ek het tussen hom en Kaptein, wat ver vooruit gehardloop het, gedraf. "Hoekom is Mamma altyd so kwaad?"

"Kom ons gaan sit, ek is darem nou lus vir 'n sigaret."

"Kaptein!" het ek geroep; ek wou nie hê hy moes so ver vooruit hardloop nie, netnou kry ek hom nie weer nie.

"Los hom," het my pa gekeer, "laat hy homself moeg maak, dan blaf hy dalk vanaand minder." Ek het langs hom gaan sit en my kaal voete in die sand ingegrawe. My pa het 'n sigaret uit die pakkie geskud, dit opgesteek. "Miskien moet ek jou van jou ma vertel, dalk verstaan jy haar. Die hemel weet, ék verstaan haar nie," het hy moedeloos gesê. "Jou ma kom uit 'n huis waar haar pa gedrink het."

"Soos Pappa?"

"Nee," het hy gelag, "baie erger as ek. Hy het so gedrink dat hy nooit 'n werk lank kon hou nie. Daar was baiekeer nie kos in die huis nie, jou ma het baie kere honger gaan slaap. Dit het natuurlik ook nie gehelp dat die kinders by die skool jou ma gereeld gespot het nie."

"Hoekom?"

"Omdat sy altyd ou klere moes dra, soms nie skoene vir skool gehad het nie. Nie bruinpapier kon bekostig om haar boeke oor te trek nie. Nie broodjies kon inpak nie. Daai soort ding," het hy met sy hande beduie.

"Arme Mamma."

"Ja, arme Mamma. Sy het haarself al vroeg belowe dat sy

44

nooit so armlastig sal wees nie. Dat sy beter sal lewe as haar ma."

"Maar hoekom is sy kwaad?"

Kaptein het aangehardloop gekom, ek het my arms vir hom oopgemaak, hy het my amper onderstebo gehardloop.

"Ek dink sy is kwaad vir haarself. Omdat sy dit nie kon regkry om 'n ware man te kry nie. Een wat die broek in die huis dra. Letterlik en figuurlik. Sy wil nie besluite neem nie. Sy wil hê haar man moet alles namens haar besluit. Sy wil sy slaaf wees, soort van. Ek was nie goed genoeg vir haar nie, nie mans genoeg nie."

"En jy drink."

"En ek drink."

My pa het sleg gelyk, hy het baie gewig verloor, sakke onder sy oë gehad, het ek opgelet.

"Oom Danie het vir ons 'n huis gekoop met 'n swembad," het ek die gesprek verander.

"Trou hulle dan?" het hy verbaas gevra.

"Eers Desember."

"Jou ma is seker bly oor die huis. Sy wou nog altyd haar eie huis gehad het. Het nie daarvan gehou om in 'n huurhuis te bly nie." Hy het gesug. "Sy is baie lief vir jou, Anna. Dís hoekom sy so streng met jou is, omdat sy jou liefhet." Hy het die sigaret weggeskiet. "Kom ons gaan na ons ou huurhuisie, sónder die swembad, toe."

Ons was besig om die laaste goed in te pak, ons sou die volgende dag intrek.

"Mamma, Pa lyk nie vir my so goed nie."

Ek het al twee weke gesukkel om dit vir haar te sê.

"Wat verwag jy? Ek is nie in die minste verbaas nie. Hy drink te veel, hy rook te veel. Gee daardie boks aan."

Hoe kan sy so harteloos wees? het ek gedink. Sy ken hom al só lank, maar sy kan nie 'n enkele goeie ding van hom sê nie.

Ons het die volgende oggend vroeg begin trek. Die hele dag lank uitgepak. Klein-Danie het vir my die grootste kamer gegee. Hy het die kleiner een langs my vir homself uitgekies. Dit was lekker om my goed uit te pak soos ék dit wou hê. My ma het gesê ek was nou groot genoeg om dit self te doen.

Toe my ma eindelik verklaar dat ons klaar is vir die dag, het ek en Klein-Danie ons swemklere aangetrek en in die swembad gaan spring. Die water was koud, maar dit het gehelp om die ergste lyfseer van die dag se harde werk te verdryf. Klein-Danie het die swembadlig aangeskakel sodat die water blou geskitter het. Ek was besig om 'n bal uit sy hande te probeer kry, toe die lig in die swembad doodgaan. Kort daarna was daar 'n plons agter ons. Dit was oom Danie wat ingeduik het. Ons het hom nie onder ons luide gille en gelag hoor aankom nie.

"Hoekom sit Pa die lig af?" het Klein-Danie gevra.

"Dis lig genoeg buite, en ons moet maar krag bespaar waar ons kan," was sy verweer.

Ek het so ver moontlik van hom probeer wegkom, was net aan 't uitklim, toe hy my terugtrek die water in.

"Gaan Pa saamspeel?" het Klein-Danie gevra.

"Ek dink jy moet gaan bad."

"Maar Anna swem dan nog."

Hy het my met sy een arm stewig teen hom vasgedruk, met sy ander hand my bikini-broekie weggetrek. Sy hand was vuurwarm teen my koue vel. Hy het my begin streel, eers saggies, toe harder. Sy asem het gejaag, en die soet reuk van Old Spice was in my neus. Ek het iets hards teen my rug voel lewe.

"Pa?"

"Klim nou uit, Danie! Gaan bad solank, dan kan Anna ná jou bad. Toe-toe!"

Klein-Danie het druipstert uitgeklim.

Ek was nou alleen saam met hom! "Ek kry koud," het ek deur geklemde kake gesê, "ek wil ook nou uitklim."

"Kak." Hy het opgehou om my te streel. Hy het sy hand ín my gedruk sodat ek hard gekreun het. "Eina! Dis seer!"

"Sjuut!"

"Kom nou in, julle twee! Kos is reg!" het my ma vrolik uit die deur geroep. Hy het my gelos, en ek kon uitklim.

"Ek wil nie eet nie, Ma. Kan ek maar môre bad?" het ek in die verbygaan geroep.

"Is jy dan nie honger nie?"

Ek het my kop geskud en verbygeloop na my kamer toe.

"Tieners!" het ek hom en my ma hoor lag.

My hart het met dowwe slae teen my ribbes gebons. Ek het van kop tot tone gebewe. Tóé al het ek hom begin haat.

My ma moes die vorige maand vir Paulina laat gaan. Dit was vir my baie hartseer. Oom Danie het daarop aangedring dat Maria Cupido, sy huishulp, by ons werk. Ek het van haar gehou, maar nie so baie soos van Paulina nie. Ek moes haar die volgende dag smeek om nie vir my ma van my nat bed te vertel nie. Sy het nie. Sy het die nat lakens afgehaal, die matras omgeruil, nuut oorgetrek. Ek weet nie hoe sy dit reggekry het om die nat lakens te was sonder dat my ma weet nie. Miskien was my ma net te besig met die uitpak-kery om om te gee.

Die middag het daar 'n radio op my bed gelê.

Van oom Danie.

"Hy bederf jou vreeslik, Anna!" het my ma bly gesê.

47

Omdat ons nou nie meer binne loopafstand van my skool gewoon het nie, moes ek ná skool saam met al die ander kinders wie se ouers werk, by nasorg bly. Toe my ma die voorstel maak, was ek woedend. Ek wou nie daar wees nie. Ek wou by die huis wees, by my kat, in my kamer. Dit was die enigste tyd van die dag dat oom Danie nie daar was nie. En toe is dit al die tyd lekker by nasorg. Ek het die maats wat ek daar gemaak het, geniet. Kans gehad om my punte bietjie op te stoot. Skool het sy bekoring vir my verloor, tog het ek gedoen wat ek moes om deur te kom, om nie in die moeilikheid te beland nie. Nie by my ma óf by die skool nie.

My pa het my die Vrydag sommer by die skool opgelaai. Hy moes Kaptein soos gewoonlik vashou, anders het hy tussen die ander kinders deur op my afgestorm. Dit was my rusnaweke, dié by my pa, niemand wat pla nie, niemand wat in die nagte jou deur oopmaak en oor jou buk nie. Dit het nie eens gehelp dat ek my deur toesluit nie, my ma sou die volgende oggend net vreeslik met my raas omdat sy nie in my kamer kon kom om my vir skool wakker te maak nie. Natuurlik het oom Danie my ook met verskriklike goed gedreig as ek dit durf waag om my deur te sluit.

My pa het daardie naweek vir my so ernstig gelyk.

"Anna, Pappa is lief vir jou, jy moet nooit daaroor twyfel nie."

"Ek weet, Pappa."

"Is hy goed vir julle?"

Ek het getwyfel, maar uiteindelik tog ja gesê.

"En jou ma? Is sy nou rustiger? Baklei sy nog so baie met jou?"

"Nie meer so baie nie."

"Ek is bly. Onthou, as jy wil praat, oor enige iets, ek's altyd hier."

"Ek weet, Pappa."

Stom Anna.

Hy het my hare deurmekaar gekrap en opgestaan. Sommer gaan koffie maak of iets.

Toe hy my die Sondag gaan aflaai, het hy my lank vasgehou en gehuil. Ek het half verward probeer troos. Myself voorgeneem dat ek hom die volgende keer alles sou vertel. Hy is my pa, hy sou iets moes kon doen. Ek sou by hom kon gaan bly . . . Nie nou vertel nie, nie terwyl hy so huil nie, maar definitief volgende keer.

"Toemaar, Pappa, dis nog net twee weke."

Dit was nie. Hy het dieselfde aand sy dienspistool gevat en homself in sy badkamer geskiet. Oom Willem het die volgende oggend die nuus gebring. My ma het my kamer toe gestuur, maar ek het bly staan, en dié keer het sy my gelos.

"Hy was baie af die laaste tyd. Het behandeling vir depressie gekry."

"Depressie?"

"Ek weet ook maar nie veel nie, Johanna. Ek is jammer."

"Wie gaan die reëlings tref?"

"Cecilia het gevra of sy kan."

My ma het geknik. "Dis goed."

"My pa wil veras word."

"Sy weet, Anna," het oom Willem gesê.

Terwyl my ma haar werk en my skool bel, het ek kamer toe geloop. Met my skoolklere op die bed gaan lê. Ek het nie gehuil nie, nie toe nie. Net toegelaat dat my ma by my kom sit.

Sy het oor my hare gestreel. "Ek is jammer, Anna."

Eers tóé kom die trane. Soos 'n sluis wat oopgemaak word. Sonder ophou. Sodat sy my teen haar getrek het, my in haar arms gehou het.

Die diens was so onnatuurlik. Sy kis is buite in die bloedige warm son gelos. Dit was sy wens dat sy kis nie die kerk ingebring word nie, dat die preek nie oor hom gaan nie, maar vir ons moet wees. Die predikant het my pa glad nie geken nie, nooit lewend of dood gesien nie.

Cecilia het ná die diens na ons oorgestap, haar hand uitgesteek. "Hallo, ek is Cecilia," het sy vir my ma gesê.

My ma het haar hand gevat. "Johanna. My verloofde, Danie."

"Hennie se as word volgende week aan my oorhandig. Sal dit reg wees as ek Anna kom haal sodat sy dit saam met my kan bêre?"

"Natuurlik."

Daar was 'n stroefheid tussen die twee vrouens.

"Dankie." Cecilia het na my gekyk. "Anna, jou ouma is hier. Sy wil jou graag sien. Wil jy saamkom?"

Ek het haar hand gevat en saam met haar na my ouma geloop. Ek het haar nie herken nie, my ouma. Nie geken nie. Sy was net nog 'n ou vrou met 'n moesie op haar linkerwang. Sy het my op en af gekyk en gesê: "Jy lyk net soos jou ma. Daar is niks van jou pa in jou nie." Toe het sy omgedraai en weggestap.

Cecilia het my teruggevat na my ma toe. My gesoen voor sy loop.

Sy het my die volgende week kom haal. My pa was op die agterste sitplek. In 'n klein boksie. Die tuin van herinnering was 'n indrukwekkende muur met klein vakkies waarin die boksie net-net gepas het. Een van die werkers het my pa binne-in toegemessel. Ons het nie gepraat nie, net gekyk tot hy klaar was.

Cecilia het na my hand gesoek, dit styf vasgehou. "Hy was baie lief vir jou, Anna," het sy gesê.

"Ek weet. Hy was vir jou ook lief."

Sy het geknik en die trane van haar wange gevee.

"Hoekom het hy dit gedoen?"

Sy het lank stilgebly, haar stem was onvas toe sy eindelik praat: "Depressie is 'n lelike ding, dit bekruip jou so onverwags. Ek het hom nie die Sondagaand gesien nie, hy wóú my nie sien nie. Ek dink dit was vir hom te moeilik om die mooi in die lewe bo die pyn raak te sien. Hy was moeg om dit altyd te moet soek. Ek glo nie dat hy regtig wou selfmoord pleeg nie, ek dink hy wou net hê die pyn moes stop."

Die vrae het onverwags by my opgekom. Is my pa in die hemel? Sou God 'n man daar toelaat wat nie eens as dooie in die kerk wou ingaan nie? En dit omdat hy ongemaklik was om voor ander te bid. Die kerk sê selfmoord is sonde: sou God hom tog, omdat hy depressie gehad het, in die hemel toelaat? Mý antwoorde op al die vrae was nee. En dít het beteken dat hy in die hel was. Saam met die duiwel. Hoe kon ek trots wees op 'n pa wat in die hel is? het ek gedink. Hoe kon ek my vader eer? En dis 'n gebod, eer jou vader en jou moeder. Ek het daar langs die muur, met my hand in Cecilia s'n, geweet dat ek hom slegs sou kon onthou, sou kon eer vir die wonderlike pa wat hy vir my was. Anders as my ma, het hy nie aan lyfstraf geglo nie. Hy het met my gepraat, of ek iets verkeerds gedoen het of nie. Ek sal hom onthou omdat ek vir hom lief was. Die liefste vir hom was. En omdat hy vir my lief was.

Cecilia het ingekom toe ons by die huis stop. My ma was dié keer minder stroef, sy het koffie aangebied, Cecilia het dit aanvaar. "Ek moes die huis gister ontruim, ek het al Anna se klere saamgebring. Dis in die kattebak, as jy dit wil gaan haal, Anna."

"Klere?" het my ma verbaas gevra.

"Pappa het vir my 'n paar goedjies gekoop."

Cecilia het 'n slukkie van haar koffie geneem. "Dan is daar die kwessie van die hond."

"Kaptein," het ek haar gehelp.

"Dis reg, Kaptein."

My ma het na my gekyk. "Ai, my kind, dit kan nie. Hier is nie genoeg plek nie, en so 'n hond het spasie nodig."

Sy was reg, die erf was nie baie groot nie. Die swembad het die meeste van die spasie gevat. "Maar –"

"Anna," het sy my in die rede geval, "verstaan tog, my kind. En jy het mos vir Spokie."

"Ek sal nie omgee om hom te vat nie, as jy nie omgee nie. Ek wou nog altyd 'n hond gehad het," het Cecilia aangebied.

Ek het geknik: ja, en uitgeloop om die tas in die motor se kattebak te gaan haal. Met die terugkom het Cecilia opgestaan. "Miskien kan jy vir my kom kuier, dan kan jy darem vir Kaptein sien."

"Dit sal lekker wees."

Met die uitpak van die klere het ek afgekom op foto's van my en my pa wat Cecilia ook ingepak het. En my pa se polshorlosie. Dit was die polshorlosie wat my bors weer laat brand het, wat die trane uit my oë gepers het. Dit was die tweede keer dat my pa van my weggevat word, en elke keer verloor ek 'n troeteldier. Hoekom, Pappa? Hoekom het jy dit aan jouself, aan my, gedoen?

'n Paar maande later, toe die seer oor my pa nie meer so vreeslik séér was nie, het ek en 'n vriendin, Esmé, uit die studielokaal gesluip, kafee toe. Albei van ons was lus vir iets soets. Ons het na die tapes op die staander gekyk. Daar was nie juis iets wat my getrek het nie.

Esmé het egter met die nuwe Queen-tape in haar hand gestaan. "Ek wil só graag die tape hê."

"Ek hou ook nogal van Queen."

"Kom ons vat elkeen een."

"Hû?"

"Kom nou, Anna, moenie so prim wees nie. Kom ons vat dit. Niemand gaan ons tog sien nie." Ons het die tapes voor by ons bloese ingedruk, lekkers gekoop en uitgestap. En net tot op die sypaadjie gevorder.

"Kom saam. Gee die tapes vir my." Die eienaar was 'n groot man. Hy het sy hand uitgehou en ons het dit gegee. "En ek soek julle telefoonnommers."

Esmé was die een wat in trane uitgebars het en haar telefoonnommer gegee het. Ek het geweier. Botstil bly staan. Dit was nog altyd my probleem: as ek skrik, as ek bang is, vries ek. Kan ek geen woord uitkry nie. Dié keer het ek uit beginsel stilgebly. My ma sou my dóódmaak. Aan oom Danie wou ek nie eens dink nie. Daar was nie 'n manier hoe ek die nommer vir hom kon gee nie. Hy was tevrede met net Esmé s'n, en ons is druipstert terug skool toe, waar ek bewend van angs vir my ma gewag het. Ek kon nie glo dat sy nie op my gesig kon sien wat ek gedoen het nie.

Dit was al laat toe die telefoon lui. Ek het genael om eerste daar te wees. Dit was Esmé se ma, sy wou met my ma praat. Ek kon nie vinnig genoeg aan 'n verskoning dink nie en moes my ma roep.

"Het julle baklei?" het my ma gevra toe ek die telefoon na haar uithou. Sy was spierwit toe sy die gehoorstuk terugplaas. "Hoe kon jy?"

"Mamma . . ."

"Gaan kamer toe." Sy was kortasem, asof sy baie lank, baie ver gehardloop het.

Kort daarna het oom Danie met sy belt ingestap. Die eerste houe het op my boude geval, daarna het hy nie meer omgegee wáár hy my tref nie, solank dit net tref. Bene, boude, rug.

"Donnerse kind! Ek maak nie 'n dief groot nie!" het hy geskree toe hy uitstorm.

Dit was weke voor my ma weer vir my kon kyk.

Een aand – ek het al vroeër kamer toe gegaan – was ek op pad kombuis toe om vir myself 'n glas koeldrank te gaan haal. Ek het hulle hoor praat. Van my hoor praat.

"Hoe kón hy dit aan haar doen?" My ma se stem. Gedemp.

Ek het voor die deur vasgesteek, stadig agteruit geloop voor hulle my kon sien.

"Hy was 'n lafaard, jy het self so gesê."

"Ja, maar wat dink jy het in sy kop aangegaan? Hy het vir geen oomblik aan Anna gedink nie, wat dit aan haar gaan doen nie."

"Hoe weet 'n mens ooit wat in iemand se kop aangaan?"

"Dis Hendrik wat haar so deurmekaar gemaak het, dis sy skuld dat sy dinge soos dié diefstal doen. Sy is tog nie so nie."

"Jy is reg. Gelukkig vir Anna is ek darem nog hier. Sy is nie totaal pa-loos nie." Hoe durf hy, het ek gedink.

"Miskien moet ek haar na 'n sielkundige vat, so iets vreet maar aan 'n mens. Dalk het sy nodig om met iemand daaroor te praat, al behoort sy eintlik met mý oor dié soort dinge te praat."

"Skat," het hy gelag, "jy het nie genoeg geduld vir so 'n kind nie, en nee, ek dink nie dis 'n goeie plan om haar na 'n sielkundige te vat nie."

"Hoekom nie?"

"Ek dink dis onnodig. Sy het vir jou en vir my; as sy dan nou móét praat, kan sy met ons praat."

"Jy's reg. Natuurlik is jy reg." Sy het verlig gelag. "Jy is altyd reg. Maar ek gaan haar tog vra of sy nie wil gaan nie. Anders voel dit vir my of ek my ouerlike plig verwaarloos."

"Jy mors jou tyd. Sy sal nie wíl gaan nie."

Maar my ma het tóg anders gedink.

"Anna, Mamma het gewonder, wil jy nie maar na 'n sielkundige gaan nie?" Dit was later die aand. Sy het, vandat my pa dood is en vandat sy weer met my begin praat het, vir my kom nagsê asof ek skielik 'n baba was.

"Nee." Ek het gehaat om dit te erken, maar oom Danie was reg, ek wou nie na 'n sielkundige gaan nie. Ek wou nie voor 'n vreemde sit en derms uitryg nie. En buitendien, wat sou oom Danie aan my doen as ek tóg sou gaan? Hy sou dit mos nie net so los nie.

"Liefie, dit sal jou goed doen, daar kan jy oor jou pa praat. Dit sal help vir die dae wanneer jy so vreeslik na hom verlang."

Daar het so wraggies 'n traan oor haar wang geloop. Sy het nooit gehuil oor my pa nie, nie toe oom Willem ons kom sê het nie, nie by sy diens nie, nóú wou sy kamstig emosioneel raak. Ek het koppig geweier om na 'n sielkundige te gaan, ek was mos nie mal nie. My ma het later handdoek ingegooi.

Ek weet nie hoe ek deur my standerdvyfjaar gekom het nie maar ek het, sonder my pa. Ek het op 'n dag die jeans wat my pa vir my gekoop het, aangetrek. My ma het my op en af gekyk, maar niks gesê nie.

Cecilia het my twee maal kom haal om by Kaptein te gaan kuier, maar sonder my pa was dit nie dieselfde nie. Ek wou nie weer gaan nie.

Ek het skool toe gegaan, huis toe, en snags stokstyf in my bed gelê en bid dat hy nie sal kom nie. Maar hy het. Die deur het keer op keer geruisloos oopgegaan, sy hand het by my broekie ingekruip, my lyf het begin ruk.

"Jy praat met niemand hieroor nie," het hy gewaarsku. Gedreig.

My skande het ek die volgende oggend in die wasgoedmandjie gaan gooi. Godsgeluk het my ma Maria met die wasgoed vertrou.

Hoekom hét ek nie gepraat nie? Omdat ek bang was? Omdat ek skaam was? Of omdat dit so vernederend was? Tot vandag toe weet ek nie. Ek weet net ek kon nie. Met niemand nie.

Daardie jaar, 1981, die jaar toe my pa dood is, die jaar toe my ma weer getroud is, het ek dertien geword, 'n tiener.

Amper 'n week ná my verjaardag kom my ma by die huis met 'n pakkie en nooi my kamer toe om te kom kyk.

Ek voel hoe die opwinding deur my trek toe sy die pakkie oopwikkel. Sy begin klein kleertjies op die bed uitpak. "Vir my pop?" het ek ongelowig gevra. Ek het mos nie eintlik meer pop gespeel nie, net as niemand my sien nie, én dit was ongewoon om sommerso iets by my ma te kry.

"Nee, liefie," het sy goedig gelag, "dis vir my. Jy gaan 'n bababoetie of -sussie kry."

"'n Boetie of 'n sussie?" Na al die jare se alleenkind? Ek was tóg opgewonde.

Op 5 Desember is hulle toe getroud. Nie in die kerk soos my ma graag wou nie, maar in 'n vriendin van my ma se huis. Tannie Karen, wat 'n landdros was. Tannie Karen was erg op haar senuwees. Dit was haar eerste troue en haar stem het gebewe. Ek moes 'n aaklige groen blommerok met valletjies om die moue en hals dra. Lang wit kouse, swart skoene. Soos vir kerk. Klein-Danie en sy pa het pakke gedra. My ma het mooi in 'n pienk rok en hoed gelyk. Dit was gou verby, die troue. Tien oogknippe lank, ek het getel.

Hulle sou nie op wittebrood gaan nie. "Wat van die kinders?" was albei se verweer.

Klein-Danie het van daardie dag af my ma Ma genoem. Hy het sy belofte nagekom. Ek kon nie. Die woord Pa het in my keel vasgesteek as ek na hóm kyk. Dit wou nie uit nie.

My ma het gesmeek: "Noem hom Pa, my kind, hy is tog nou jou pa en dit laat ons darem na 'n normale huisgesin lyk." Normaal, Ma? "Dit klink so aaklig as ons gaste het en jy 'oom' hom."

Ek het geweier. Toe los sy dit. My ma wat soos 'n boerboel aan 'n been kon klou, los dit. Dalk was sy tog lief vir my.

Die begin van die nuwe skooljaar het die begin van my hoërskooljare beteken. Die hoërskool was slegs twee blokke van die huis af, dus binne loopafstand. Vir die eerste keer was ek en Klein-Danie in dieselfde skool, gelukkig nie in dieselfde klas nie. En omdat ons vanne verskil het, het bitter min mense geweet dat ons eintlik amptelik broer en suster was. In die begin was dit moeilik, ek het gesukkel om maats te maak, gesukkel om in te pas. Sover dit my aangaan, is hoërskool net lekker as jy jou laaste matriekvraestel voltooi en ingelewer het.

Saam met die nuwe skool moes ek ook na 'n nuwe balletskool gaan, die oue was te ver, dié een was binne loopafstand. Maar anders as by die skool, het ek daar dadelik tuis gevoel. Miss Dolly, ons onderwyseres, was gek oor my.

"Look at her body. Look at the way she holds herself. Her technique is beautiful. She will one day become the prima ballerina!" het ek haar ná ons eerste klas aan die pianis hoor sê. Met die volgende les het sy my eenkant geroep en voorgestel aan 'n baie aantreklike meisie.

"This is Helena, Anna. I want the two of you to work

together, from now on. When next we have a show, I want both of you centre stage. You are ideally suited to each other!"

So leer ek toe vir Helena ken.

En 'n bietjie later ook haar ouers.

"Mamma, ek het iemand by die balletskool ontmoet, haar naam is Helena. Hulle bly net in die volgende straat. Haar pa het ons genooi om daar te kom tee drink. Vir my en Ma. Hulle wil graag vir Ma ontmoet. Sy is ook in my skool, maar nie in dieselfde klas as ek nie. Kan ons gaan, asseblief?"

My ma het gelag, sy het deesdae baie meer gelag. "Sjoe! Jy het lanklaas so baie te sê gehad. Natuurlik kan ons. Ek sou self graag jou vriendin en haar ouers wou ontmoet. Wanneer moet ons gaan?"

"Wel, hm, nou." Asseblief, voor hy by die huis kom en dit in sy kop kry om saam met ons te gaan.

"Anna, is jy seker? Ek wil nie die mense onkant vang nie."

"Natuurlik, Ma. Helena het my nou net gebel. Haar pa is al by die huis, en toe sê hy ons moet kom tee drink."

"Nou maar toe, gee my vyf minute om myself respektabel te maak, dan kan ons ry."

Daar was niks fout met my ma nie. Soos altyd was sy perfek gegrimeer. Al wat anders was, was haar groot maag; mens kon nie meer haar ongelooflike dun middel bewonder nie.

Ek kon sien dat my ma aangenaam verras was met die huis toe ons in die oprit stilhou. Dit was 'n mooi huis, siersteen, 'n groot dubbelverdieping. Bo in die dak kon ek die rye klein venstertjies soos dié van 'n kerk sien. Dit moet haar ma se heiligdom wees, het ek geweet. Helena het gesê haar ma skilder en sy het haar ateljee bo in die dak ingerig. Voor in die oprit het 'n luukse Mercedes gestaan, daarnaas 'n afgeleefde Toyota-bakkie en 'n minibus. 'n Perse!

Helena moet vir ons gewag het, want sy kom haal ons by die motor.

"Ek is bly julle is hier! Hallo, tannie, ek is Helena."

"Aangename kennis, Helena. Ek moet sê dat ek verras was oor die uitnodiging, maar ek is bly om hier te wees."

"Kom gerus in, ek gaan gou my pa haal."

Sy het ons na die sitkamer beduie, en ek het verskrik na my ma gestaar. Soveel van deurmekaar het ek nog nooit gesien nie. Oral het lappe gelê, selfs die banke was oortrek met 'n bonte mengelmoes van lap. En op die vloer, sodat ons nie mooi geweet het waar om te trap nie, wat nog waar om te sit.

"A! Die baie mooi, baie begaafde Anna. En haar mooi ma. Aangename kennis, ek is Hannes Malherbe, Helena se pa. Kom sit gerus." Hy het met 'n wye handgebaar na die banke om hom gewys. Hy moes ons verwarde gesigte gesien het, want hy het goedig gelag, sy kop geskud en gesê: "Verskoon die gemors, sit sommer bo-op, of gooi af, ek doen dit. Dis my oudste, Angelica, hulle groepie moet 'n modeparade beplan, klere maak en so, jy weet, en ek lei af dis waar hulle besluit het om te werk, voor hulle gou stad toe is vir 'n pizza."

My ma het gelag, nie heeltemal oortuigend nie, en die lappe versigtig eenkant toe gevee voor sy gaan sit het. Van Helena was daar nie 'n teken nie. Ek het maar half verdwaas om my gestaar terwyl my ma en oom Hannes gemeenplasies uitruil.

Die gesels wou nie mooi op dreef kom nie. "Ek is 'n ouditeur, glo dit as jy kan. Gewoonlik dink almal wat my vir die eerste keer by my huis ontmoet dat ek ook met die kunste doenig is, maar glo my, ek het geen kuns in my nie. Ek laat dit maar alles in die vroue van die huis se hande oor."

"Vroue?"

"My vrou, Sara, is 'n kunstenaar, miskien het jy al van haar gehoor? Sy skilder onder haar nooiensvan, sy is baie gewild hier en oorsee." Hy het gewag vir erkenning, maar wat die kunste betref, was my ma 'n leek. Sy het gehou van mooi prentjies, het sy gereeld gesê; wie dit geteken of geskilder het, was bysaak. "Ek het vier dogters, almal van hulle beoefen een of ander kunsvorm. Helena is natuurlik die danser, stel glad nie in enige ander sport belang nie, sy wil net dans."

"Anna ook!" My ma het verlig geklink dat daar iets was waaroor hulle kon gesels. "Ek het al soveel kere probeer om haar te oortuig om tennis te speel, dis so 'n mooi spel, maar nee, sy wil net ballet doen. En as ek sien hoeveel tyd die ballet in beslag neem, is dit ook maar seker goed dat sy niks anders doen nie."

"Jy het 'n pragtige dogter, sy is besonders."

Ek het dit gehaat as iemand na my verwys as mooi. Wat ek ook al probeer het, almal het my "besonderse" skoonheid raakgesien. Ek het toe al die stywe jeans wat my pa nog vir my gekoop het, afgesweer en net wye jeans, rompe en bloese begin dra. My lang hare het ek óf in 'n bolla óf in 'n stertjie gedra, nooit meer los nie. Hoe minder mense sien wat hý sien, hoe beter, het ek geredeneer.

Helena het teruggekom met die mooiste vrou wat ek nog ooit gesien het, sy het soos iets uit 'n sprokiesboek gelyk. 'n Kruising tussen 'n elfie en 'n sigeunerin. Kort en donker met lang gitswart hare wat los gehang het, die mooiste gepunte oortjies, groot hoepeloorbelle en 'n lang laag-op-laag-rok. Sy het nie lank gebly nie, slegs tee gemaak en haarself toe verskoon – sy was besig om aan 'n uitstalling te werk – maar sy moes tog 'n indruk op my ma gemaak het. Met die terugry kon sy nie genoeg praat van die mooie vrou nie, en hoe ooglopend lief sy en haar man vir mekaar was nie. Die gesin Malherbe, hoe deurmekaar hul sitkamer ook al was, het my ma se goedkeuring weggedra. My vriendskap met Helena was veilig.

Ek het nooit vir Helena genooi om oor te slaap nie, ek weet dat dit vir haar 'n teer puntjie was, maar hoe kon ek? Self het ek baie aande langs haar in haar dubbelbed – haar kamer moes ook as gastekamer dien – deurgebring. Ek was so bang dat hy met haar ook iets sou doen. Daarom het ek vroeg-vroeg al besluit om haar slegs by ons toe te laat wanneer hy by die werk was, wanneer dit veilig was. Hoe groter my ma se maag geword het, hoe meer gereeld het hy snags my deur oopgestoot.

"Ek is bang vir die geboorte."

My ma was besig om aartappels te skil vir middagete. Haar maag was nou so groot dat sy gesukkel het om die krane van die wasbak by te kom. "Help tog gou hier." Ek het die koue kraan oopgedraai sodat sy die aartappels in die water kon afspoel. Sy het nooit toegelaat dat ek haar in die kombuis help nie. "Jy is tog meer in die pad as wat jy help." Maar vandat sy swanger was, het sy my soms geroep om te kom help.

"Hoekom is Ma bang?" het ek verbaas gevra. Ek het rede gehad om verbaas te wees. My ma het nooit met my praatjies gemaak nie. Veral nie as dit enige iets met seks te doen het nie.

"Met jou het ek nie geweet wat om te verwag nie, nou weet ek. Dit gaan maak dat dit seerder is as wat ek kan onthou. Ek het altyd geweet ek gaan swanger raak as ek al amper te oud is. Ek en jou pa het vreeslik gesukkel om swanger te raak met jou."

Dit was die eerste keer dat sy iets oor my pa gesê het vandat hy dood is. Dit het my goed laat voel.

My sussie is in Julie gebore, 'n pragtige engel van 'n baba. Carli. Ek het onmiddellik halsoorkop op haar verlief geraak. 'n Mens kon nie anders nie, al was sy die monster se kind. Carli was 'n maklike baba volgens my ma, en sy het vroeg al almal om haar pinkie gedraai. Ek het selfs vir Klein-Danie betrap dat hy met leepoë ghoe-ghoe-geluide maak. Carli was die vredemaker in ons huis. Weke lank kon ek slaap sonder die vrees dat hy gaan kom. Het God eindelik my gebede verhoor? Of was dit omdat my ma snags moes opstaan vir Carli? het die waarheid my getref. Want ek het opgelet: as hy met my klaar was, het hy altyd die toilet in die gang, nié hulle s'n nie, gespoel. Sodat hy 'n verskoning kon hê as my ma sou wakker word.

Wat ook al die rede vir sy afwesigheid was, ek het tóé eers begin lewe. Dit was asof 'n hand wat versmorend om my mond geklem was, skielik weggevat is. So goed het ek gevoel dat ek selfs ingestem het om saam met Helena te gaan hokkie oefen. Uiteindelik.

"Kom ons begin ook met hokkie," het sy op 'n dag gesê. Die onderwysers het pas tevore die nuwe buitemuurse rooster vir die winter uitgedeel.

"Ek weet darem nie," het ek probeer keer, "ek is nie eintlik 'n ou vir spansport nie."

"Ek ook nie," het sy erken, "maar dit lyk na pret."

Ons was op pad huis toe ná skool, en soos gewoonlik het ons eers by die kafee op die hoek koeldrank gekoop.

"Ons hoef nie eens hokkiestokke te koop nie, daar by ons lê 'n paar rond. Een van my susters het in 'n stadium gespeel," het Helena aangehou.

"Goed," het ek besluit, "kom ons gaan."

"Deal! Dan kry ek jou drie-uur by die skoolhek."

Dit wás pret, moes ek erken. Dit was 'n sportsoort wat ek

kon doen. Ons het op dié eerste dag baie aan ons fiksheid gewerk.

"Ek dag ek's fiks!" het Helena uitasem uitgeroep.

"Ek ook," het ek gesug en langs haar op die gras gaan neerval. "Is dit iets wat ons gaan aanhou doen?"

"Ja. Ek hou daarvan, en jy?"

"Baie, solank ek net nie die goalie is nie."

Dit was vir my 'n besonder vreedsame tyd, die eerste weke na Carli se geboorte.

Saam met Carli het daar aanvanklik 'n stroom besoekers opgedaag. Kollegas, vriende van my ouers. Terwyl hulle tee drink na hulle om Carli gefuss het, sou die vrouens se gesprek altyd na hul mans draai.

"My man kan my so kwaad maak," sou die een vrou sê, "hy vergeet altyd om die deure te sluit, dan moet ek opstaan om seker te maak dat hulle ons nie wegdra nie."

"Regtig?" sou my ma verbaas vra, "ek hoef nooit daaroor bekommerd te wees nie. Danie doen dit elke aand."

Of: "My man en dogter, sy is nou sestien, sit so vas die laaste tyd."

"Danie kom wonderlik oor die weg met Anna. Hy bederf haar so! Sy sal nog met my kanse vat, maar nie met hom nie."

En: "Wanneer kom jy terug werk toe?"

"Weet jy nog nie? Ek gaan nie weer terug werk toe nie. Met Anna het ek so baie van haar grootword gemis omdat ek móés werk. Ek sien uit daarna om Carli net vir myself te hê. Ek is so geseënd om so 'n wonderlike man te hê. Hy het daarop aangedring dat ek van nou af by die huis bly."

Asof hy die alfa en omega van haar bestaan was.

Ek en Klein-Danie het gou maats met die bure se seuns gemaak. Die een was bietjie ouer as ons, die ander een 'n jaar jonger. Engelse kinders, wat nie in ons skool was nie, maar na 'n privaat skool gegaan het. Ek het net saamgespeel as ek en Helena nie planne vir die dag gemaak het nie. Ons het een Saterdagmiddag touch-rugby buite op die grasperk gespeel. Ek het net vir Klein-Danie getackle, toe ek 'n nattigheid tussen my bene voel. In die badkamer het ek die bloed gesien en gedink dit is hoe die Here my straf. Ek sou my doodbloei. Nogtans het ek uitgegaan om verder te speel en dit eenvoudig geïgnoreer. Die aand in die bad het ek my ma geroep en na my broekie gewys.

"O, nou word my meisiekind groot!" het sy uitgeroep.

Wat dit veronderstel was om te beteken, sou ek nie kon raai nie. Ek dog ek gaan dood, nou moes ek hoor dat ek grootword. Sy het vir my doekies gebring, gewys hoe ek dit moet gebruik, geglimlag en geloop. Vir my het sy met meer vrae as antwoorde gelos.

En hy was terug. Carli het deurgeslaap op ses weke, die sewende week het hy my kamerdeur oopgestoot. Hy het nie eens die feit dat ek bloei, dat ek 'n doekie tussen my bene het, ontsien nie.

Oktober. Die maand waarin ek veertien geword het, is Carli gedoop. Sy het pragtig gelyk in 'n baie lang, wit dooprok. My ma het net so mooi gelyk. Sy het die meeste van haar ekstra gewig afgeskud en al was daar nog 'n effense swelling oor haar maag, was sy amper weer so maer soos vroeër. Ek het vir die eerste keer broekiekouse gedra, nie die aaklige wit kouse van vroeër nie. 'n Mooi wye pienk-en-wit rok. Ek het vir Carli die kerk ingebring, Klein-Danie het haar uitgedra. Ons twee moes na haar kyk terwyl ons wag vir die diens om klaar te maak. Sy was stroopsoet, het deur die hele plegtigheid geslaap, soms verbete aan haar fopspeen begin suig, maar nooit haar oë oopgemaak nie. Ná die diens was daar tee by ons huis, waar my ma wéér aan almal vertel het hoe bevoorreg en geseënd sy was.

Ek het die ware storie oor waar babas vandaan kom, en hoekom ons menstrueer, by Helena gehoor, sy het alles van alles geweet wat verbode was. Haar ma het in 'n baie oop verhouding met haar kinders geglo, en Helena het geglo dat sy my ook daaroor moes inlig, aangesien my ma haar moederlike pligte so skaamteloos verwaarloos het.

"Hoekom bloei ek een maand, en dan weer twee nie?" het ek bekommerd vir Helena gevra. Ons was op die strand. Die luilekker, lang Desembervakansie was eindelik hier.

"In die begin is dit maar so ongereeld. Dit sal nog regkom."

"Ek haat dit om te menstrueer. Dit voel so . . . vuil!"

Sy het gelag. "Dis deel van vrouwees."

"Ek haat dit om vrou te wees," het ek gemompel.

Ek het geweet wat hy doen is sonde. Maar ek kon nie besluit of dit vir my ook sonde was nie.

Dit was in ons standerdsewejaar. Ek en Helena het pouses teen die muur van die badkamer aan die agterkant van die vierkant, waar ons eintlik veronderstel was om te wees, gesit.

"Wat doen jy en jou pa as julle alleen is?" het ek haar gevra.

"Jy behoort te weet dat dit maar swaar is om alleen met enige iemand in ons huis te wees." Sy het haar skoolrok nog hoër opgeskuif sodat die son haar lang bene beter kon bykom.

Dit was waar, elke keer wat ek daar gekom het, was daar mense: maats van haar susters, kollegas van haar pa, kunstenaars wat vir haar ma kom kuier. Tot vandag toe is ek nog steeds nie seker dat ek wéét watter van die klomp meisies haar susters was nie.

"Ja, maar wat doen jy en jou pa saam, sonder die ander?"

"Gesels, jy weet mos dat ek meer met my pa gesels as die ander, hy is al een wat reg is." Sy het met haar vinger teen haar kop getik. Haar pa het net sy kop geskud oor die vreemde mense wat soms daar opgedaag het. Dan sou hy vir ons knipoog en skalks lag. Hy het nooit gekla nie, nie eens as hy op die vloer moes sit en koerant lees omdat al die ander sitgoed oortrek staan van verf en kwaste of lap nie. Hy was so lief vir sy vrou.

"Ja, maar . . ." So moeilik.

"Anna, wat wil jy nou eintlik weet?"

Sy was nie dom nie.

Ek het weer stilgebly, kon haar nie vertel van daardie middag nie.

Dit was die middag toe ek later as gewoonlik van die skool af gekom het. Ons het 'n besonder strawwe balletklas gehad, en my ma was weg na haar stokperdjieklas. Sy het elke Maandagmiddag vyfuur na haar vriendin gery om haar stokperdjie, kersmakery, te gaan beoefen. Hy het my na die eetkamer geroep.

"Waar is Klein-Danie?" het ek dadelik gevra.

"Hy en daai vriend, wat is sy naam tog, het gaan draf. Jy moet my help om na Carli te kyk."

"Ja, maar Helena het my genooi om daar te gaan eet, ek moet nog bad en aantrek, Ma het gesê dis reg. Jy hoef my nie te vat nie, ek ry sommer met my fiets en haar pa sal my terugbring."

"Bel haar en sê jy kan nie kom nie, dis laat, jy moet huiswerk doen, en ek kyk nie alleen na Carli nie."

"Maar my ma het gesê dis reg."

"Praat jy teë? Bel haar nou, jy is nog nie te oud vir 'n pak nie. Nou. Voor ek jou donner."

66

Ek het gaan bel, in trane; hy het my eetkamer toe geroep toe ek klaar was.

"Ek wil jou eers iets wys. Sit."

Hy het na die eetkamertafel gewys en ek het gaan sit. Hy het baie opgewonde geklink en ek was nuuskierig. 'n Boek! het my hart gejuig toe hy 'n slapbandboek uit sy aktetas haal. Ek was, ís, mal oor boeke en het gehoop dat dit nie weer 'n cowboy-boek was soos die een wat hy laas vir my gebring het nie. Toe hy dit voor my neersit, het my hele lyf begin bewe. Dit was 'n fotoverhaal. Soos in die *Keur*. Maar ook glad nie, want die "akteurs" het stadig, bladsy vir bladsy van hulle klere ontslae geraak. Ek wou opstaan, maar ek kon nie, ek was lam. My bene wou nie na my kop luister en net wegloop nie. Hulle het die vreeslikste dinge gedoen in die foto's. Hy het opgewonde na elke nuwe foto gewys en dinge gesê soos: "Dit moet ons net probeer, dit wil ek vanaand doen, dink jy jy sal dit kan regkry?"

My verstarde liggaam het lewe gekry en ek het opgespring, maar hy het my aan my arm teruggehou.

"Moenie vir jou ma vertel nie, jy weet wat sal gebeur."

Dit was 'n dreigement waarmee hy vroeg reeds gekom het: as ek durf waag om my ma te vertel, sou hy ons uit die huis jaag. Waarheen sou ons kon gaan? My ma het nie familie gehad nie, sy was die enigste kind en my oupa en ouma was lank reeds dood. Hy sou vir Carli hou, het hy gesê. My ma sou haar doodtreur. "Onthou, sy werk nie meer nie, wie gaan vir haar werk gee, onthou, werk is skaars." Ons sou op straat moes bly . . . En sy troefkaart: "Jy het nie meer 'n pa nie, onthou."

Hoekom het hy die moeite gedoen om my te dreig? Het hy regtig gedink ek sou kon vertel? Want dit was nie net vrees wat my mond gesnoer het nie, dit was ook verleentheid. Hoe vertel jy jou ma, wat die grond aanbid waarop hy loop, dat hy dít doen? Ek sou nie kon nie, sy sou dit nóóit glo nie.

"Anna," het hy hervat, "los jou gordyne vanaand oop wanneer jy gaan slaap. Dan trek jy stadig voor die venster uit. Onthou om jou lig aan te sit, en stádig uit te trek. Ek sal uitgaan as jy kamer toe gaan, maar ek wil sien, ek wil waarde vir my geld hê." Hy het twee vyftigrandnote na my uitgehou.

Ek het nie die geld gevat nie, net omgedraai en gaan stort. Die water was so warm dat dit my gebrand het, maar ek het bly staan, bly skrop. Ek wou sy vuil gedagtes van my lyf afskrop.

Ek het hom dié keer ook nie hoor inkom nie, net skielik sy hande oral oor my lyf gevoel. Gelukkig het Carli in daardie stadium begin huil en hy het vinnig omgedraai en uitgestap.

"Hoe het ek in hierdie gemors beland?" Terwyl ek stadig op my knieë sak: "Hoe?" Terwyl die warm water met die trane meng: "Hoe, Here? Hoe?"

Daardie aand het ek nie soos gewoonlik vir almal naggesê toe dit tyd word om te gaan slaap nie, ek het weggesluip. Nie my lig aangesit nie, nie my gordyne oopgetrek nie. Plat op die vloer, met die bed tussen my en die venster, het ek gaan lê en my pajamas aangetrek.

Hy het later as gewoonlik die deur saggies oopgemaak. Toe ek my oë oopmaak, dit het nie meer gehelp dat ek maak of ek slaap nie, staan hy in die halfdonker met sy ding in sy hand. Styf, regop.

"Stoute meisies moet gestraf word," het hy saggies gefluister, "jy wou mos nie uittrek nie, wou nie my geld vat nie, ek gaan jou straf."

Hy was vrolik! Vir hom was dit 'n avontuur, het ek besef.

"Wat gaan jy doen?"

"Jou ma vertel my mos dat jy nou 'n groot meisie is.

Groot meisies doen nie net wat ons altyd doen nie, groot meisies doen wat hulle ma's ook doen."

"Asseblief, moenie, los my uit. Ek sweer ek sal vir niemand ooit vertel nie, los my net."

"Anna, ek help jou. Hoe sal jy ooit vir jou man 'n goeie vrou kan wees as jy nie die fynere kunsies ken nie? Mans hou van vrouens met ondervinding. Ek wil net die beste vir jou hê. Ek sal jou nie seermaak nie, jy sal dit net so baie soos ek geniet."

"Ek sal skree!" het ek in desperaatheid uitgeroep, al het ek geweet hy weet ek sou dit nie waag nie.

Hy het die komberse van my weggetrek, toe omgedraai deur toe. Ek het gehoop, gegló, dat hy hom bedink het, maar hy het slegs seker gemaak dat hy die deur agter hom gesluit het. Hy het sy slaapbroek stadig laat sak. Hy sou tog nie? Hy kón tog nie . . .

"Trek uit. Alles," het hy sissend gefluister, "en as jy durf waag om te huil of te skree en jou soos 'n kind te gedra, is dit verby met jou en jou ma."

Ek het geweet hy was ernstig. 'n Man wat so iets aan 'n kind, sy vrou se kind, doen, het nie 'n gewete nie. Ek het my nagklere met rukkerige bewegings uitgetrek. Eenkant gegooi. Gewag op wat sou kom. Die pyn toe hy homself in my indruk, was die ergste wat ek nog beleef het. Ek sou kón geskree het, as dit nie was dat hy met sy een hand my mond toegedruk het nie. Hy het met 'n kreun gekom, 'n rukkie op my bly lê. Ek het gevoel of ek versmoor. Ek kon sy hart hoor klop, vinnig. Die naarheid in my keel het ek teruggesluk. Hy het sonder 'n verdere woord opgestaan, sy klere aangetrek. Toe ek die toilet hoor spoel, hulle kamerdeur hoor oopgaan, het ek stadig opgestaan. Die slymerigheid in die badkamer gaan uitwas.

Queenstown se liggies lê agter my, ek is op pad Aliwal-Noord toe. Ek is op pad om my te wreek, ek is op pad om my lewe terug te vat. Nie te vra nie. Nie te bedel nie. Te vat. Dit kom my toe.

Ek het myself met moeite die volgende oggend uit die bed gesleep. Na die bloed en pie op die laken gestaar.

"Wat is dit vanmôre met jou?" My ma het agter my gestaan. "Jy is erger as 'n ou vrou, toe-toe, die ontbyt word koud."

Ma, ek is seer! Ma, ek dink nie ek sal kan loop nie. Ma, hy het my gesteek, hoor Ma my? Kyk vir my, Mamma, kyk vir my.

Sy het omgedraai en kombuis toe geloop. Hoekom kon ek die woorde dink maar nie sê nie? Die geur van gebakte eiers en spek het deur die oop deur gekom, my naar gemaak, ek het die badkamer net-net gehaal.

Sy het benoud in die deur kom staan. "Is jy siek, my skat? Hoekom het jy nie vroeër gesê nie? Gaan lê, Mamma bring vir jou ietsie."

Ek het dankbaar in die bed teruggeklim, die handdoek stywer om my gedraai, die tablet wat sy na my uitgehou het, gesluk. Die roosterbrood en tee het onaangeraak op my bedkassie bly staan.

"Dink jy ooit aan seks?"

Helena het dié dag direk ná skool na my kom soek, my ma het vir ons kos kamer toe gebring, en ek het dankbaar my deur agter haar toegemaak. Ons het op die mat gesit, die radio net hard genoeg gestel sodat ons gesprek privaat kon bly.

"Hoe bedoel jy?" Sy het groot happe van my ma se bobotie gevat.

70

"Ek . . ."

"Anna, vra wat jy wil vra. Bedoel jy seks in die algemeen of seks met Deon?" Deon was haar ou. Hy was in standerd nege, het eerstespanrugby gespeel. Al die meisies in die skool het 'n crush op hom gehad, maar hy het net oë vir die petite Helena gehad.

"Wel, al twee. Het jy al?" Het sy al? Sou sy? Sy wat altyd vir almal, Deon inkluis, vertel dat sy nooit 'n man se vloerlap sal wees nie?

"Ek het nog nie, maar deesdae dink ek al meer dat ek sou kon, met Deon. Ons het al, jy weet, gevat, maar nog nooit verder gegaan nie." Sy kon my nie in die oë kyk nie, het heeltyd met haar skoen se gespe gevroetel.

"Maar as julle sou, is jy nie bang dat jy kan swanger raak nie?"

"Anna, partykeer dink ek jy is twaalf! Weet jy nie van so iets soos kondome, pille, inspuitings nie?"

Ek weet nie, nee. Nie juis nie.

"Maar waar kry mens sulke goed?"

"By die klinieke, en as jy 'n aktiewe suster soos myne het, by haar. Dit is die laaste ding waaroor ek my bekommer."

"Waaroor bekommer jy jou dan?"

"Hulle sê dis seer, die eerste keer." Sy het haar kop opgelig en na my gekyk. "Maar Deon sê dis nie so erg nie, dit bloei net 'n rukkie en 'n mens moet aanvanklik ly om dit werklik te geniet."

Moenie! wil ek vir haar skree, moenie, dis nie net 'n bietjie seer nie, dis verskriklik seer, dit bloei nie net 'n bietjie nie, dit bloei baie! Moenie, want dis nie waar dat dit lekker is nie, dis seer, dis vernederend, hy stomend, stoeiend, rukkend bo-op jou. Moenie! Maar ek sê niks. Soos gewoonlik. Ek het nie woorde om my vriendin te waarsku nie. Ek kan nie. Wil, maar kan nie. Moenie, Helena, moenie, nooit nie.

"Het jý al?"

"Nee!" Ek het dit vinnig in haar gesig gesê.

"Ek het nie so gedink nie, hoor. Deon sê al die seuns is mal oor jou maar ook bang, jy laat hulle minderwaardig voel, jy kyk dan nooit eens vir hulle nie al probeer hulle jou ook hóé beïndruk."

"O!" Ek was regtig nie bewus daarvan nie, om die waarheid te sê, ek het nooit eens aan die moontlikheid van 'n ou gedink nie.

En tog, dit sou lekker wees om iemand te hê wat saam met jou na sokkies kon gaan, of na jou opvoering kon gaan kyk, selfs te soen, nét te soen. Ek het nog nooit 'n seun gesoen nie, het ek met verwondering gedink. Nog nooit. Mens sou dink met my "ondervinding" dat dit die eerste ding sou wees wat ek sou baasraak, maar godsgeluk, hy het my nog nooit gesoen nie. Die vraag is natuurlik of ek wou hê dat 'n seun mý soen, ek dink ek sou dit meer geniet as ék die soene uitdeel. Ek sou besluit met wie, waar, hoe en tot waar daar gevry word. Ek. Nie 'n man nie. En wanneer ek genoeg geld het – ek het besluit om al die geld wat hy my aanbied, te vat, nee, te gryp – sou ek vir my vlerke bou sodat ek kon wegvlieg, ver van hom, ver van my ma wat niks sien nie. Ver weg van alles.

Ek is die volgende oggend gesond genoeg verklaar om skool toe te gaan. Deur Ma. Ek dink dat sy my so gou as moontlik uit die huis wou hê, skool toe, sodat ek weer "normaal" kon wees.

"Anna, ek sukkel vreeslik met my pirouettes," het Helena op 'n dag gekla. "Jy't mos gehoor hoe Miss Dolly aangaan omdat ek nie my kop vinnig genoeg draai nie, ek weet nie hoekom sy so 'n moeilike stuk uitgedink het nie. Sal jy my asseblief ná skool daarmee help? Jy doen dit volmaak, soos sy altyd vir my sê, toe man, jy doen tog niks vandag nie, en my pa het vir my die garage as dansateljee ingerig." Verwytend het sy bygevoeg: "Jy't nog nie eens kom kyk nie."

"Ek kom ná middagete. En in elk geval, dit is nie so 'n moeilike stuk nie, ons gaan 'spectacular' wees, om Miss Dolly aan te haal."

Sy het gelag, 'n paar wilde draaie gemaak, 'n volmaakte curtsy gedoen. "Help my tog net om spectacular te wees, en daarna gaan ons af strand toe. My pa is by die huis, hy sal ons gaan aflaai."

My hart was ligter toe ek by die huis kom.

"Ma, ek gaan vir Helena vanmiddag help met haar turns, en daarna wil ons graag strand toe gaan, sal dit reg wees? Ek sal nie te laat terug wees nie."

"Het jy nie huiswerk nie? Ek wil nie hê dat jou buite-muurs met jou akademies moet inmeng nie, jy weet hoe ek daaroor voel. 'n Mens kan niks in die lewe vermag sonder 'n goeie akademiese agtergrond nie."

"Ja, Maaa."

"Moenie so met my praat nie!" En toe sagter: "Jy kan gaan, solank julle net nie verwag dat ek julle moet heen en weer karwei nie."

"Nee, Ma, Helena se pa is by die huis, hy sal ons vat. Sal Ma my asseblief, groot asseblief, net by haar gaan aflaai? Ek sal haar pa vra om my weer hier te kom aflaai."

Sy het gesug, haar oë gerol, maar dit in elk geval gedoen. Ek het geweet sy sou. My ma het die manier gehad om altyd te maak asof alles wat ek haar vra, vir haar te veel moeite was, maar ek het geweet dit was net kamstig. Al my vriende

73

was bang vir haar, sy het altyd gelyk asof sy jou enige oomblik gaan invlieg oor iets, tog het ek geweet sy was nie so nie. Dit was maar haar manier. Ek dink dit was sodat almal wat haar ontmoet, van die begin af moes weet dat mens nie met haar kanse waag nie.

Soms het ek gewéét dat sy vir my lief is.

"Dis mooi!" het ek verras uitgeroep toe Helena die binnedeur van die garage met 'n swaai van haar hand vir my oopmaak. Dit wás mooi. Haar pa het baie moeite gedoen.

Daar was 'n barre teen die een muur en genoeg vloerspasie om 'n opvoering te hou. Ook, het ek verras opgemerk, 'n nuwe hoëtroustel.

"Dankie! My pa het alles self gedoen, ook die posters gaan uitsoek en opgeplak."

Daar was ballerinas teen die mure, selfs 'n prent van klein pokkelkinders in pienk tutu's.

"Ek het gedink ons oefen net so 'n uur en dan kan ons strand toe gaan. My pa moet 'n kliënt by die kantoor gaan spreek, dit behoort ongeveer twee uur te duur, so, ons kan vir twee volle ure op die strand lê en bruin word. Dis al somer en kyk hoe wit is ek nog."

Die hele volgende uur het ons hard geoefen, haar pirouettes was vreeslik. Ek moes haar gereeld stop en dit weer laat doen.

"Nee, Helena, jou kop moet vóór jou lyf vorentoe kyk, hulle kan nie saam wees nie."

"Ek kan in elk geval nie verstaan hoekom nie, die mense behoort na ons voete te kyk, nie ons koppe nie."

Ek het net gelag. "Kom ons probeer dit weer."

Haar pa het ons daar in haar "ateljee" kom roep, hy was gereed om te ry.

Daar was min mense op die strand, meesal net ou tannies en ooms, soos gewoonlik op weeksdae. Ek kon my altyd verkyk aan hulle; buite die water was hulle net ou mense, maar sodra die eerste brander oor hulle breek, het hulle in baldadige tieners verander. Of miskien ook nie tieners nie, óns was te bewus van ons lywe om baldadig te wees. Sommige van ons kón nie baldadig wees nie. Ek het ouer as al die ooms en tannies op die strand gevoel. Oud en . . . opgebruik.

Daar was natuurlik ook die gewone ma's met hulle boepmagies, en kleuters. Ons het 'n plekkie ver van almal maar na aan die water gekies, ons handdoeke oopgegooi, boklere uitgetrek en gaan lê.

"Jy't 'n bikini aan!"

"My ma het gekoop, sy koop altyd vir my een. Sou eerder 'n eenstuk wou hê."

"Soms is ek regtig jaloers op jou."

Ek het verras na Helena gekyk. "Hoekom?"

"Kyk jy nooit in 'n spieël nie? Jy het die mees perfekte lyf wat ek nog ooit gesien het, en voor jy weer dink ek lieg, almal sê so. My ma, my pa, selfs my sussies. My ma noem jou Lyf. Soos in: wanneer kom Lyf weer vir ete."

"Jy's laf. Dis seker my bikini wat die verskil maak. Jy het self die mooiste lyf. Veral jou bene."

"Anna," – sy het soms nes my ma geklink – "ek mag dalk nie 'n te slegte lyf hê nie, maar jy het daardie iéts, almal sien dit raak. Mens kan nie help om dit raak te sien nie. Ek dink dis wat hulle bedoel met sex appeal."

"Soos in almal wat na my kyk, wil my steek?" Ek was vies, vir Helena én vir myself. Veral vir myself. Ek moes nooit die vervlakste bikini aangetrek het nie, volgende keer kom swem ek in 'n duikpak!

"Nou is jy onregverdig. Jy weet goed dis nie wat ek be-

75

doel het nie." Sy was seergemaak. Ek kon dit aan haar stemtoon hoor.

"Ek is jammer. Ek weet nie wat dit met my is nie. Die ding is, dis net 'n lyf, Helena. Ek wil nie hê dat mense net my lyf raaksien nie. Ek wil raakgesien word vir wie ek is, nie oor hoe ek lyk nie."

"Is dit hoekom jy altyd sulke vreeslike oorgroot klere dra? Ek sweer, as ek nie van beter geweet het nie, sou ek gedink het jy koop vir die volgende vyf jaar. Ek's jammer, Anna, ek het dit nie sleg bedoel nie, dalk het dit verkeerd uitgekom juis omdat ek bietjie jaloers is. Ek het dit as 'n kompliment bedoel. Dis goed, dis mooi, dis al."

"Behalwe dat my maag al weer so geswel is, kyk hoe lyk dit, dit lyk kompleet of ek swanger is."

"Hoekom sê jy nie jou ma nie? Daar is so iets soos dokters, jy weet."

My maag het die laaste tyd om geen rede hoegenaamd met tye begin swel. Dit het soms 'n dag geduur, ander kere langer en dan weer net so verdwyn.

"Ek weet ek moet iets daaraan doen. Dis net dat my ma deesdae so besig is. Daardie sussie van my is 'n hand vol."

"Sê haar nogtans."

Dit was 'n onvergeetlike middag. Die lug was blou, die see was blouer, die sand spierwit; daar het net 'n ligte briesie van die see se kant af gewaai. Ons het gaan swem, ons argument van vroeër lankal vergete.

Toe ons weer uitasem op ons handdoeke neersak, sê Helena: "O ja, moenie uitfreak nie, maar Marnus, jy ken mos vir Marnus, hy speel saam met Deon rugby, het my gevra om jou te vra of jy saam met hom na die skoolsokkie sal gaan. Dis mos dié keer die aand ná skoolsluiting. Ek en Deon gaan ook, ons kan dit 'n double date maak."

"Hoekom vra hy my nie self nie?"

"Hy's bang vir jou. Regtig, hy sê jy groet hom nooit terug nie. Toe, man, kom saam, ek sal seker maak dat daar niks met jou gebeur nie."

"Dis nie dit nie, dis net: ek het nog altyd gewonder hoe dit sal wees as 'n ou my uitvra, nou vra jý my. As hy nie self vra nie, gaan ek nie."

Helena het hard gesug. "Jy's moeilik. Maar ek sal hom sê. Dalk moet ek hom 'n paar kalmeerpille injaag voor hy jou vra."

"Jy's laf! Maar regtig, Helena, hy moet my self vra."

"Ek sal hom sê."

Vir die eerste keer in 'n lang tyd was ek weer opgewonde oor iets.

"Kyk hoe lyk jy, jy is bloedrooi verbrand!" het my ma my begroet toe ek by die huis kom. "Spring gou onder die stort, dan roep jy my. Ek sal jou kom insmeer, anders gaan jy nie kan slaap nie."

Ek wás lief vir my ma.

Ek het onder 'n warm stort gaan staan, die water het my vel gebrand. En die hele tyd het ek aan Marnus gedink. Hy wil saam met my gaan dans! Ek kon dit nie glo nie. Marnus, een van die gewildste seuns in die skool. My kop het gewaarsku: moenie, hy bly 'n man. Maar my hart, my verraderlike hart, het gesê, ja, gaan. Hy is 'n goeie ou, hy sal niks probeer nie. Ek het myself voorgeneem dat ek, en ek alleen, sou besluit of Marnus die voorreg sou hê om my te soen.

Dit moet die son en see gewees het wat my so vas laat slaap het dat ek hom nie hoor inkom het nie. Ek het eers wakker geword toe ek die bed langs my voel induik, toe ek die soet reuk van Old Spice kry.

"Asseblief, ek is so seer gebrand."

"Dis nie my skuld nie. Jy sal doen wat ek sê, of . . ."

Hierdie keer het hy iets anders in gedagte gehad. Ek moes regop sit, hy het voor my gestaan, weer sy ding uitgehaal, voor my gesig gedruk.

"Maak oop jou mond!"

Hy het my kop afgedruk met sy een hand, met die ander hand homself vasgehou. Ritmies, op en af, het hy my kop gedruk tot dit gevoel het ek gaan verstik, maar hy wou nie los nie. Hy het aangehou en aangehou, my keel het gebrand, ek het naar geword en nog steeds het hy aangehou totdat hy met 'n kreun in my mond gekom het. Ek het van die warm, souterige slymsels afgesluk, ek kon nie gou genoeg uitspoeg nie. Ek het probeer keer, maar ek kon nie, ek het naar geword en opgegooi. Hy het dit betyds sien kom en weggespring. My teen my kop geklap en gesis: "Jy kan bly wees dit was mis, jou mislike klein merrie! Maak dadelik hier skoon en ek donner jou as jy jou ma roep omdat jy jou weer soos 'n kind gedra het."

Ek het meer dikwels snags my bed natgemaak. Selfs die nagte wat hy nie na my kamer gekom het nie.

Die pad lê donker, eindeloos voor my. Soos my lewe. Nee, soos my lewe was. In die vroeë môreure gaan dit verander. Ek gaan dit verander. Voor die son môre opkom, sal dit soos 'n hergeboorte wees. Ek gaan hom in die oë kyk, ek gaan hom laat boet. My hergeboorte lê 'n paar uur vorentoe. Alleen, net met myself. So sal dit wees. Ek, Anna. Alleen. En gelukkig. Nog vier uur, ek is halfpad. Moet ek stop vir nog koffie? Ek gaan nie kan wakker bly nie. My kop moet môre oop wees, ek sal móét stop. Dis 'n klein dorpie en nêrens is iets oop nie. Selfs nie eens die petrolpompe nie. Deurdruk tot op Aliwal-Noord? Ja, ek sal moet.

My ma het my die volgende oggend een kyk gegee en terug-
gestuur bed toe. Daarna het sy die dokter gebel.

"Wat is fout, ounooi?"

Dokter Cloete was 'n ouerige man, hy het vir my gelyk
soos die oupa wat ek nooit geken het nie, hy het 'n sagte
stem gehad, soos oupas veronderstel word om te hê.

"My maag, dit swel sommer vir niks op nie. Ek oefen vir
'n balletopvoering, dis oor twee weke en ek kan nie so op
'n verhoog gaan nie."

"Mm, en jou ma sê jy was vanoggend naar ook?"

Elke keer as ek aan die slymerigheid in my mond gedink
het, het ek naar geword, ek kon dit net nie verhelp nie.

Ek het geknik: ja.

"Nou kom ons kyk." Hy het sy stetoskoop om sy ore ge-
haak, met sy vingers op my maag getrommel, na my ma ge-
draai en gesê: "Ek sal solank iets vir die naarheid gee en 'n
paar pynpille. Maar ek dink jy moet haar inbring, sommer
môre al. Ek sou graag 'n sonar wil doen en ook wil kyk of daar
nie enige blokkasies in haar dikderm is nie." Toe na my: "Dis
nie seer nie, miskien net 'n bietjie ongemaklik, ek belowe."

My ma het, toe ons by die huis kom, dadelik my skool-
hoof gebel om hom te sê dat ek die volgende dag nie by die
skool sou wees nie en daarna Miss Dolly se ateljee met die-
selfde storie.

"Sy is nie baie gelukkig nie, hoor! Sy sê julle is nog ver
van volmaak af, en dat jy gou gesond moet word. Sy stuur
groete." My ma het in die deur bly staan om dit vir my te
sê. Asof sy bang was dat sy sou aansteek.

Later die aand het sy tóg 'n paar maal kom kyk hoe ek vor-
der met die bekers vol aangemaakte vloeistof wat ek moes
drink om my derms skoon te kry. Ek kon sien sy was besorg.

Ons het die volgende oggend vir Carli gaan aflaai by 'n

vriendin van my ma wat 'n speelgroepie gehad het. Die sonar was nie erg nie, my ma het my vooraf verseker dat hulle dit met haar ook gedoen het om Carli se vordering te monitor toe sy swanger was. Die kolonoskopie was 'n ander storie. Hulle het my op my maag laat lê en 'n pyp (dink ek, ek kon nie sien nie) van agter af ingedruk. Dit was seer, en vreeslik ongemaklik. Vernederend ook.

"Daar is niks verkeerd nie," het die dokter my ma gerusgestel. "Ek wonder tog of dit nie maar net spanning is nie." Hy het na my gedraai. "Is jy nie maar net baie gespanne oor iets nie?" Soos in: jy mors ons tyd, wat is tog fout met jou?

"Nee."

"Wel," het my ma begin, "daar is die balletopvoering en sy is nou in standerd sewe, vir baie die moeilikste jaar op hoërskool en die eksamen is op hande, dalk is dit dit?"

"Mevrou, kan ek 'n oomblik alleen met haar praat? U kan gerus in die wagkamer vir haar wag."

My ma het opgestaan, sy hand geskud en uitgestap. Hy het lank na my gekyk. Ek moes 'n paar keer afkyk.

"Is jou ma reg? Is dít wat jou pla?"

"Seker maar."

"Daar is nie dalk iets anders waaroor jy met my wil gesels nie? Jy weet jy kan oor enige iets met my praat. Kyk, die kolon lieg nie. 'n Mens kan nog vir jouself lieg en sê dat daar niks verkeerd is nie. Jou kop kan jou dalk glo, jou kolon nie."

Het hy maar geweet! Ek het my kop geskud: nee.

Stom Anna.

"Jou ma lyk na 'n baie streng vrou. Is jy bang vir haar?"

"Nee!"

"Is dit omdat jou pa dood is?"

Hy was 'n vriend van oom Danie, nie regtig huisvriend

nie, eerder gholfvriend, hy het my en my ma se stories geken.

Ek het weer my kop geskud: nee.

"Of omdat jou ma weer getroud is? Of omdat jy 'n nuwe sussie het?" Sy redes vir my siekte het minder geword, het ek besef.

"Dis nie dit nie."

"Anna, iets veroorsaak die maagswellings van jou. Vertel vir my wat dit is, dan kan ek jou help. Maar soos dit nou is, is daar niks wat ek vir jou kan doen nie."

Ek het lank gedink, toe het ek besef dat daar niks was wat hy vir my sou kon doen nie. "Ek dink my ma is reg, dis skool, ek is so bang dat ek standerd sewe gaan druip, en dan natuurlik die ballet."

"Is jy daarvoor ook bang? As jy bang is vir die opvoering, stel ek voor jy oorweeg dit om dit eerder dan te los."

"Nee." Dis al wat my nog aan die lewe hou! "Nee, dis nie dit nie, ek is mal oor ballet. Ek gee ook nie om om voor mense op te tree nie, dis net 'n moeilike stuk en die balleteksamens is ook nog om die draai. Dalk is dit net te veel op een slag." Probeer jý 'n bietjie 'n jagse ou man van jou lyf afhou en aangaan met jou lewe. Want dit het ek my voorgeneem: hy sou nie my lewe vir my reël nie. Hy kon my gebruik, ek het nie 'n keuse gehad nie, maar ek sou eendag die beste ballerina in die wêreld wees, dít sou hy nie van my kon wegvat nie.

"Dalk. Ek kry tog die idee dat jy nie alles vertel nie, maar goed, ek gaan vir jou 'n ligte kalmeerpil voorskryf. Gebruik dit. Snags. Kom ons kyk hoe dit gaan."

Helena het net ná skool kom inloer.

"Wat sê die kwak?"

"Spanning."

"Spanning? Van wat? Jy doen goed genoeg in die skool.

81

Jy is fantasties in ballet! Watse spanning kan jy tog hê? Ek is die een wat 'n senu-ineenstorting gaan kry, ek kry nog steeds nie my pirouettes reg nie."

"Jy doen dit goed genoeg."

"In vergelyking waarmee?"

"Toe nou, Helena, dis nie so erg nie."

"Sê jy!" Sy het 'n koevert na my uitgehou. "Marnus, wat jou baie amptelik en formeel uitvra. Vir die sokkie."

Ek het die brief versigtig, met bewende hande, by haar gevat. "Wat sê hy?"

"Hoe moet ek weet? Lées die brief." Sy het in my kamer rondgekyk. "Hemel, elke keer as ek hier inkom, is hier iets nuuts." Na my boekrak gestap. "Lees jy ooit al die boeke? Koop jy dit of is dit nog geskenke van jou vrygewige pa?"

"Hy is nie my pa nie!"

"Ek weet. Maar magtig, Anna, hy is goed vir jou. Ek het altyd gedink dat ek baie bederf is, maar dis nie 'n patch teen jou nie. Hier is elke dag nuwe goed by."

"Darem nie elke dag nie."

"Nogtans. Boeke, tapes, posters, klere. Jy is baie gelukkig om so 'n pa," en toe sien sy my gesig, "oukei, stiéfpa te hê."

"Ja." Afkoopgeskenke.

Sy het my 'n vinnige piksoen op die wang gegee. "Ek moet weg wees, anders is ek laat vir klas. Dit gaan niks lekker wees sonder jou nie. Ek sal vir Miss Dolly groete sê. Bye!"

Ek het die brief versigtig oopgeskeur, dit was die fynste papier wat ek nog gesien het: *Anna, teen dié tyd weet jy seker al hoe ek oor jou voel. Toemaar! Ek gaan nie my ewigdurende liefde aan jou verklaar nie, net dit: Anna, jy maak my knieë lam, ek wil die hele tyd net aan jou vat, ek wil ruik hoe jou hare ruik, ek wil voel hoe dit deur my vingers glip. Soos sy, glo ek. Ek bedoel niks kwaads met jou*

82

nie. Ek wil jou net graag beter leer ken. Ek glo die sokkie is die ideale plek. Ons is tussen vriende, wat dit vir al twee van ons makliker sal maak. Sê jy sal saam met my gaan, asseblief! Groete, Marnus. P.S. Ek hoop jy voel gou beter, die skool is leeg sonder jou!

My heel eerste love letter, het ek besef, as mens dit 'n love letter kon noem. En ek het geweet dat ek saam met Marnus wou gaan sokkie, dat ek Marnus graag beter sou wou leer ken. Ek was vyftien en ek het nog nooit 'n boyfriend gehad nie.

Ek is die volgende dag skool toe, al het my ma gesê ek moet nog 'n dag in die bed bly. Ek moes gaan sodat ek Marnus in die gesig kon kyk, sodat ek kon weet dat hy dit met my goed bedoel, ek wou dit so graag glo.

"Marnus!" Ek het al my moed bymekaar geskraap en eerste pouse na hom geroep. Gemaak of ek nie sy vriende se grinnike en gestamp aan mekaar sien nie. Hy het verras gelyk, het ek besef, dink hy regtig dat ek nie van hom sal kan hou nie?

"Kom ons gaan sit daar onder die bome." Hy het vooruit gestap. Vinnig. Soos weghardloop. Ek agterna, ek kon nie besluit of ek my daaroor moes vervies nie.

"Jammer, maar ek wou nie hê dat jy my voor my pelle verneder nie, my ego, jy weet." Hy het onder die naaste boom gaan sit-lê. "As jy nie saam met my wil gaan nie, is dit oukei. Ek verstaan."

"Maar ek wíl."

"Dit maak regtig nie saak nie, ek het net gedink as ek nie vra nie, sal ek nooit weet nie." Toe eers het hy gehoor wat ek gesê het. "Sê wéér?"

"Ek wil, dankie dat jy gevra het, ek wil graag."

'n Paar oomblikke was hy sprakeloos. "Dis wonderlik! Moet ek jou ma-hulle kom vra?"

"Nee."

83

"Ek sal, ek is nie bang nie."

"Jy hoef nie, ek gaan in elk geval sommer saam met Helena-hulle ry. Ek sal jou daar kry. Ek moet gaan, Helena wag vir my, ons moet gou ons wiskunde klaarmaak."

Hy het my aan my arm teruggehou. "Anna, dankie!"

Nou moes ek nog net my ma oortuig.

Maar sy was – voorspelbaar – nie ingenome nie.

"Onder geen omstandighede nie."

"Asseblief, Ma." Ek was na aan trane. Wat sou ek vir Marnus sê as ek nie meer kon gaan nie? "Dis 'n skoolsokkie. Daar gaan onderwysers wees wat toesig hou. Geen drank nie. Almal gaan daar wees. Seblief?"

"Jy is vyftien. Ek kan nie glo die skool laat dit toe nie. Jy is glads te jonk vir iets soos 'n sokkie. Kyk waar het paarties jou pa laat beland. Op jou ouderdom het ek nog nie eens van iets soos 'n partytjie geweet nie."

Ek het omgedraai, in my kamer gaan huil.

"Hoe sal jy daar kom?" Ek het haar nie hoor inkom nie.

"Helena se pa vat ons. Bring ons terug ook," het ek bygelieg.

"Nou goed dan, jy kan gaan." Sy het my blyheid gesien en vinnig gesê: "Maar jy is elfuur terug by die huis. Ek sal vir jou wag. Ek wil nie drank of rook aan jou ruik nie."

"Ja, Ma."

Ek kon gaan!

Toe Helena se pa-hulle my nooi om die Desembervakansie by haar ouma op hulle plaas te gaan deurbring, het my ma sonder meer ingestem. Het sy geweet?

"Vars lug sal jou goed doen."

"Ek gaan nie hier wees vir Kersfees nie," het ek haar probeer voorberei.

"Dis nie so erg nie. Of wil jy nie gaan nie?" Onseker.

Natuurlik wil ek gaan, Ma! Vier weke sonder hom. Ek móét gaan. Kyk na my, Ma, sien my raak, sien hoekom ek kalmeerpille moet drink, sien hoe ek hom haat, hoe ek myself haat. Kyk, Ma!

My kop het dit gesê, my mond het gesê: "Ek wil!"

Die volgende paar weke was hel. Ek moes hard leer, hard oefen, hard seks hê met hom. Hoe ek daardeur is, weet ek nie, maar ek is. Ek moes. Die balletopvoering was 'n reusesukses, die gehoor was gaande oor ons. Natuurlik is ek die balleteksamen met lof deur. Dis al wat ek ooit wou doen, ek wou dans, en goed ook. Die skooleksamen was maklik genoeg, ek het darem geslaag.

"Dink net!" het Helena die middag na ons ons rapporte gekry het, uitgeroep. "Volgende jaar is ons in standerd agt! Wat trek jy vanaand aan? Het jy al gepak?" Sy kon gou van onderwerp verander.

"Ek weet nie, en ja, al lankal."

"Jy gaan nie van jou koekerige klere dra nie."

"Ek het nie koekerige klere nie."

"Ha!"

Ek het geweet sy was reg. Dis al wat ek gehad het, en ek wou graag dié aand mooi lyk, vir Marnus, ook vir myself.

"Sal jy vir my van jou klere leen?"

"Dan is dit waar!"

"Wat?" Ek het onbegrypend na haar gestaar.

"Wonderwerke gebeur nog." Sy het gelag, my aan die arm saam met haar getrek.

Helena het oplaas besluit dat ek die beste lyk in een van haar skintight jeans en 'n baie blink, baie rooi halternektop.

"Ek kan nie 'n bra by die top aantrek nie."

"Jy het nie een nodig nie, jy's klein."

"Helena, ek weet darem nie."

"Hou op moan. Jy lyk stunning. Ons sal Marnus moet vasbind vanaand."

Ek wou dit nie hoor nie.

Haar pa het ons by die skoolsaal gaan aflaai; ons sou terugstap, saam met ons dates.

"Geniet dit! Nie te rof vry nie!"

Die saal was pragtig, soos 'n feëland, liggies orals. En Marnus. Marnus het goed gelyk. Groot. Dis die eerste keer dat ek hom in gewone klere sien, het ek besef. Nog altyd net in skoolklere of sportklere. Ma sou gesê het hy is 'n mooi seun. Mooi man. Hy wás groot. Ek was bang. Sê nou dit is waar dat dit al is waaraan seuns, mans dink? Dat as hulle eers daaraan gedink het, hulle mál raak? Sê nou hy gryp my en ek kan niks doen nie? Ek wou terug, ek wou huis toe. Helena moet iets aangevoel het, want sy het my stewig aan die arm beetgekry en reguit na waar Deon en Marnus staan en wag het, gestap.

"Haai!" het sy gegroet en Deon 'n soen gegee.

"Hallo, Anna!"

"Hallo." Ek kon nie opkyk nie.

"Jy lyk verskriklik mooi."

Ek het opgekyk en 'n goedheid in sy oë gesien. Geweet hy sou nie. Geweet ek sou dit nie toelaat nie. "Dankie, Marnus."

Daar was tafels oral langs die kant van die muur gepak. Ons het in die verste hoekie gaan sit. Gedans. Gesels. Ek het moeilikheid sien kom tussen Helena en Deon. Hulle kon hulle hande nie van mekaar afhou nie.

"Ons gaan ná die sokkie bietjie rondry in die stad," het Helena gesê, terwyl Marnus en Deon weg was om vir ons te gaan koeldrank koop. "Hoekom het jou ma 'n tyd gegee vir inkom? Julle twee kon saamgekom het. Jy kon vanaand by my geslaap het."

"Toemaar, van môre af het jy my vir vier weke. Dis al hoe ek my ma sover kon kry om my te laat kom. As ek elfuur by die huis is en by die huis slaap. Ek dink sy is bang ek drink."

"Maar weet sy dan nie dat die onnies toesig hou nie?"

"Sy weet."

Kwart oor tien het Marnus opgestaan. "Kom, Anna, ek vat jou huis toe."

Deon het Helena aan die hand opgetrek. "Ons gaan ook nou waai."

Buite die saal het ons hulle gegroet. Marnus het langs 'n motorfiets gaan staan.

"Joune?"

"Ja, hou jy daarvan?"

"Ek het nog nooit op 'n motorfiets gery nie."

"Dan sal ek jou gou vir 'n ordentlike spin vat. Spring op."

Hy het langs die kus afgery. Ver. Lekker. Die wind het deur my hare gewaai, ek het styf om sy lyf vasgehou. Kwart voor elf het ons voor my huis stilgehou. Afgeklim.

"Dankie!" Ek was uitasem.

"Anna." Hy het my gesig met sy een hand opgelig, saggies met sy duim oor my mond gestreel, afgebuk en my saggies, so saggies dat ek gewonder het of hy hét, gesoen. Ekstase! Ek het nog nooit in my lewe so gevoel nie. Honderde, nee, duisende skoenlappers was in my maag. Weer! het my hart geroep. Hy het my hart gehoor. Weer afgebuk, my mond saggies met sy tong oopgedwing. Hy het eerste weggetrek. Na asem gesnak.

"Ek gaan vreeslik baie na jou verlang. Die vakansie is lank."

"Nie te lank nie." My mond was droog.

"Lank genoeg vir jou om op 'n boertjie verlief te raak. Sê jy sal nie. Sê jy sal na my ook verlang."

"Ek sê dit." Hy het my weer gesoen, liggies op my voor-kop. Teen hom vasgedruk. Gegroet.

87

Ek het voordeur toe gesweef! Omgedraai, vir hom gewaai. Gekyk hoe hy op sy motorfiets klim, wegry. Voor ek my sleutel kon uithaal om die deur oop te sluit, gaan dit vanself oop. En hy staan daar. Rooi van woede.

"Jou donnerse klein slet!"

Ek verstar van skok.

"Wat gaan aan?" Ma het uit die kombuis gekom, drie koppies koffie op die skinkbord. Vir my, vir haar, vir hom. Vir gesels na my eerste partytjie.

"Sy staan en vry met so 'n smeertou op 'n motorfiets! Buite op straat!"

Marnus is nie 'n smeertou nie, jou ou vark.

"Anna!" Ma met die skinkbord nog in haar hande.

"Het jy my afgeloer?"

"Jy praat nie so met my nie!" Rooi, rooier, rooiste.

"Anna!"

"Ek het nie gevry nie, Ma, Marnus het my net gesoen. Soos in groet."

"Jou klein liegbek! Julle het gevry. Seker gesteek ook. Jy het jou ma gesê dat Helena se pa jou sou kom aflaai, maar jy kom hier met 'n outjie op 'n motorfiets aan. En kyk hoe lyk jy. Dis geen wonder dat hy nie sy hande van jou kon afhou nie. Jy lyk soos 'n hoer met daardie klere aan."

"Daan!"

"Ma!" Help.

Die hou het onverwags gekom. Ek het eers besef dat hy my slaan, met die vuis slaan, toe ek op die grond lê. Toe skop hy my. Weer en weer en weer.

"Danie! Los haar!" Ma. Die skinkbord het kletterend geval, sy het hom aan sy arm gegryp en weggeruk, toe by my gekniel.

"Gaan was jou gesig. Gaan kamer toe. Ek kom nou."

Ek het badkamer toe gekruip. Gesig gewas. Kamer toe ge-
kruip. Gehoor hoe hulle op mekaar skree. Ek was bly dat
Klein-Danie nie daar was nie. Hy is ná skool na sy ma toe.
Vir die vakansie. Gewonder hoe Carli dit regkry om deur
die lawaai te slaap. Gewonder hoe ek die bloedvlekke uit
Helena se hemp gewas gaan kry. Die rooi van my bloed het
uitgestaan op die rooi van haar bloes. Myself in die spieël
bekyk. Oog was klaar besig om blou te word. Daar het reeds
weer druppels bloed op my stukkende lip gesit.

"Sy gaan nie saam met daardie Helena nie. Ek vertrou
haar glad nie. Dis sy wat al die dinge in Anna se kop prent."

"Sy moet gaan, dit sal die beste wees vir ons almal."

Jaag Ma my weg?

Sy het die kamer ingekom met haar medisynetas. Langs
my op die bed kom sit.

"Anna."

"Ek het niks verkeerds gedoen nie, Ma. Hy het my net
gesoen."

"Ek glo jou." Saggies salf aan my oog en lip gesmeer. My
oog was ook oopgeslaan, ek kon dit aan die brand van die
salf voel.

"Hoekom dan?"

"Hy is lief vir jou, asof jy sy eie dogter is."

"Gmp!"

"Hy is. En pa's raak kwaad wanneer hulle hul dogters
die eerste keer met 'n seun sien."

"Maar Ma –"

"Sjuut. Ek is jammer dat hy jou so geslaan het. Hy moes
nie. Maar jy moet verstaan dat hy baie kwaad is. Jy kan nog
saam met Helena-hulle gaan." Soos troos.

"Hoe verduidelik ek dít?"

"Sê jy . . . het in 'n kas vasgeloop."

"My lyf, Ma." Oral op my lyf was daar rooipers, opge-hewe kneusings. Van die skop.

"Sy gaan mos nie jou lyf sien nie. Jy bad darem seker nie meer saam met haar nie. Julle sien mekaar tog seker nie kaal nie. Julle is mos nou groot."

"Ja, Ma."

Vroegoggend, my polshorlosie het gewys dis twee-uur, het hy my kamerdeur agter hom toegemaak. Gesluit. My seer mond met sy een hand toegedruk. En hom in my ingefor-seer. Gesteek. Soos in nooit weer ophou nie. My omgedraai. Sy hand stywer om my mond gedruk, my van agter gesteek. Hard. Seer.

Daarna: "Gedink 'n jonge is beter, nè? Ha! Sê vir die tou hy kan maar by my kom lesse vat. Beter as ek sal jy nooit kry nie. Help nie jy huil nie. En as jy 'n woord sê, bly jy net hier." Uitgesluip.

Ek het gebloei, ek moes 'n doekie gaan haal om aan te sit.

Aliwal-Noord. Ek trek by die eerste vulstasie in.

"Waar kan ek 'n kafee oop kry?"

"Ry net reguit aan." Hy beduie met sy hand padaf. "By die rivier, daar is een."

"Sal dit oop wees?"

"Hy sal."

"Maak vir my vol, asseblief. Het julle koeldrank?"

Hy skud sy kop. "Die yskas is leeg."

"Dankie."

Hy maak vol, kyk sommer die water en olie ook. Waai totsiens toe ek ry. Ek ry deur die dorp, in die hoofstraat af. Dis stil. Ek kan my amper verbeel dat dit bedags ook so hier lyk. Teen die rivier staan daar die mooiste dekrietrestau-rant. Kroeg. Geen kafee nie. Die restaurant is toe. Die kroeg oop. Drank. Ek hou nie van drank nie. Ek hou nie van mense wat drank inhet nie. Ek sal moet koeldrank koop, ek is vaak, iets met kafeïen in, Coke, wat my kan wakker hou. Daarvoor sal ek die kroeg moet inloop. Daar is baie motors. Baie mense. Ek gaan eers sit, net hier in my warm motor, moed bymekaar skraap, voor ek daar ingaan. Kroeë het altyd mans in. Dronk mans. Mans wat voorstelle maak. Ek is bang. Maar ek moet iets kry om te drink, ek is dors, honger ook. Die honger moet wag. Die dors kan nie. Bog met jou! Jy is mooi groot, jy kan jouself verdedig as dit moet. Gaan in, nou.

Ek is reg, dit is bedrywig in die kroeg. Baie mense, nie net mans nie.

"Hei, poppie! Kom sit hier op my skoot!"

Die ander lag, moedig hul dronk vriend aan. Ek ignoreer hom, weet dat ek van buite baie kalm voorkom.

"Kan ek help?" Die kroegman. Hy lyk vriendelik genoeg.

"Coke, asseblief, twee blikkies, en is hier iets wat ek kan eet?"

"Ek kan gou dat hulle vir jou 'n hamburger maak." Besorg.

"Is hier niks anders nie? Iets wat vinniger is?" Ek gee 'n betekenisvolle kyk oor my skouer na die groep mans wat my nog steeds, kliphard, asof ek doof is, bespreek.

"Nee, behalwe as jy chips wil hê? Of peanuts?" Met sy kop beduie hy na die rak vol droë chips en peanuts. Ek het dit nie eens raakgesien nie.

"Ja, twee chips en twee peanuts, en die Coke, asseblief."

Hy haal dit van die rak af, pak dit in 'n bruin papiersak, die soort waarin hulle wegneem-etes pak. Ek betaal. Ek is bang hulle keer my voor, die mans, voor ek by die deur is. Maar hulle gooi net aanmerkings na my kant toe. 'n Groep vroue wat daar naby sit, kyk toe, nie een sê 'n woord nie. Ek hardloop die laaste paar meter na my kar toe, voel eers

weer veilig toe ek die deur agter my gesluit het. Ek haat dit.
Om bang te wees. Om nie eens die guts te hê om te wag vir
'n hamburger nie.

Ons het die volgende oggend te vroeg gery, daar was nie vir
hom kans om vir my een of ander geskenk te gaan koop nie.

"Lyk of jy in 'n oorlog was!" Oom Hannes, toe hy die
voordeur oopmaak.

"Lawwe kind loop mos gisteraand in haar kasdeur vas.
Kom daarvan as sy nie haar kasdeure toehou nie."

Vark.

Dit was ver plaas toe. Vrystaat toe. Veld bruiner, beeste
en skape meer. Oper. Blyer.

Eendag sou ek wegkom van hom af. Ver weg.

Ouma en Oupa was twee gawe mense. "Ek was so jammer
om te hoor dat net een van my kleindogters saamkom. Maar
met jou hier, Anna, voel ek baie beter." Ouma. Groot, donker
huis. Veilig. Ons het laat die nag daar aangekom, maar tog
besluit om te gaan bad. Ons was taai van sweet en eet.

"Anna!" Toe ek my klere uittrek. "'n Kas kan nie dit
doen nie. Jou hele lyf is dan blou."

Ek het nie geantwoord nie, net stadig in die bad wegge-
sak. Gevoel hoe die warm water oor my lyf spoel. Ek was
seer. Styf. Soos na 'n baie strawwe oefening.

"Tog nie Marnus nie?"

"Nee."

"Jou ma?"

"Nee."

"Jou pa?"

"Hy's nié my pa nie!" Kwaad.

"Was dit hy?"

"Los dit."

"Anna, praat met my."

"Los dit." My lyf was seer. My hart seerder. Ek kón niks sê nie. Niks wou uit nie.

"Ek gaan my pa sê, hy sal iets kan doen."

"Los dit!" Ek wou nie skree nie.

"Anna."

"Hy het gesien hoe Marnus my soen. Hy was kwaad. Dis al. Los dit nou."

Ons het nie weer daaroor gepraat nie, maar ek dink tog sy het haar pa gesê. Hy het soms na my gekyk wanneer hy gedink het ek sien hom nie. Oë van 'n regte pa. Ek het vir die eerste keer gesien hoe 'n normale gesin lewe. Baie gelag. Baie gepraat. Kaart gespeel. Domino's gespeel. Koek gebak. Beskuit gebak. Perdgery.

"Hou jou rug reguit, Anna. Moenie bang wees nie, 'n perd voel dit aan. Hy sal jou nie afgooi nie. Hy is mak." Oom Hannes. Soms het ek gewens dat hy my pa was. Kon my ma nie maar iemand soos hy ontmoet het nie? Ek het geweet dat wat in die donker, agter geslote deure, in ons huis gebeur, nie normaal kan wees nie, maar ook het ek nie verwag dat normaliteit so anders is nie. Op die plaas was ek nooit bang nie, het ek nie my bed natgemaak nie, het ek nie nodig gehad om voor te gee nie.

Berggeklim. Ek en Helena.

"Dis 'n koppie! Hoekom noem julle dit 'n berg?"

"Alles wat hoër as 'n miershoop is, is in die Vrystaat 'n berg."

Tot bo geklim.

"Gee van die koekies aan, ek's honger."

"Ons sal moet begin draf. Miss Dolly kom iets oor as sy sien hoe vet ons geword het." Helena het oor haar plat maag gestreel.

"Anna, ons het dit toe gedoen." Sonder om op te kyk.

"Wat?" Ek het regtig nie eens daaraan gedink nie.

"Jy weet, liefde gemaak. Ná die sokkie."

"Wat!"

"Deon het hawe toe gery. Dis mooi daar in die aand. Het jy geweet? Dit was seer, maar lekker."

"Helena!"

"Moenie so vir my kyk nie. Ons is lief vir mekaar."

"Maar hoekom?"

"Hoe anders moet ons aan mekaar bewys dat ons saamhoort. Dat ons een is."

"Dis sonde."

Sy het my aangekyk. Gelag. "Sonde? Jy's laf, man! Ons gaan trou, eendag. Dis nie sonde nie."

Here? Ek het my kop op my knieë laat sak. Helena het aanhou praat. Here? Hoe kan U toelaat dat Helena haar lewe so opmors? Hoe kan U toelaat dat die vark dit met my, aan my, doen? Waar is U snags? Ek het regtig soms daaroor gewonder. God slaap nie! het ek die dominee se stem hoor bulder. God slaap! wou ek terugskree. God slaap wanneer my kamerdeur nag vir nag oopgestoot word. God slaap wanneer hy oor my buk. God slaap. Iemand het eendag gesê dat daar vir elke mens 'n paar riviere uitgesit word. Ons moet daaroor. Die riviere hou nie lank aan nie, en uit elkeen is daar 'n les te leer. God moet van my vergeet het, my rivier het in 'n see verander. Ek spartel sonder ophou, sonder 'n lewensgordel, het ek gedink. My rivier, my see, het geen einde nie. Dis nie net 'n kort rukkie nie. Dis vir ewig. Les? Watse les? Moenie mans vertrou nie? Wat dan van Marnus?

Helena was anders, ek kon dit sien. Dit was asof daar 'n lig binne-in haar aangeskakel was, sy het gegloei. Kan seks 'n mens so laat voel? Voel sy dan nie ook so vuil soos ek nie?

94

Hoekom skrop sy haarself nie soos ek wanneer ons saans in die bad lê nie? het ek gewonder. Seks was sonde. Ek het dit oor en oor vir myself vertel. Sonde. Hoekom die Here iets soos seks laat gebeur, kon ek nie verstaan nie. 'n Meisie, 'n vrou, se hel op aarde begin by 'n man. Of 'n seun. Maar wat dan van Marnus? Toe hy my gesoen het, het ek nie vuil gevoel nie, net lekker warm. My eerste soen. Is dit wat eerste soene aan mens doen? Of is dít wat liefde beteken? Ek weet nie wat liefde is nie, het ek besef. Regtig nie. Ek was lief vir my pa. Maar dit was tog heeltemal anders. Kon seks goed wees? Ek moes aan myself erken dat ek dink seks met Marnus kon goed wees. Dit kon my dalk net weer daardie warm gevoel laat kry. Was dit hoekom Helena gegloei het? Van dié hitte? Saam met hóm het ek nooit enige gevoel gehad nie. Behalwe weersin. Ek het stil gelê. Hy moes doen wat hy wou. Hoe stiller ek gelê het, hoe gouer het hy klaargekry. Het hy geloop. As ek my teëgesit het, het hy my meer gestraf. Het ek soveel seerder gekry. Dalk, dalk was net sý soort seks sonde.

Op Kersoggend is ons vroeg wakker gemaak vir kerk. Waar ek in die kerkbank na die dominee sit en kyk het, het ek gewonder wat hy sou doen as hy moes weet wat in van die land se huise aangaan. Dalk ook hier, op hierdie plattelandse dorpie. Sou hy sy gesig nog steeds op so 'n sedige plooi hou, of sou hy sy arm kon swaai en vir my en die ander kon verlos van die varke? As God so Almagtig is soos wat die sedige dominee verkondig het, hoekom doen Hy niks? Help my, Here! Asseblief! Ek het opgekyk na die dominee. Geen hulp. My hulp sou van myself moes kom. Van niemand anders nie. Nie eens God sou my kon red nie.

Ouma het 'n oordadige Kersmaaltyd voorberei. Ons kon beswaarlik van die tafel opstaan. Die heerlikste poeding. Die geskenke. Ek het nog nooit soveel geskenke op Kersdag gekry nie. Balletskoene van my ma. 'n Kasset met *Die Neute-kraker* se musiek op van hóm. Die mooiste skryfblok en koeverte van Ouma-hulle. 'n Skildery van myself van tannie Sara en oom Hannes. 'n Dagboek en die mooiste wekker van Helena.

En toe kom Nuwejaarsdag 1984. Die begin van ons standerdagtjaar.

"Wat is jou nuwejaarsvoorneme?" wou Helena weet.

Ek gaan weier van nou af! "Hm, ek weet nie, seker maar harder oefen, harder leer. Joune?"

"Meer jol! En so daarvan gepraat, kom ons gaan swem, ek kry verskriklik warm."

Die res van die vakansie was 'n fees. Om saans te kon bad of stort sonder die vrees dat hy die badkamer sal inkom, om snags te slaap, deur te slaap, nie wakker gemaak te word deur hom nie. Om elke oggend in 'n droë bed wakker te word.

Ek was bly om my ma en Carli te sien, nie vir hóm nie. Ek moes hom soengroet. Hy het afgebuk en gefluister: "Ek is so bly jy is terug. Ek het baie verlang na jou." Vark! Moenie dink dat ek weer by jou sal lê nie. Kom weer na my kamer toe, ek sê my ma. Sy sál luister. Brawe gedagtes, maar ek het gewonder of ek regtig die moed sou hê om te praat.

My ma het in my kamerdeur kom staan. "Anna, 'n seun . . . Marnus . . . het gebel."

Ek het verskrik opgekyk, kon nie die uitdrukking op haar gesig peil nie.

"Hy het sy nommer gelos. Jy moet hom bel."

"Mag ek?"

"Jy mag. Hy klink na 'n baie oulike kind." Sy het 'n papiertjie met sy nommer na my uitgehou. Ek moes keer of ek gryp.

"Ek en Pappa gaan gou vir Klein-Danie haal, ons sal nie lank wees nie." Klein-Danie was nog by sy ma. Ek het dit gehaat as sy hóm so noem, Pappa. Ek was bly dat hulle moes ry, ek sou kon bel sonder iemand wat oor my skouer loer.

Ek het dadelik geskakel toe die motor wegry.

"Hallo, Marnus."

"Anna!"

"Hoe gaan dit met jou?"

"Goed en jy?"

"Goed." Wonderlik noudat ek jou stem gehoor het.

"Ek het gedink dat julle vroeër terug sou wees."

"Dis ver."

"Dis nou al te laat, maar kan ek jou môre kom haal? Ons kan strand toe gaan. As jy wil."

"Dit sal lekker wees."

"Dan sien ek jou môre, so nege-uur?"

"Ek sal vir jou wag."

Daar is nie woorde om dit te beskryf nie, ek glo nie iemand was al ooit suksesvol met 'n beskrywing nie: om verlief te wees. Die wonderlikste gevoel op aarde. Asof jy sweef, maar ook nie. Asof jy nie kan asemhaal sonder hom nie. Ek kon nie wag vir môre nie.

Ma het ons aandete op skinkborde televisiekamer toe gebring. Toe ek my leë bord terugvat kombuis toe, moes ek teen hom verbyloop, hy het die deur volgestaan. Hy het met sy een hand oor my bors gestreel – was hy nie bang my ma sien hom nie? En toe het ek geweet. As niemand vir my sou opstaan nie, sou ek dit self moes doen. Hy sou nie weer sy voete in my kamer sit nie. Ek sou ook voortaan voel hoe dit is om onbevrees te slaap. Ek sou my voete nie weer in die swembad sit wanneer hy by die huis is nie. Ek sou my gordyne dig hou. Ek sou saam met Carli bad. Ek sou enige iets doen, hy sou nooit weer die voorreg hê om aan my te raak nie! Dit was die mees bevrydende gevoel. Ek sou dit laat werk, ek sou myself laat geld, ek sou myself red, want ék was beter as hy.

"Ma, ek gaan sommer saam met Carli in die bad spring. Kan ons in Ma se badkamer bad? Met skuim?" Hy sou dit nie waag om daar in te kom nie.

"Dit sal gaaf wees. As jy nie omgee dat ek op die bed gaan lê en lees nie."

"Tops!" Hy sou dit nie waag nie. Ek het selfvoldaan na hom gedraai en breed geglimlag. Carli het gekraai van plesier.

Hy: "Ek gaan nuus kyk." Dikbek.

Na die bad het ek kamer toe gegaan sonder om nag te sê, ek kon altyd die volgende dag sê ek was so moeg, ek wou net lê, toe slaap ek. My kamerdeur was toegesluit. Streng teen my ma se reëls. Ek het nog goed onthou van vroeër, toe ek dit probeer het.

"Anna, watse lawwigheid is dit met jou? Jy weet ons sluit nie ons deure toe nie. As jy moet siek word snags, hoe moet ek by jou uitkom? Ek wil dit nie weer sien gebeur nie. Nie weer nie, hoor jy my?"

"Ja, Ma!" Ek moes, Ma! Hy het drie nagte agtermekaar ingekom! Ek kon nie nog 'n nag deurmaak nie!

Ek het nooit weer my deur gesluit nie.

Maar nou het ek 'n wekker gehad. Wat Helena my gegee het vir Kersfees. Dit sou my betyds laat wakker word, ek moes net onthou om dit te stel vir vyftien minute vroeër as wat my ma my kom wakker maak. Ek sluit my deur oop, klim terug in die bed, en niemand sou weet nie. Dankie, Helena!

Ek het die wekker vir agtuur gestel. Ma het ons altyd vakansies gelos om laat te lê. 'n Uur sou genoeg wees om haar voor te berei op Marnus – en sy motorfiets.

Ek het my dagboek oopgevou. Die papier was sag, skoon

onder my vingers. Wat sou ek daarin kon skryf? Van my va-
kansie? Marnus? Nee, het ek besluit, ek sou my nuwe lewe
in hierdie mooi boek opteken, voor ek by enige iets anders
begin. Ek het geskryf: *1984 – Die begin van my lewe,* en 'n
groot hart onderaan geteken sodat ek altyd kon onthou hoe
gelukkig hierdie dag my gemaak het.

Dit het gewerk, was my eerste gedagte die volgende og-
gend. Hy kon nie inkom nie! Dankie, Here! Ek het dit op my
knieë voor my bed gesê.

Ek het voor die spieël in my bikini staan en pronk toe
Ma aan die deur klop.

"Kan ek inkom?"

"Ja, Ma." Die deur was lankal oopgesluit.

"Ek wou jou vanoggend met koffie in die bed verras." Sy
het op my bed gaan sit, 'n koppie koffie na my uitgehou.
"Jou deur was toe." Beskuldigend.

"Jammer, Ma! Nare gewoonte wat ek op die plaas aan-
geleer het. Almal daar sluit hulle deure snags."

Sy het lank na my gekyk. "Ek wil nie weer praat nie."

"Ek sal nie." Ek sou maar net my wekker vroeër moet stel.

"Gaan jy swem?"

"Ek wou nog met Ma praat. Ma . . . Marnus, die ou wat
gebel het . . ."

Sy het geknik.

"Hy het gevra of ons vandag strand toe kan gaan. Ek het
ja gesê. Gee Ma om?"

"Anna, jy kom nou net terug. Ek sou graag bietjie saam
met jou wou kuier. Ek wil hoor wat julle alles gedoen het,
jy was altyd so vaag oor die telefoon."

"Ek het klaar ja gesê, Ma." Ek sou wegloop na hom toe.

"Hy kom jou darem seker hier oplaai, of hoe?"

Ek het geknik, terselfdertyd 'n kortbroek en T-hemp aangepluk. Ek sou regtig nuwe klere moes kry. Ek wou nie meer wegkruip nie. "Ma sal van hom hou. Hy is baie gaaf én hy kom uit 'n baie goeie huis."

Sy was bly.

Sy was nog blyer toe sy hom ontmoet. Is daar 'n mooier ou? Gawer? Hy het vir my ma 'n boks sjokolade gebring, sy hele familiegeskiedenis vir haar uitgelê, belowe om mooi na my te kyk, belowe om my nie later as vyfuur terug by die huis te hê nie.

Toe is ons weg. Strand toe. Ek het gewens dat ons nooit hoef te stop nie. Om teenaan hom te sit, my arms styf om sy lyf geslaan, was genoeg. Ons het nie eens nodig gehad om te praat nie.

Die rit was glad te gou verby.

Ons het ons handdoeke oopgesprei op die sand en op ons mae in die son gaan lê.

"Hoekom kyk jy so vir my?"

"Ek kan nie glo dat ek langs die mooiste meisie in die skool lê nie. Ek weet nie wat ek gedoen het om dit te verdien nie."

"Jy's laf!"

Hy het my hand in syne gevat, met my vingers gespeel.

"Dis lekker saam met jou. Kom ons gaan swem!" My opgetrek, en saam het ons die branders tegemoetgehardloop. Ons is eers weer uit die water toe ek omtrent nie meer asem oorgehad het nie. Moeg geswem, moeg gespeel. Hy het my hand vasgehou, die hele tyd. En so nou en dan, wanneer die branders 'n slag terugtrek, afgebuk en my baie liggies gesoen.

Toe ons by ons handdoeke kom, het Helena en Deon ons ingewag.

"Ek het vir Deon gesê ek is seker dis jou strandsak hierdie. Hi!"

"Hallo, julle." Vir die eerste keer vandat ek Helena leer ken het, was ek nie bly om haar te sien nie; dit was ons dag, myne en Marnus s'n. En hulle twee was alreeds besig om hulle handdoeke langs ons s'n oop te gooi.

"Ek's dors. Marnus, loop saam, dan gaan koop ons koeldrank." Deon het afgebuk en Helena gesoen voor hulle kiosk toe begin stap het.

"Jy laat nie gras onder jou voete groei nie, nè? Die hele vakansie sê jy niks, ek dog jy hou nie baie van Marnus nie, en hier kry ons julle saam in die water!" Helena se verbasing was eg.

"Ek hou van hom. Baie."

"Ek's bly."

Sy het lank stilgebly, patroontjies in die sand gemaak. Dit was nie soos ek haar geken het nie. Helena was 'n prater, mens het gesukkel om haar te laat stilbly.

"Helena? Is iets fout?"

Sy het nie opgekyk nie, net geknik. Ek kon aanvoel dat iets haar geweldig pla.

"Wat is dit?"

"Jy gaan vir my baie kwaad wees." Sy het stilgebly, na my gekyk met 'n senuagtige glimlag om haar mond. "Maar as ek jou nie sê nie, gaan jy vir my nog kwater wees."

"Sê."

"Ek het vir Deon vertel dat jou pa, 'skuus, stiéfpa, jou so geslaan het. Ek weet nie hoekom ek dit gedoen het nie, en nou is ek bang dat Deon vir Marnus gaan sê, ek is bang dat jy vir my kwaad gaan wees, asseblief, Anna, sê jy is nie, sê jy vergewe my."

"Jy't nie die reg gehad nie! Hoe kon jy?" My asem het te vinnig gekom, dit het gevoel of ek gaan versmoor in my eie lug.

"Ek's regtig jammer."

101

"Jou probleem is dat jy net aan jouself dink. Ek gaan loop."
Ek staan vinnig op, begin verwoed my handdoek in my rugsak prop. Waar is my sonbrandroom? Nie belangrik nie.

"Anna, jy kan nie, wat van Marnus?" Bekommerde frons.

"Verduidelik jy. Jy is mos goed daarmee." Toe kies ek sommer die eerste beste rigting. Begin stap.

"Anna!" Ek het hom glad nie hoor aankom nie. Die see het te veel geraas.

"Anna!" Hy kry my aan my arm beet, swaai my om. "Waarheen gaan jy?"

Ek voel die eerste vernederende trane oor my wange loop. "Vra vir Deon. Of nog beter, vir Helena."

"Stop net eers, asseblief."

Ek kyk op, sien die bekommerde trek op sy gesig. Gaan staan.

"Het Deon jou vertel?"

"Van jou pa?" En hy knik.

"Hy's nie my pa nie!" Is dit ek wat so skree?

"Ek weet."

"En?"

"Anna, as dit oor my was, dink ek ek het die reg om te weet. Ek is jammer, ek sou nooit wou hê dat jy moet seerkry nie. Ek is jammer."

"Jammer? Dit was nie net oor jou nie."

"Wil jy my vertel?"

"Nie nou nie." Sy oë was so mooi. "Miskien eendag. Ek wil net hê jy moet weet dat dit nie so erg was nie. Ek het geval toe hy my slaan, en dis waar die meeste blou kolle vandaan gekom het." Wanneer het ek begin om so te lieg? "Dit was nie jou skuld nie."

"Beteken dit dat ek jou nie meer mag soen nie?" Guitig.

"Ek hoop nie so nie."

"Kom saam met my terug, toe?"

Ek het omgedraai, na Helena en Deon gekyk. Na Marnus gedraai. "Nie nou nie, ek sal haar môre bel, ek het net nie nou die krag nie."

"Oukei, wag vir my hier, ek gaan gou my goed haal."

Ek het hom agternagekyk toe hy wegdraf, en my hart het gebokspring. Ek het gewag en terselfdertyd besef dat ek vir hom wóú wag, maak nie saak hoe lank nie. Eendag, eendag sou ek hom alles vertel.

Ons het al langs die kus afgery. By 'n Wimpy gestop. Hier was dit ook bedrywig, ons moes wag vir 'n tafel.

"Ek wens amper die skool begin weer," het hy gefluister, "dat almal weer na hulle huise toe gaan. Dan is die stad weer ons s'n."

Ek het geknik. Ek kon nie méér saamstem nie. En in elk geval, as die skool begin, begin my balletklasse ook, en daarvoor kon ek nie wag nie. Eindelik het die kelner ons nader gewink. Ons was gelukkig om 'n plekkie by die venster te kry. Marnus het vir ons albei 'n hamburger bestel.

"As jy nie wil nie, sal ek jou nie uitvra oor jou stiefpa nie."

Dankie. "Ek wil nie."

Hy het geknik, my hand gevat.

"Jy kan my eerder meer van jouself vertel."

"Wat! Na ek my hele geskiedenis aan jou ma moes vertel?" Hy het net gelag.

"Ag, Marnus, ek weet nou jou pa is hierdie vreeslik belangrike prokureur en als, maar wat van jou? Jy maak vanjaar klaar met skool, wat gaan jy dan doen?"

"Wel," het hy getwyfel, "my pa wil graag hê dat ek in sy voetspore moet volg, maar ek dink ek wil sielkunde gaan swot. Eendag my eie praktyk oopmaak."

"Regtig?"

"Ek is 'n baie goeie luisteraar. Regtig."

"Ek glo jou. Moenie so stres nie!"

Ons het gelag. Ek het altyd baie saam met Marnus gelag. "En jy?"

"Wel, my ma glo dat ek nog te jonk is om al aan 'n beroep te dink, maar al wat ek ooit sal wil doen, is om te dans."

"Aha, Anna die ballerina! Ek sou graag eendag vir jou wou kom kyk, as ek mag."

"Jy mag. Ek het nie geweet jy hou van ballet nie."

"Vreeslik baie." Terwyl hy sy gesig trek.

"Jy hou nie van ballet nie? Tipies!" Ek het my hande in die lug gegooi. "Net soos alle mans. My pa het ook maar altyd net gemaak of hy daarvan hou. Hy was net beter daarmee as jy."

"Vertel my meer van hom, van jou pa."

Ek het gewag terwyl hulle die kos voor ons neersit.

"Daar is nie veel om te vertel nie. Hy was in die polisie. Nie vreeslik hoog nie, nie vreeslik belangrik nie."

"Hy was vir jou."

Ek het verras na hom gekyk. "Ja."

"Ek het jou gesê ek is 'n goeie luisteraar. Hy is dood, nè?"

"Ja." Ek kon hom nie in die oë kyk nie. Marnus, vir jou wil ek so graag perfek wees, maar ek kan nie. Daar is te veel swart kolle – in my verlede, nou, in my toekoms. "Hy het selfmoord gepleeg."

Ek kon die skok in sy oë sien, hy het sy mes en vurk neergesit, weer my hand gevat.

"Hy het homself geskiet."

"Ek's jammer, ek het nooit geweet nie."

"Ek het nog nooit vir iemand vertel nie."

"Ek het jou gesê ek sal 'n goeie sielkundige maak." Dringender: "Anna, ek sal dit nie oorvertel nie."

"Dankie."

"As jy ooit iets nodig het, as jy ooit in die moeilikheid is, belowe my dat jy my sal sê, dat jy na my toe sal kom."

"Ek belowe."

Dit was die wonderlikste dag. Ek het lanklaas so baie, so lekker gelag. En hy het my betyds voor die huis afgelaai.

"Ek gaan jou nooit weer hier soen nie, ons wil nie 'n herhaling van die laaste keer hê nie."

Dankie.

Die vreugde.

En toe. Sommer met die intrapslag in die kombuis.

"Jou ma sê my dat jy gisteraand jou kamerdeur toegesluit het."

Asof jý nie weet nie. "Ja."

"Moenie dat dit weer gebeur nie."

Vark! "Natuurlik nie." Ek het Carli opgeraap. "Ons gaan bad, Ma." Carli het al geloop, sy was nou 'n jaar en 'n half, oor ses maande sou sy twee jaar wees.

Natuurlik het ek my kamerdeur gesluit. My wekker gestel vir sesuur. Ek sou vroeg opstaan, ek sou nie dat my ma weer agterkom dat die deur gesluit was nie. Dit was heerlik. Ek kon doen wat ek wou, ek was eindelik baas van myself. Ek is seker dat ek met 'n glimlag aan die slaap geraak het.

'n Paar dae later, net voor die skool weer sou begin, het ek wakker geword van 'n geklop aan my venster. Helena! was my eerste gedagte. Ek het opgestaan, die lig af gelos, die gordyn op 'n skrefie oopgemaak, uitgeloer. Dit was nie Helena nie. Dit was hy.

"Maak oop jou deur, nou!" Dreigend.

"Ek sal nie!" Ek wou dit uitskree sodat die wêreld my kon hoor. Ek, Anna, sou nie! Ek het die gordyn toegetrek, my ore toegedruk sodat ek nie sy dreigemente kon hoor nie,

105

terug in die bed geklim. Ek het fantasties gevoel. Asof ek die koning van die wêreld was. Of dan, die koning van mý wêreld was.

Die volgende môre is hy dikbek by my verby, hy kon mos nie voor my ma met my raas oor die vorige aand nie. Ek sou sorg dat ons so min as moontlik in dieselfde vertrek is.

"Môre, Ma! Ek gaan net klaarmaak, dan gaan ek gou na Helena toe, sal dit reg wees?" Die ding tussen my en Helena moes uitgepraat word.

"Maak klaar, ek sal vir jou wag, ek ry in elk geval daar verby." Hy sê dit met sy siek glimlag.

Nee! "Dis nie nodig nie, ek stap sommer, ek wil nog eet ook."

"Ek ook. En ek verkies om jou te gaan aflaai."

Vas.

Ons was skaars in die motor of hy het begin.

"Jy dink jy is slim, nè? Pas op! Slim vang sy baas."

Liewer stilbly.

"Wat? Het jy jou tong verloor?"

"Hoekom doen jy dit!" Ek het begin skree. "Jy het tog my ma!"

"Jou ma? Sy beteken niks, sy dink seks is sonde."

"Jou soort seks ís sonde!" Ek wou dit sê.

"Jou klein kak!" Hy het my hard deur die gesig geklap. "Sluit weer jou deur vanaand, ek sal jou wys wat ek kan doen."

"Ek sal my ma sê, ek is nie meer bang vir jou nie."

"Ons sal sien, en terloops, jou ma gee nie om nie. Kry dit in jou kop."

My ma gee om. Natuurlik gee sy om. Sy sal iets oorkom as sy moet weet wat jy alles aan my doen.

Hy het in die oprit stilgehou, my vinnig gegryp toe ek wou uitspring. My gesig in sy een hand gehou, sy ander hand het asof vanself sy pad na my broekie gekry. Hy het my 'n sopperige soen gegee en in my oor gefluister: "Tot vanaand!"

Ek het losgeruk, uitgespring en die trappies na Helena se voordeur twee-twee opgedraf.

Helena het self kom oopmaak en ons het dadelik na haar kamer gegaan.

"Helena, ek het kom sê dat ek jammer is oor gister, regtig jammer."

Sy het my net bly aanstaar, geen gevoel op haar gesig te bespeur nie.

"Ek het my soos 'n vark gedra. Ek weet nou dat jy net goed wou doen."

Sy het afgekyk.

"Het jy gedink dat Marnus my sou kon help?"

Sy het geknik. "Ek is jammer, ek het net gedink dat, wel, sy pa is 'n prokureur."

"Helena, kom ons vergeet dit, toe?"

"Asof ek nooit iets oorvertel het nie?"

Ek het geglimlag. "Ja!"

"Dankie."

Sy het na die breë vensterbank wat haar sitplek was, gestap. Onder die kussings daarop het sy 'n voos gevatte pakkie sigarette, vuurhoutjies, 'n asbak en Anti-Tobacco uitgehaal. Sonder om na my te kyk, het sy 'n sigaret uit die pakkie gehaal, bedrewe aangesteek, uitgeblaas. "Kom sit hier by my."

"Ek het nie geweet jy rook nie."

"By Deon geleer, wil jy?"

Ek het my kop vinnig geskud, nee. "Wat gaan dit aan jou ballet doen?"

"Niks, inteendeel, vandat ek rook, eet ek baie minder en dis wat ek wil hê. Ek is nie so gelukkig soos jy wat alles kan eet nie."

107

"Ek eet nie alles nie, ek kyk na wat ek eet, dis die verskil."

Sy het gelag, ongeërg, en 'n kussing agter my rug ingedruk.

"Kom jou pa-hulle dit nie agter nie?"

"In ons huis respekteer ons mekaar se privaatheid, niemand kom sommerso in my kamer behalwe ek nie, en dit" – sy het die blikkie Anti-Tobacco opgehou – "is vir wanneer iemand wel inkom."

Vir die res van die sigaret het ons nie gepraat nie, sy het gesit en rook, ek het haar tydskrifte deurgeblaai. Dinge was weer reg tussen ons.

Gedurende aandete het hy aanmekaar vir my geknipoog. Hoe my ma of Klein-Danie dit kon miskyk, kon ek nie verstaan nie. Maar ek sou nie my deur ooplos nie, ek sou nié. Wat kon hy in elk geval doen? My ma sê? Ek het na my ma gekyk, sy was besig om hom ewe gemoedelik iets van 'n vriendin te vertel. Sy weet nie, daarvan was ek seker, want as sy geweet het, sou sy iets gedoen het. Geen ma sal toelaat dat haar kind misbruik word nie. Geen ma sal so laag daal nie.

Carli het haar pampoen oor haar skouer gegooi, gekraai van die lag. Ek het gewens ek was nog so klein soos sy. Niemand kan iets aan jou doen wanneer jy so klein is nie, het ek gedink. Dan waak 'n ma soos 'n beer oor haar kleintjie. Ma, sê vir my jy weet nie, sê dat jy dit nooit sal toelaat nie. Asseblief, Here, sê vir my sy weet nie.

"Ma," het ek my plan begin aanvoor, "ek wil graag vir Marnus môreaand nooi vir ete. Sal dit reg wees?" As ek Marnus vir hóm kan wys, as hy sien hoe lief ons mekaar het, sal hy my uitlos – so het ek gedink. As hy sien dat ek 'n ou het, 'n ordentlike een op die koop toe, sal hy hom by my ma bepaal.

"Wat dink jy, Daan?"

"Ek dink dis hoog tyd dat die mannetjie homself aan ons kom voorstel. Het sy ma hom nie maniere geleer nie?"

Vark. "My ma het hom darem al ontmoet."

"Ek is die man in die huis. Hy moes na my gekom het, nie in die vrou se goeie boekies probeer kom voor hy my ontmoet het nie. Ek sou hom graag wou deurkyk, kyk of hy goed genoeg is vir my mooi meisiekind."

Soos: whê! En ek is nie jou meisiekind nie!

"Dankie, Ma, ek het lekker geëet. Kom, Carli, ons gaan bad."

Ons was al 'n ent in die gang af toe ek hom hoor.

"Watse gebad is dit elke aand saam met Carli?"

"Daan, dit help my baie."

"Vir my ook. Dis great om die badkamer vir myself te hê." Klein-Danie. Byna het ek hom hardop bedank.

Ek kon die volgende oggend toe ek hóm in die gang raakloop, sien dat hy goed bedonnerd was. Ek het mos weer my deur gesluit. En ek sal dit erken: dit het my onmiddellik 'n hengse high gegee, asof ék die een was wat die hef in die hand gehou het.

Ek het die middag weer saam met Marnus deurgebring. Helena-hulle was by. Ons het dié keer al met die kus langs na ons buurdorp gery. Sowat veertig minute ver oor 'n baie stamperige grondpad, maar dit was die moeite werd, dit was die mooiste strand wat ek nog gesien het. Witste sand, blouste water, en daar ver agter, groen. Daar, so het Helena my later vertel, het sy en Deon weer liefde gemaak. Op die sand, agter die rotse, met my en Marnus skaars tien tree van hulle af. Ek kon nie besluit of ek beïndruk of geskok moes wees nie. My gesig het my seker verklap toe sy lag en sê dat ek dit gerus ook 'n slag kon probeer, Marnus se tong hang al op die grond. Dit het my laat wonder: is dit al wat hy van my wil hê? En, as ek sou besluit om toe te gee, sou hy my

109

dan soos 'n vrot vel eenkant toe gooi? Ek moes weet, ek kon nie langer maak asof dit nie belangrik is nie. Wanneer ek so na Helena geluister het, en na hóm gekyk het, het ek soms gevoel asof ek die een was wat anders was. Dalk wás seks die belangrikste ding op aarde. Tussen man en vrou. Maar tussen man en dogter? Nee. Nooit. Ek sou dit nooit kon aanvaar nie.

Maar ek moes nogtans weet. Ek het toe Helena en Deon gaan swem en Marnus my nader trek vir nog 'n soen, my kans gevat en gevra.

"Marnus, het jy geweet dat Helena en Deon, jy weet, dít doen?" Ek het gevoel hoe ek bloos. Dit was een ding om te dink dat jy dit kan vra, iets anders wanneer jy dit vra.

"Hy het so iets gesê, ja." Nie baie in sy skik nie.

Ek het vasgebyt, dit was nou of nooit. "Sou jy dit wou doen? Ek bedoel, wil jy?" Dit het nie reg geklink nie. En ek kon voel hoe ek van voor af rooi word. "Die ding is so: ek moet so dikwels by Helena hoor dat hulle dit doen dat ek nou al begin glo ons makeer iets omdat ons dit nie doen nie."

"Kan ek eerlik wees?" Versigtig.

Ek het geknik.

"Ek is 'n man, ek dink baie aan seks, maar ek is ook 'n Christen, en daarom dink ek dat 'n mens moet wag. Nie noodwendig vir die huwelik nie, maar darem net tot jy emosioneel gereed is vir so 'n stap. Ek dink nie ek is nie, en my ma sê altyd as jy twyfel, moenie." Hy het verskrik stilgebly. "Hoekom huil jy?" Besorg.

Ek huil omdat ek so graag heel wil wees, vir jou. Ek huil omdat ek nie is nie. Ek huil omdat niks wat ek doen of sê, of wat jy doen of sê, enige verskil daaraan sal maak nie. Ek huil omdat ek vir jou lief is, ek huil omdat ek nou vir seker weet dat jy my liefhet. En ek huil omdat ek weet ék is nog ver van emosioneel gereed af. Ek wou dit alles vir hom sê. Al wat ek gesê het, was: "Dankie."

Hy het nie verstaan nie, ek kon dit sien, maar ek kon hom nie die waarheid vertel nie. Daar was geen manier hoe ek kon nie, daar was te veel op die spel. My ma se geluk, om mee te begin.

Hy het my vroeg by die huis afgelaai sodat hy kon gaan stort en aantrek vir die aand. Dit was so 'n lieflike dag, ek het gesing en op die maat daarvan 'n paar balletpassies gemaak op pad na die voordeur. Niks kon my voorberei op wat ek in die huis sou aantref nie. My ma en haar man was woes aan die stry in die sitkamer. Ek kon hulle oombliklik hoor toe ek die voordeur oopstoot. Vir een wilde oomblik het ek geglo, gehoop dat sy uitgevind het. Saam kon ons oor die ding kom, ek, sy en Carli. Sy was nie te oud nie, sy sou nog kon werk kry.

Ek het op my tone die gang afgesluip sodat ek ongesiens in my kamer kon kom. Ek het alreeds my rugsak op die bed gegooi toe dit my tref: Klein-Danie se kamerdeur was toe! En dit was nooit, ooit toe nie.

Na ek die tweede keer geklop het, het hy my binnegeroep. Ek was nooit tevore in sy kamer nie. Het elke dag daar verbygeloop, maar was nooit binne nie. Die kamer was soos hy. Stil. Gedempte bruin en oranje. Twee groot plakkate van motorfietse. Ek het nie eens geweet dat hy van motorfietse hou nie.

Danie het op die bed gelê, sy rug na my toe. Aan sy rug kon ek agterkom hy huil. Saggies. Maar elke sagte snik het 'n rilling deur sy lyf laat gaan. Ek het ook vir die eerste keer raakgesien dat vet Klein-Danie glad nie meer vet of klein was nie. Hy was groot. My pa het altyd gesê niks is méér hartseer as 'n groot man wat huil nie. Ek het dit voorheen nooit verstaan nie. Dit wás hartseer.

111

"Danie?" Saggies.

Hy het soos 'n moeë, ou man omgedraai.

Sy gesig was vertrek van hartseer, sy linkeroog blou, die oogbank stukkend. Sy neus was geswel, sy lip op twee plekke stukkend. Hy sou moes steke kry.

"Danie! Was jy in 'n fight?"

"My pa."

Nee.

"Maar hoekom?"

"Ek het nie die swembad skoongemaak nie." Hy het moeilik gepraat. Hy was te stukkend.

"Danie." Ek's jammer, ek's jammer.

Van ver het ek my ma met hóm hoor praat. "Ek gaan die dokter bel, hy sal moet uitkom, ons kan nie vir Klein-Danie net so los nie."

"Johanna, moenie dokter Cloete bel nie. Hy is al te lank my huisdokter. Hy ken vir Klein-Danie, hy ken my ook te goed."

"Wie dan?"

"Bel die nuwe dokter wat nou onlangs sy praktyk hier bo oopgemaak het."

"Sal hy nog by die spreekkamer wees, dink jy?"

"Hy sal, dis nog nie so laat nie."

Ek het my ma met die dokter hoor praat, haar hoor verduidelik dat haar seun met 'n maat van hom baklei het. Oom Danie het soos 'n skelm verby Klein-Danie se kamer gesluip na hulle eie slaapkamer. Na my ma afgelui het, het sy na Klein-Danie gekom met 'n yspak, toegedraai in 'n handdoek. Sy het dit versigtig op sy oog gedruk. Hy het saggies gekreun.

"Sê asseblief vir hom dat jy en 'n seun baklei het. Asseblief, Danie, moenie jou pa in die moeilikheid bring nie. Jy weet tog hy het dit nie bedoel nie."

Ma! Hoekom kom jy altyd op vir hom? Ek het opgespring, maar Danie het my teruggeroep, sy hand na my uitgehou. Ons was nooit na aan mekaar nie. Ek dink dis die eerste keer dat ek aan hom geraak het. Ons het nooit soos ander broers en susters geheime gedeel of vir mekaar opgekom nie. Maar hy wás my broer. Nie bloed van my bloed nie, maar tog my broer. My ma het 'n rukkie by hom gesit, toe loop sy.

"Anna," – hy het moeilik gepraat, moeilik asemgehaal – "ek het besluit. Ek gaan by my ma bly. Ek mag kies, weet jy. Die hof het so gesê." Hy het gesluk, met sy tong stadig oor die stukkende plek gelek, daar was 'n druppel bloed op sy tong. "En nou het ek gekies. Die enigste rede hoekom ek hóm gekies het, is omdat ek weet dat hy die geld het. My ma nie. Maar ek sal daaraan ook gewoond raak. Ek kan nie meer hier bly nie. Ek het nooit gedink dat ek vir my eie pa bang sou wees nie, maar ek is. Ek wil net sê, kyk na jouself. Jy ken hom nie. Hy is 'n vark."

Ek weet, ek weet.

Die dokter het hom een kyk gegee en my ma aangesê om hom hospitaal toe te bring. Hy sou moes kyk of daar nie ander skade was nie, en Klein-Danie sou moes steke kry. Ek moes by die huis bly by Carli, want, nee, het my ma die dokter geantwoord, haar man is nog nie tuis nie. Terwyl haar man in die kamer lê, te skytbang om uit te kom. Ek het saamgeloop tot by die kar, vir oulaas Klein-Danie se hand 'n drukkie gegee. Ek sou hom lank nie weer sien nie. En natuurlik het oom Danie hiermee ook weggekom; Klein-Danie en sy ma sou nie praat nie, dreig, ja, maar nie praat nie.

Ek het Carli in die gang gekry, haar nét opgetel gehad, toe die deurklokkie lui. Marnus! Ek het van hom vergeet. Dit was beslis nie 'n goeie aand nie, wat gaan ek sê, wat gaan ek doen? Ek het vinnig voordeur toe geloop voor die vark te voorskyn kon kom. Marnus. Die mooiste ding wat nog ooit met my gebeur het. Hy het so goed gelyk in sy jeans en wit T-hemp. Toe hy glimlag, het Carli spontaan haar arms na hom uitgesteek. Ja, het ek gedink, mens kan hom vertrou.

"Hi!" Hy moes niks agterkom nie. Ek was seker dat nie my ma of haar man enige iets sou sê nie. Daarvoor was hulle albei te skynheilig. "Kom in." Alles sou normaal afloop, daarvan was ek seker.

Met Carli nog steeds in sy arms het ons kombuis toe gestap sodat ek solank vir haar 'n bottel kon maak. Sy was eintlik van die bottel af, maar in die aande het ons haar maar nog jammer gekry en een gegee. Hy het teen die kombuiskas geleun, my dopgehou terwyl ek haar bottel volmaak. Ek het die bottel na haar uitgehou, sy was nog steeds in sy arms, sy het dit gegryp, gewriemel om af te klim. Haar vet beentjies het haar vinnig uit die kombuis laat hardloop televisiekamer toe.

"Hoe oud is sy?"

"Sy word Julie twee." Dit was Januarie, die skool sou oor drie dae weer begin, onthou ek. Ek het nader aan hom gaan staan. Ek kon myself nie help nie. My hand het asof vanself oor sy gesig begin streel. Hy het my nader getrek, styf vasgehou, gesoen.

"Wat de fok gaan hier aan!"

Ons het verskrik omgeswaai, my ma se man het die deur in sy woede volgestaan. Marnus het homself gou reggeruk. "Goeienaand, oom, ek is Marnus." Hy het met sy hand uitgestrek na hom geloop.

"Wat dink jy doen jy?" Hy was bleek van woede. "Jy los haar uit!" Hy het Marnus voor sy bors vasgegryp, maar Marnus was sterker as hy, hy kon Marnus nie roer nie, net op hom skree: "Jy raak nie aan haar nie, hoor jy my? Sy is myne! Myne, sê ek jou!"

114

"Los hom! Los hom fokken uit!" Ek kon nie glo dat dit ek was wat so gil nie, so vloek nie.

"Daan!" In die geharwar het nie een van ons my ma hoor inkom nie. Sy was alleen, Klein-Danie was reeds by sy ma. "Wat maak jy?"

Dit het hom tot sy sinne laat kom. Hy het lank na haar gekyk. Marnus was wit, ek was naar. "Die mannetjie staan en vry en betas jou dogter."

"Anna?"

"Glo wat Ma wil. Ma glo my tog nooit!" het ek op haar ook geskree. Dié keer was dit my ma wat beheer verloor het, sy het my met die plathand deur die gesig geslaan. Ek het my balans verloor, teen Marnus gestruikel, hy het my vasgehou.

"Jy moet liewer gaan. Asseblief, Marnus."

"Anna, ek is jammer, my kind." Sy was so pateties.

"Fokkof uit my huis! Ek wil jou nooit weer naby Anna sien nie. Al waarin julle mannetjies mos belangstel, is steek. Fokkof!"

Marnus het omgedraai na my toe, afgebuk en my liggies gesoen. Terwyl die vark hom van agter met die vuis op sy rug bly slaan. Hy het uitgestap.

"Anna!"

"Los my uit! Of gaan jy my ook slaan? Of wegjaag? Los my fokken uit!" Ek was nog nooit so kwaad nie, nog nooit so seergemaak nie. Ek het verby hulle al twee gestorm, my kamerdeur agter my toegeslaan, gesluit, op my bed gaan lê. Gehuil. Verneder. Hoe sou ek Marnus ooit weer in die oë kan kyk? Wat het hy van my sogenaamde gesin gedink? Van my?

Ek moet aan die slaap geraak het, want ek het wakker geword van 'n gehamer aan my deur. Dit was al donker.

"Anna! Maak oop die deur, ons wil met jou praat." My ma.

Ek wou hulle ignoreer, maar ek het terselfdertyd besef dat ek hulle wel een of ander tyd in die oë moes kyk, en die deur gaan oopsluit. Op my bed gaan sit. Bitter. Verbete.

"Ons het lank gepraat, ek en jou pa, en tot 'n besluit gekom." Sy kon my nie in die oë kyk nie, het na iets op die vloer gestaar. Hy het agter haar gestaan, arms gevou, 'n selfvoldane glimlag om sy mond. "Dit was nie vir ons maklik nie. Klein-Danie het besluit om by sy ma te gaan bly, hulle dreig met regstappe sou ons hom probeer teenstaan. Dit alles sou nie gebeur het as Klein-Danie hom nie van die begin af gemeng het met daardie vriende van hom nie." Nou kry sy vriende die skuld? Al waarin hulle belang gestel het, sover ek kon agterkom, was musiek en flieks. Seker sonde. "Jou pa wil nie hê dat jy met Helena of Marnus kontak maak nie. Ek stem saam."

"Maar . . ." Wat sou woorde tog help.

Hy het nader gekom, sy glimlag nog groter. "Dit beteken jy mag hulle nie bel nie, nie sien nie, nie met hulle by die skool praat nie, niks. As ek jou vang dat jy skelm met hulle in kontak was, sal dit jou berou. As voorsorg het ons besluit om jou te hok. Jy mag balletklasse toe gaan, dis al. Jy sal elke dag by die huis wees, direk na skool. Geen gedrentel nie."

"Dis net tydelik, tot ons oortuig daarvan is dat jy die verskil ken tussen goeie vriende en vriende wat jou in die versoeking lei." Soos askies van haar kant.

"Ma?" Ek moes hulle keer. "Ek doen niks wat ek nie wil doen nie, hulle is goeie mense, hulle is my vriende, hulle is al wat ek het. Asseblief, Ma."

"Nee, Anna, na wat ek vanaand gehoor het, hoe dié Marnus aan jou gevat het," – sy het met haar hande na my lyf beduie – "en na ek jou so lelik hoor praat het, stem ek met jou pa saam. Die Here het ons ouers sekere pligte op aarde gegee. Een daarvan is om julle op te voed. Om julle te leer om volgens sý wil te lewe." Sy het haar kop droewig geskud. "Dis nie die Here se wil dat jy so praat, so vry nie. Nie op jou ouderdom nie. So ken ek jou nie, so het ek jou nie geleer nie. Dit moet van jou sogenaamde vriende af kom. Ek is oortuig daarvan."

Sy het omgedraai, uitgestap, hy agterna. In die deur draai hy om, kom buk voor my, fluister: "As jy dink dít is erg, sluit vanaand jou deur. Dan sal jy erg sien, jy sal dit aan jou lyf voel. Dink, Anna, dink aan Carli." Ek het geskok opgekyk, hy sou tog nie! "Jy sal my dwing, weet jy? As jy nie vir my gaan lê nie, sal ek vir Carli moet vat."

"Sy is nog nie eens twee jaar oud nie!"

"Ek hoor hoe jonger, hoe soeter." Hy het opgestaan, sy hande oor my borste laat gly, gelag.

Vas. Ek was vas. Die ergste was dat ek geweet het: hy weet ek weet dit.

Hy het daardie aand weer my deur oopgestoot en – amper liefdevol – van my besit geneem. Ek het my oë toegehou sodat ek hom nie kon sien nie, sodat ek die sonde nie kon sien nie. Toe hy klaar was, het hy oor my gebuk, twee vyftigrandnote in sy hand. "Ek het na jou verlang, weet jy? Jou ma is nou maar nie die steek wat jy is nie." Hy het gelag. "Dis vir jou, en as jy jou mooi gedra, sal daar nog baie wees." Die geld het op my bors geval. "Jy gaan mos nie weer so dom wees om jou deur toe te sluit nie, nè? Ek en jy gaan nog lank saam wees, nè? Want anders . . ."

Ek het my oë vinnig weer toegemaak, op my sy gedraai, weg van hom.

Ek voel veilig in my motor, veilig genoeg om te begin eet. Ek haal die aktetas wat ek spesiaal vir die doel gekoop het,

onder die sitplek uit. Maak oop, maak seker als is hier. Alles
wat ek gaan nodig kry. Verkyker – sodat ek die huis kan
bespied; pistool – vir hóm; knaldemper – sodat niemand
anders die skote hoor nie; patrone, handskoene, sagteleer-
skoene, swart klere, kaart. Ek het teen 'n klapmus besluit, ek
wil hê hy moet my gesig sien. Tydsaam draai ek die knal-
demper op, sit die patrone in die magasyn. Ligte bewing in
my hande. Kaart. Volg weer die pad na hulle huis met my
vinger. Soos ek die stad inkom, draai ek by die derde straat
links, tweede robot regs, weer links, ry reguit aan. Verby 'n
polisiestasie. Moet ek myself sommer na die tyd daar gaan
aangee? Nee. Hulle gaan my nie vang nie. Versigtig pak ek
alles terug. Skuif die tas terug onder die sitplek in. Maak nog
'n pakkie chips oop. Volg weer die plan. Dis maklik. Hulle
bly alleen. Ken my. Sal hulle die deur vir my oopsluit? Hy sal,
hy moet. My ma sal nie dié tyd van die nag deur toe kom nie.
Vertel hom hoe jy hom haat. Kyk hom in die oë. Sien, ruik sy
vrees. Skiet. Maak seker hy is dood. En my ma? Ek wil háár
nie doodmaak nie. Sy bly my ma. Ek is lief vir haar. Los.
Vergeet haar. Volg die plan! Verlaat huis deur die agterdeur.
Hardloop na waar motor twee, drie blokke verder geparkeer
staan. Ry. Huis toe. Haal asem. Dis verby. Alles moet seep-
glad verloop. Alles sál seepglad verloop. Niemand sal ooit
weet dat dit ek was nie. So baie misdaad deesdae in die land.

Die geld het my gebrand, dit was soos kole op my kaal bors.
Ek het sonder om my oë oop te maak die note raakgevat,
hulle sistematies, doelgerig begin opskeur. Fyn. Die pyn in
my onderlyf was so erg dat ek skaars uit die bed kon kom.
Ek het geweet al wat daarvoor sou help, was stil lê, slaap,
die volgende dag sou dit beter wees. Die frummels papier-
geld het ek tussen ander stukkies papier onder in die snipper-

mandjie ingedruk, 'n glas water gedrink, terug in die bed geklim. Die slaap wou nie kom nie, die genadiglike "dood" het my die aand bly ontwyk. Ek het weer uit die bed geklim, my wekker het vyfuur gewys, oor 'n uur sou my ma opstaan, salig onbewus van wat in haar huis aangaan. Die kalmeerpille het bo-op my onderklere in my laai gelê. Gewag. Vir my. *Neem slegs soos deur geneesheer aanbeveel. Moenie aanbevole dosis oorskry nie.* En onder dit, in die dokter se slordige handskrif: *¹/₂ tablet saans.* Sou dit kon werk? Sou dit? Ek het die pille op my lessenaar omgekeer, daar was nog twintig oor. Ek het dit gereeld elke aand gedrink. My ma het gesorg dat daar altyd 'n nuwe voorraad in my laai beland. Dankie, Ma. Die pille het in my keel vasgesteek, ek moes gaan water haal sodat ek hulle beter kon afsluk. Twintig pille. Twintig pille om vir altyd uit 'n situasie te kom, twintig pille sodat hy nooit, ooit weer aan my sou kon raak nie.

My keel was seer, droog, in teenstelling met die nat geroggel wat uit my ma se keel ontsnap het. Was ek in die hemel? Nee, dan sou my ma nie ook daar wees nie.

Die besef – toe ek die dokter sien nader kom – dat ek in die hospitaal was, was soos 'n nederlaag én 'n oorwinning. Ek wou nie regtig doodgaan nie, ek wou nie regtig lewe nie.

"Water." My stem was hees, soos my pa s'n altyd na 'n rugbywedstryd.

My ma het vinnig met 'n glas water nader gekom, my kop gestut terwyl ek dorstig drink.

"Anna, wat het jou besiel?"

"Nie nou nie, mevrou, sy moet rus. Ons kan later met haar praat." Die dokter het haar saggies aan die arm gevat, uitgelei.

Ek het my oë toegemaak, probeer onthou wat gebeur het. Ek kon nie. Niks. Dit was soos 'n droomlose slaap. Niks wou sin maak nie. Hoe kom ek hier? Wie het my gebring? Wie het my gekry? Hoe het hulle my wakker gemaak? Was ek tog dood?

"Anna?" Versigtig.

Ek het my oë vinnig oopgemaak. Voor my bed het 'n goeie fee gestaan. Aspoestertjie s'n. Kompleet met vlerke en 'n staffie.

"Ek het gedink jy slaap, ek is bly jy is wakker. Kan ek sit?"

Op my kopknik het sy op die harde hospitaalbankie gaan sit. Ek het onbegrypend na haar gestaar. Was sy daar om my wense waar te maak? Waarvoor sou ek wens? Sý dood? My eie dood? Hý weg?

"Jammer ek lyk so, ons het 'n opvoering vir die kleintjies gehou. Ek vind dat hulle makliker praat as ons 'n karakter uit 'n feëverhaal voorstel."

Ek moes geweet het, nie eens fairy tales is meer regtig nie. 'n Mens kon nie eens meer op 'n goeie fee vertrou nie.

Sy het gelag, die staffie langs haar op die bankie neergesit. "Ek is dokter Müller. Ek is 'n sielkundige. Jou sielkundige. As daar enigiets is waaroor jy wil praat, ek is hier."

Ek het my kop weggedraai.

"Jy hoef nie nou te praat nie. Jy hoef ook nie oor wat jou hier laat beland het, te praat nie. Jy kan oor enigiets met my praat. Ek luister."

Toe ek weer kyk, was die fee weg. In haar plek was daar 'n ouerige tannie met grys hare. Hoe sou ek ooit met haar kon praat? Hoe sou enige een met haar oor dít kon praat? Sy het gelyk asof botter nie in haar mond kon smelt nie. Asof sy nog nooit eens van die woord seks gehoor het nie. Hoe sou sy reageer as ek haar vertel? Geskok haar hand oor haar mond slaan? Sies tog, jou arme kind, sê? Geen mens kan tog

120

met so 'n vrou oor so iets praat nie. "Jammer, my keel is nog so seer." Ek het dit gefluister.

"Goed, ek sal tog nog 'n rukkie hier by jou sit."

Ek het my kop geskud. "Ek is moeg, sal seker nou slaap."

"Nou goed, maar as jy my nodig het, laat my roep, die verpleegsters weet waar om my in die hande te kry." Sy het saggies oor my wang gestreel. "Lekker slaap, kind."

"Wat het hier gebeur?"

Ek het my oë op skrefies oopgemaak en twee verpleegsters om my bed sien beweeg.

"Selfmoord probeer pleeg." Die vette.

"So 'n jong kind?" Die donkerkop. "En toe?"

" 'n Klomp pille gesluk, haar ma het haar gekry. Ook maar net betyds. Ma was natuurlik baie geskok, dokter moes haar 'n inspuiting gee."

"Die pa?"

"Hy was ook hier, meer in beheer van homself as die ma. Ons moes haar maag uitspoel. Sy gaan nog lank 'n seer keel hê."

"Wat sou haar besiel het?" Ek kon voel hoe sy na my staar.

"Jong, die ma het iets gepraat van die boyfriend. Klink vir my dat sy verbied is om hom weer te sien, seker daaroor."

"Ai tog. Die kinders van vandag. Weet nie daar is baie visse in die see nie. Dink mos altyd dat die eerste liefde die een is wat vir ewig gaan hou."

"Ek onthou nog myne. Hy was 'n dish." Hulle het geloop, al geselsende. Ek het my oë oopgemaak, kon sien dat dit buite al weer donker was.

Ek moet weer aan die slaap geraak het. Dit was lig buite, 'n nuwe dag, en dokter Cloete het voor my bed gestaan.

"Môre, ounooi, en hoe gaan dit vanmôre met jou?" Hy het die sagste oë gehad.

"Beter, dankie." My stem was nog altyd hees, het nie meer soos myne geklink nie. Sou dit altyd so bly? "My keel, my stem."

"Ons moes jou maag leegpomp, dit word deur die keel gedoen. Jy sal nog 'n rukkie hees wees, maar dit sal weer beter word, jy sal sien."

Ek het dankbaar geknik. Dit was goeie nuus. Dat ek weer sou kon praat soos ek moes.

"Ek gaan nie te veel aan jou karring nie, dit is dokter Müller se werk, sy sê my dat jy nie met haar wil praat nie. Sê sy was al 'n paar keer hier."

"Ja." Sy was, elke keer met dieselfde simpatieke glimlag.

"Hoekom praat jy nie met haar nie?"

Ek het my kop weggedraai. Kon nie vir hom kyk nie.

"Jy sal met iemand moet praat. Dit is nie normaal vir 'n vyftienjarige om selfmoord te probeer pleeg nie. Wat is verkeerd? Wil jy eerder met iemand anders praat?"

"Nee. Niks is verkeerd nie."

Hy het gesug, my 'n klappie op die been gegee, opgestaan. "Jou ma wag hier buite, sy wil graag met jou kom gesels. Ek roep haar vir jou."

"Net my ma?"

"Ja, dis nog te vroeg vir gaste." Hy het vir my geknipoog en uitgestap.

Daar was nuwe voetstappe.

"Ai, my kind."

Ek het nie geweet waar om te kyk nie. Nie geweet wat om te sê nie. Ek het haar so liefgehad. Ek kon maar net hoop dat sy vir my ook nog lief was. Sy was bleek. Sy moes vreeslik groot geskrik het. Hoe kon ek dit aan haar doen?

"Mamma."

Sy het langs my bed kom sit. Gehuil. Stil. Ek was bly. Sy

122

wou nie nou al praat nie, ek het nie nodig gehad om vir haar te lieg nie.

"Ma, ek wil nie meer ballet doen nie." Sommerso skielik. Hoekom het ek dít gesê?

"Maar, Anna, jy is mal oor ballet!"

"Nie meer nie."

Sy het lank na my gestaar en toe tog geknik.

"Is dit hoekom jy dit gedoen het? Omdat ek jou verbied het om kontak met Marnus en Helena te hê?"

Ek het my kop weggedraai. Hoekom het ek so skuldig gevoel? Was alles wat gebeur het, alles wat nog steeds aan die gebeur was, tog maar net my skuld? Was ek die een wat hom aanleiding gee? Was ek die een wat hom laat smag na verbode vrugte?

"Beteken hulle dan vir jou soveel, my kind? Is daar dan nie ander maats nie?"

"Ek is lief vir hulle, Mamma." Dit was ten minste die waarheid. Die volle waarheid. Niks anders as die waarheid nie, so help my God.

Sy het my trane met die agterkant van haar hand afgevee, by my gesit tot ek slaap. Toe ek wakker word, was sy weg.

Twee dae later kom die vet verpleegster in, met goeie nuus, sê sy. "Dokter sê dat jy gesond is, jy kan vandag huis toe gaan."

Was dit goeie nuus? Ek kon nie teruggaan nie. Ek wou nie huis toe gaan nie.

"Jy lyk nie juis bly nie."

"Ek is bly."

My ma het my kom haal.

"Waar is oom Danie?" Versigtig. Ek het gehoop hy is by die werk, al was dit Saterdag. Al het ek geweet hy sou nie wees nie, was dit my grootste wens dat hy weg was. Ek wou nie hê dat hy my sien nie. Ek wou nie hê hy moes weet dat hy my finaal geknak het nie. Ek wou hom nooit weer sien nie.

"Hy kyk na Carli. En hy maak vir ons kos." Ewe vrolik.

"By Carli? Alleen?"

My ma het verstom na my gekyk. "Wat is fout? Jy sê dit op so 'n manier asof daar iets mee verkeerd is."

"Ek bedoel dit nie so nie, Ma, dit is net snaaks. Hy haat dit mos om kinders op te pas." Gryp na die eerste, beste verskoning, weet nie eens of dit waar is nie.

"Waarvan praat jy? Dit is nie die eerste keer dat hy dit doen nie, dit sal ook nie die laaste keer wees nie, en hy het nog nooit gekla nie."

"Ma is reg, ek is so deurmekaar, my kop pyn. Jammer."

"Toemaar, as ons eers by die huis is, sal alles beter gaan."

Hy sou seker darem nie rêrig nie? Of sou hy? Nie sy eie kind nie. Nie 'n kind van nog nie twee nie. Hy kon nie! Ry vinniger, Ma. Ons moet by die huis kom. Ek moet weet. Ek moet gaan kyk.

As hy aan haar geraak het, as hy dit durf waag het, sou ek hom met my eie hande kon vermoor.

Hy het nie. Toe ons by die deur instap, was hulle almal daar. Oom Hannes, tannie Sara, Helena, Miss Dolly en . . . Marnus.

"Verrassing!" het my ma uitgeroep. Sy het na my gekyk, my arm 'n drukkie gegee en in my oor gefluister: "Ons vergeet van nou die aand. Almal van ons was oorstuur. Gaan groet die grootmense, dan kan julle jongklomp by die swembad gaan ontspan."

Almal was bly om my te sien. Niemand het gesê hoekom nie. Asof ek net 'n week met vakansie was, asof hulle nie daarvan bewus was dat ek myself om die lewe wou bring nie. Almal behalwe Helena. Op haar reguit manier het sy

124

my later eenkant toe geneem en gesê: "Ek wil alles weet: hoekom, waar, wanneer. Jy is dit aan my verskuldig. Ek is jou beste vriendin, hel, ek is jou énigste vriendin. Ek het my doodbekommer oor jou. Ek wil alles weet. Jy het nie mooi gemaak met Marnus nie. Hy was, ek jok, hy ís 'n wrak. Gaan gesels eers met hom. Ek kan wag. Ek is in elk geval skreeuhonger." Sy het na die tafel gekyk waar die heerlik-ste peuselhappies uitgepak was. "Ek kry vir ons kos, jy praat met hom. Ek is nou-nou daar."

Ons het na 'n bankie langs die swembad gestap. Ek en Marnus. Hy het my hand styf in syne gehou en ek het ge-russtelling deur my voel vloei. Veilig.

"Jy laat my altyd veilig voel. Hoekom?"

"Ek weet nie, ek weet net dat ek jou liewer as enige iets op hierdie aarde het." Hy het my nog stywer vasgehou. "Jy het my laat skrik."

"Ek is jammer."

"Sal jy my asseblief vertel hoekom jy dit gedoen het, Anna?"

Ons het op die bankie gaan sit. Styf teen mekaar. Hy het nog steeds my hand vasgehou.

"Marnus, glo my, ek wil graag. Ek sou regtig graag wou, maar ek kan nie, nie nou nie."

"Wanneer dan?"

"Ek weet nie. Dit is iets wat ek vir myself moet uitwerk. Dis iets wat dinkwerk verg. Wanneer ek weet wat ek vol-gende gaan doen, miskien dan."

Hy het seergemaak gelyk. "Ek het gehoop dat ons nie ge-heime vir mekaar sal hê nie, nooit nie."

"Ek is jammer oor nou die aand. Ek is jammer oor alles. Maar ek kan nie, glo my, dis iets wat ek nie nou met iemand kan deel nie. Nie nou nie." Hoe sou ek hom kon vertel? Hy wat geglo het dat ek nog heel was. Ek sou so graag heel wou wees, vir hom. Ek kan nie, nie nou nie. Miskien nooit nie.

Hy het gesug. "Nou goed, ek respekteer dit. Maar asseblief, Anna, as jy ooit met iemand wil praat, praat met my. Ek kan jou dalk help. Ek wil jou help. Jy kan my vertrou."

"Ek weet."

Agter ons het Helena aangestap gekom, die bordjies in haar hande hoog gestapel met al die kos.

"Kon nie die koeldrank ook dra nie, sal jy dit gaan haal, Marnus?"

Met 'n kopknik het hy opgestaan, huis toe geloop.

"Nou toe, vertel."

Ek het my kop geskud. "Nie nou nie."

"Wanneer?"

"Later. Eendag."

Sy het gefrons. "Jou ma sê my dat jy gaan ophou met ballet?"

Weer 'n kopknik: ja.

"Hoekom? Jy is mal oor ballet. Dis jou lewe. Ek dog dan jy wil eendag dié ballerina word."

"Ek wóú, nie meer nie."

"Maar hoekom?"

"Helena, nie nou nie, asseblief." Hoe kon ek aan haar verduidelik dat dit op daardie oomblik die grootste offer was wat ek die Here kon gee? Omdat Hy my nog 'n kans gegee het?

"Wel, ek dink jy is stupid, om die minste te sê. Oor alles, die selfmoordpoging, wat hét jy gedink? En oor die ballet. Simpel. Maar nou ja, as jy nie daaroor wil praat nie, sal ek dit nie weer noem nie. Jy weet waar om my te kry as jy eendag wil praat."

Na almal weg is, het ek op my bed gaan lê. Ek was moeg, of dit nog die nawerking van die pille was of die feit dat ek die hele middag moes lag en gesels, weet ek nie. Ek het vinnig aan die slaap geraak. Toe ek wakker word, was dit donker en my ma het voor my bed gestaan.

"Kan Mamma vir jou iets bring om te eet?"

"Niks nie, Mamma, ek is net dors."

"Ek bring vir jou 'n glas koeldrank."

Sy het die glas op my bedkassie neergesit, langs my op die bed kom sit.

"Kom ek borsel jou hare, soos toe jy klein was."

Dit was lekker om haar terug te hê, die ma wat altyd tyd vir my gemaak het. Sy het my skielik teen haar vasgedruk, styf. "Ek is so bly dat jy by die huis is. Dit sal nou beter gaan. Die skool het nou wel Dinsdag begin, maar ek het gereël dat jy nog 'n week by die huis kan bly. Om jou kragte te herwin. Van Maandag af gaan jy een keer 'n week na dokter Müller toe."

"Ma, ek wil nie! Daar is niks met my verkeerd nie. Ek het net 'n simpel fout gemaak. Alles is nou weer reg."

"Dis ongelukkig nie iets waaroor ek self besluit het nie, dit kom van die dokter af. Ek dink ons moet maar sy bevele gehoorsaam. Dit doen jou dalk net goed." Sy het 'n oomblik stilgebly, gedink. "Ek het 'n rukkie terug in 'n tydskrif ge-lees dat daar vermoed word dat selfmoordneigings in 'n persoon se gene is. Dalk is dit waar, met jou pa en alles."

"Dis strooi, en Ma weet dit. Pa het niks daarmee te doen gehad nie."

"Ek wens ek het geweet wat. Jy moet lekker slaap. Ek sal jou nie môreoggend vroeg wakker maak nie, jy't die rus nodig." Gebuk, my gesoen.

"Mamma sê nooit meer jy's lief vir my nie."

Sy het verbaas na my gekyk. "Ek is."

127

"Jy sê dit nooit. Pa het. Altyd. As hy my kom oplaai, as hy my aflaai, in die oggend én in die aand. Tussenin ook."

"Anna?"

"Sê dit."

"Ek ís lief vir jou, my kind." Sy het my in haar arms geneem, oor my hare gestreel. "Ek is lief vir jou, Anna."

"Ek is lief vir jou, Mamma."

Toe was dit nie meer so seer nie.

Ek moet kort daarna aan die slaap geraak het.

Dit was sy gewig wat die bed laat insak het, wat my wakker gemaak het.

"Al die aandag was joune, en jy het jou puppy van 'n boyfriend terug. Nou is dit my beurt. Dis tyd dat jy my ook bietjie van jou aandag gee."

Hy het opgestaan, stadig sy gordel losgemaak, toe sy knoop, sy ritssluiter.

"Nee." Ek het dit gesê, sag, en toe harder sodat die geluid die kamer gevul het, die huis gevul het, totdat dit hoorbaar was oor die hele wêreld, totdat selfs God en die duiwel my kon hoor. "NEE!"

My ma het ingestorm gekom, die lig aangesit. Dié keer het hy vergeet om die deur te sluit.

"Wat gaan aan?" Sy het dit vir hom gevra.

"Ek weet nie, ek was nog in my studeerkamer besig toe ek haar hoor skree, ek het ook nou maar net hier gekom. Dit was dalk 'n nagmerrie."

Sy gesig was net so bleek soos wat hare was. Sy broek was weer toe, sy gordel vas.

"Anna?"

"Ma!"

"Wat gaan aan? Het jy 'n droom gehad? Het iets gebeur?"

Dit was nou my kans, ek het dit geweet. Ek sal haar vertel, alles, het ek myself probeer oorreed. Sy sal my glo. Sy sal hom wegjaag, 'n prokureur kry, skei. Ek en sy en Carli sal wegtrek. Ek sal hom nooit weer hoef te sien nie. Ons sal veilig wees. Ek en Carli.

"Ma! Hy verkrag my! Omtrent elke nag. Hy maak my seer, Ma. Ek wil hê dat hy nooit weer naby my kom nie. Nóóit weer nie, Ma."

"Anna!"

"Hoor hoe lieg so 'n kind!" Hy het geskok van my na my ma gekyk. "Moet tog net nie vir my sê dat jy haar glo nie. Dink jy wragtig dat ek so laag sal daal?"

Sê hom, Ma! Sê dat jy my glo. Dat jy dit al lankal vermoed. Sê dat hy moet fokkof. Sê dit, Ma, sê dit nou, asseblief.

"Anna, moenie snert praat nie! Jou pa –"

"Hy is nie my pa nie!"

"Bly stil! Hy is 'n gerespekteerde man in die gemeenskap. Hy is 'n ouderling, my magtig, om hom darem van so iets te beskuldig. Ons weet jy het probleme, ons weet daar is iets wat jou pla, maar om darem sulke beskuldigings te maak. Dis goed dat jy Maandag sielkundige toe gaan, ek kan jou nie meer help nie, dalk sal sy kan."

Ma?

"Ek wil nooit weer hoor dat jy so iets sê nie. Waar dink jy sou ons gewees het sonder hom? Waar? By jou pa wat meer tyd gehad het vir al sy girls? Nee, hý," en sy het met haar vinger na hom gewys, "hy het ons, vir jou, 'n dak oor jou kop gegee. Hy betaal vir jou skool. Hy sorg dat jy kos en klere het. Nie jou pa nie. Jou pa was 'n lafaard. Jou pa het jou in die steek gelaat, nie hý nie." Sy was moeg geskree, die laaste sin was skaars 'n fluistering.

"Ma, luister vir my, ek lieg nie. Vra hom. Hy kom snags hierheen, hy gee vir my geld, hy wys my boeke, boeke met vieslike goed in, hy verkrag my, Ma. Kyk vir my, glo my! Hoekom dink Ma het ek die pille gedrink? Om van hom af weg te kom, Ma. Ek sal liewers doodgaan as om nog een keer toe te laat dat hy dit aan my doen. Hoekom glo Ma my nie? Dis sý skuld. Hy is die een wat verkeerd doen, nie ek nie. Hy dreig selfs om dit met Carli te doen."

Toe klap sy my. Hard. Deur my gesig. Oor en oor. En toe sy moeg is, draai sy om, storm die kamer uit. En hy vat oor. Kry nie sy gordel gou genoeg af nie, slaan my met die vuis, herhaaldelik, in my gesig, oor my lyf. Skree: "Jou bliksemse klein hoer! Ek sal jou doodmaak, ek sal jou doodmaak." Oor en oor, totdat daar genadiglik 'n donkerte om my toevou en ek van niks verder weet nie.

God?

'n Mens kan stukkie vir stukkie ophou lewe.

Toe ek wakker word, was dit lig buite. My lyf was seer, my hart seerder. Sy't my nie geglo nie. Wat moes ek nou doen? Ek moes eers by die toilet uitkom, het ek besef, dan gaan stort, dan sou ek dink oor wat ek volgende gaan doen. Ek moes haar oortuig, maar hoe?

Ek kon nie my deur oopkry nie. Ek kon nie uit nie. My deur was gesluit. Hulle, sy, sou tog nie? Ek het met my vuiste teen die deur bly hamer. "Maak oop! Maak oop!"

Hulle het. In gelid verby my die kamer ingeloop. Hy met 'n skottel water, 'n spons, 'n handdoek. "Was jouself."

Sy met 'n skinkbord. Brood, water. 'n Piepot onder haar arm vasgeknyp. "Jy sal hier bly tot ek van plan verander. Ek wil nie 'n woord van jou hoor nie." Toe ek my mond oop-maak: "Nie een woord nie." En 'n vinger wat óf . . . óf beduie.

Stom.

Hulle het uitgestap, die sleutel in die slot gedraai, my gelos. Alleen. In die middel van die vertrek, met 'n lyf vol blou kolle en pyn, met 'n kop vol huil en pyn. Soos in 'n tronk.

Van God en mens verlate.

Ek kyk op my horlosie. Ek is moeg, besef ek. Moeg na liggaam en gees. Om terug te dink maak seer. Ek is moeg van seer. Ek is moeg van skuldig voel oor dinge waaroor ek geen beheer gehad het nie. Die pad is stil, daar kom net so nou en dan 'n voertuig van voor. Ek het nie verwag dat dit besig sal wees nie, dit is tog nog in die middel van die skoolkwartaal, maar ek het ook nie verwag dit sal so stil wees nie. Niks om my wat my aandag kan aftrek nie. Dis te donker om iets uit te maak. Dis net ek en my motor en die nag. Dis net ek. Soos altyd. 'n Mens moet verantwoordelikheid vir jou besluite neem, ek weet, en ek sal. As hulle my vannag vang – hulle gaan nie – maar ás hulle, sal ek gaan sonder om teë te stribbel. Sal ek hulle alles vertel. Sal ek vir Marnus alles vertel. Hy ken net ten dele. Soos om deur 'n spieël na 'n raaisel te kyk. Hy weet nie hoe 'n groot sweer dit nog steeds in my is nie. Ek sal hom vertel. Ek is dit aan hom verskuldig. As hy weet, sal hy verstaan, van nou en van toe. Ek loop my pad alleen, met Marnus op 'n veilige afstand agter my, altyd daar om my op te tel as ek struikel. Goeie Marnus. Wat toe nooit 'n sielkundige geword het nie, maar 'n doodgewone GP. Marnus wat op hierdie oomblik veilig by sy huis in sy warm bed lê; hy weet ek is op pad, hy weet net nie waarheen nie.

Drie dae lank het hulle swyend verby my geloop, pot leeg gemaak, kos gebring, water, koeldrank. Toe sluit my ma oop, net toe ek begin glo dat ek nooit weer daar sou uitkom nie. Sy het net na my gekyk.

"Mamma?"

Toe kom sit sy by my op die bed. "Ek is jammer dat ons dit aan jou moes doen."

"Hoekom het Ma?"

"Om jou teen jouself te beskerm. Anders het jy met hierdie belaglike storie van jou die wêreld ingevaar." Sy het haarself geglo.

"Dit is nie 'n belaglike storie nie." Saggies.

"Anna." Sy het haar kop geskud. "Jy moes 'n nagmerrie gehad het. Ek kan baie dinge van hom glo, maar nie dit nie." Sy het haar hand in die lug gehou om my te keer toe ek weer wou praat. "Ek sal selfs erken dat sy metodes van straf soms 'n bietjie hand uitruk, veral as hy dit op 'n meisiekind toepas."

"Maar dis orraait as hy vir Klein-Danie tot pulp slaan?"

"Klein-Danie het daarna gesoek."

"Klein-Danie het net nie die swembad skoongemaak nie."

"Dis nie hoekom nie. Klein-Danie was ongeskik met sy pa. Teruggepraat. Hom gevloek."

"Dis nie 'n goed genoeg rede nie, Ma!"

"Miskien nie. Nie ek of jy het 'n pa wat die naam pa werd was, in die huis gehad nie. Oom Danie is dalk te rof, maar hy is die beste pa wat jy ooit sal hê. Sy bedoelings is goed. Jy weet, oom Danie se ma is vroeg dood. Sy pa het sy ma in 'n dronk woedebui met 'n mes doodgesteek. Nou ja, die pa is tronk toe, die ma dood. Hy en sy broer, wat heelwat ouer as hy is, moes by sy oupa gaan bly."

"Ek het nie geweet hy het 'n broer nie."

"Vandat die broer uit die huis is, het hulle nooit weer kontak gehad nie. In elk geval, sy oupa was 'n baie streng man. Hy het hulle gereeld, vir die geringste oortreding, geslaan."

"Het hy hulle ook in hul kamers toegesluit?" het ek sarkasties gevra.

Die sarkasme het haar ontgaan. "Hy het. Soms dae lank, sonder kos." Asof hulle mý nog 'n guns gedoen het.

"Hoekom het oom Danie dan nie uit sy oupa se foute geleer nie?"

"Hy het. Hy sê dat as dit nie daarvoor was nie, sou hy nie die ambisie gehad het om te kom waar hy vandag is nie."

Dis nie eintlik die les wat ek in gedagte gehad het nie. "Ek neem aan sy oupa het hom ook verkrag?" Weer sarkasties.

Sy het gesug. "Ek is nie veronderstel om jou dit te vertel nie, maar onder die huidige omstandighede moet ek maar. Sy oupa het nie. Sy broer het, herhaaldelik."

"So herhaal die geskiedenis hom weer."

"Stop dit, Anna! Daarom wéét ek dat hy nooit so iets sal doen nie. Ek ken sy pyn. Sy hartseer. Hy sukkel nou nog om dit te verwerk. Jy het hom baie seergemaak met jou beskuldigings. Ek weet nie hoekom jy dit gedoen het nie, dalk omdat jy aandag soek. Ek weet ek gee meer aandag aan Carli, maar dis tog nie nodig om pille te drink of jou pa van dinge te beskuldig nie."

"Dit ís waar, al wil Ma my nie glo nie."

"Ai, Anna." Sy het oor haar voorkop gevryf. "Jy is gehok. Jy mag skool toe gaan. Na dokter Müller toe. Selfs na Helena toe. Maar net bedags. In die aande is jy hier. Sesuur. Asseblief, Anna, werk saam, los jou beskuldigings, dan sal dit weer goed met ons almal gaan."

"Dit sal seker goed met julle gaan, ja, maar wat van my? Ek is die een wat verkrag word."

Sy het uitgestap sonder om my te antwoord. Te moeg vir baklei. Te moeg vir my. Te lief vir hom om my te glo.

Ek het gestap, na Helena toe.

"Het hy jou weer geslaan?"

Ek het net my skouers opgetrek.

"Anna, jy moet iets doen. Is dit hoekom jy die pille ge-drink het?"

Ek het net gelag.

"Marnus sê jou ma wou hom nie by jou toelaat nie. Hy is bekommerd, bel hom gou."

"Ek sal hom Maandag by die skool sien. Het jy vir my ook 'n sigaret?"

"Jy rook nie!"

"Ek wil begin, gaan jy my een gee?"

Sy het, ek het die rook diep ingetrek, gehoes, weer inge-trek. Terwyl sy verstom na my gestaar het.

If you can't beat them, join them.

Die Maandag met eerste pouse sien ek Marnus kom na my en Helena aangeloop waar ons sit en toebroodjies eet. "Ek gaan eers gou na Marnus toe," het ek vir Helena gesê; ek wou nie hê sy moes by wees nie.

"Kom ons gaan staan 'n bietjie eenkant."

"Ek was so bekommerd oor jou, Anna, ek hoor niks van jou nie. Ek het gehoop dat jy my sou bel."

"Marnus . . ." Dit het my hart gebreek, maar ek moes deurdruk. "Ek dink dit sal vir ons albei die beste wees as ons mekaar nie weer sien nie. Jy moet konsentreer om goed klaar te maak, ek bedoel, matriek is nie 'n grap nie. Ek dink in elk geval dat ek nog te jonk is vir 'n verhouding."

"Praat jy of jou stiefpa?"

"Dis ek. Hy het hiermee niks te doen nie. Bly van my af weg. Asseblief."

Hy moet die dringendheid van my besluit aangevoel het. Min gesê. Maar ek het sy vingers voel bewe toe hy sy hand 'n oomblik op my arm lê.

Ek was so lief vir hom. Ek het geweet hy is lief vir my.

Maar dit was dan my offer. Ek offer hom op, Here, het ek oor en oor in my binneste gesê. Vir Marnus. Omdat ek hom so liefhet. Omdat ek net die beste vir hom wil hê. Hy verdien nie iemand soos ek nie. 'n Tweedehandse mens. Dis wat ek is en altyd sal wees.

Iewers in my lewe moet ek die Here baie kwaad gemaak het, het ek gedink. Anders sou Hy dit nooit toegelaat het nie. Dit was my skuld. Dis ek wat dit laat gebeur het. Dis ek wat gemaak het dat my ma nie meer lief was vir my nie. Alles was my skuld, het ek geweet. Ek sal my pak soos 'n man vat, Here, het ek besluit. Ek sal my steek soos 'n vrou vat. Vir Marnus sal ek los. Hy sal iemand kry op wie hy trots kan wees.

Dit was my offer. Vir al my sondes, het ek opreg geglo.

Aangesien my ma my nie meer saans wou laat uitgaan nie, het ek een Vrydagaand deur my kamervenster geklim sodat ek saam met Helena na 'n paartie toe kon gaan. By een van ons klasmaats in die garage van hulle huis. Alles het so feestelik gelyk. Almal het so gelukkig gelyk.

"As julle iets sterkers soek, daar is agter in die kas." 'n Ander klasmaat. Sy beduie na 'n swaar staalkas in die hoek van die vertrek. Lyk soos 'n kas waarin die oom sy tools bêre. Meer uit nuuskierigheid as iets anders, stap ek en Helena na die kas. Maak oop. Dit ís tools, maar agter, half weggesteek, staan bottels met meer as net Coke in.

"Wat dink jy?" Helena het met haar kop na die kas beduie.

"Ek dink een elk sal ons nie doodmaak nie."

"Jy het verander. Wie sou dit nou kon glo?" Sy het my op en af bekyk. "Eers die klere, nou dit." Ek het 'n baie stywe jean en 'n kort, deurskynende bloes aangehad. "Wel, gee jy die glase aan."

Sy het ons glase halfvol gemaak. Die eerste sluk het al

die pad na my maag gebrand. Die tweede was beter. Na 'n uur, en nog twee volmaak-sessies uit die oom se tool-kas, het ek net so gelukkig soos al die ander gevoel én gelyk.

"Wil jy dans?" Ek het opgekyk, die mooiste ou het voor my gestaan. Ietwat onvas op sy voete, soos ek ook maar.

"Ja!"

Al swaaiende op die dansbaan het my oog 'n bekende gesig gevang. Marnus. En ek kon sy seer voel, nie net sien nie. Hoekom kom hy nie nader nie? Hoekom staan hy net vir my en kyk? Fok hom! het ek besluit. Ek het toegelaat dat die outjie, ek het hom nie eens gevra wat sy naam is nie, my by die deur uitneem. Toegelaat dat hy my jeans losknoop. Toegelaat dat hy my steek. In sy bakkie. Hy het dit geniet, ek nie. En die hele tyd wat hy besig was, het ek Marnus se gesig voor my gesien. Asof hy deur die voorruit na ons staar.

Dis waar alles begin het. Daardie aand. Ek het my bene bedags vir al wat broek dra, oopgemaak. In motors, in hulle huise, soms agter 'n geslote kamerdeur, terwyl sy ma in die res van die huis doenig was, by paarties op die grasperk, maar meestal onder die boardwalk – waar dit, selfs bedags, vir ander onmoontlik was om te sien wat daar onder, agter die eerste duin, aan die gang was – en snags vir hóm. Hy het my goed geleer, my stiefpa. Ek kon 'n blow job gee soos geen ander girl van my ouderdom nie. Marnus het ek nog net op 'n afstand by die skool gesien. Vir Helena ook. Sy het my beskuldig dat ek 'n hoer is. Gesê dis nie meer lekker om my pel te wees nie. Dat almal al van my praat. Dat almal dink sy is ook so. Hoer. Die hoer van die boardwalk. Dit was 'n anderster jaar, my sestiende. 'n Jaar waarop ek nie trots was nie, veral nie op myself nie.

Ek het getrou my sessies by dokter Müller bygewoon. Niks gesê nie. Net gesit. Dit moes haar grensloos geïrriteer het, maar soos wat dit 'n persoon in die professionele veld betaam, het sy niks laat blyk nie. Net elke keer gesê dat ek oor enige iets kon praat. Ek kon nie. As my má nie meer na my kon luister nie, hoe sou sy kon? As my má my nie kon glo nie, sou sy kon? Ek het voor die einde van my standerdagtjaar opgehou om na haar te gaan. My ma het my ook nie meer gedwing nie, net haar skouers opgetrek. Sy kon nie meer traak nie.

Ek raak moeg, tyd vir die laaste blikkie Coke. 'n Oomblik oorweeg ek dit om af te trek, te slaap. Weet ek kan nie. Ek is te bang om alleen in die veld te slaap, al sal ek toegesluit in my motor wees. Te bang dat as ek nou slaap, my moed my môre sal begewe. Ná ek daardie aand om hulp geroep het, en ná my ma nie wou luister nie, het die snaaksste gevoel oor my gekom. Soos stilstand. Nie meer omgee nie. Vir niks meer nie. As jou eie ma jou nie wil glo nie, wat doen jy? Loop weg? Ek het dit oorweeg maar geweet ek sou nie kon nie. Na wie toe sou ek wegloop? Nee, jy gooi handdoek in. Jy bly stil, jy laat toe dat hy jou misbruik. Jy hou op bid, want ook God, nes jou ma, wíl nie hoor nie. Jy wag hom in stilte in, hou jou oë styf toegeknyp; as hy klaar is, as jy die toilet hoor spoel, sluip jy die gang af badkamer toe, was jouself, maak jou blaas leeg. Jy probeer weer slaap. Soms kan jy. Meestal kan jy nie.

Dit was die wintervakansie van my standerdnegejaar. Ek weet nie wanneer ek dit besef het nie, op 'n goeie dag het ek net geweet: ek is swanger. Ek was maar altyd ongereeld, so ek het niks in die begin agtergekom nie. Die oggendnaarheid was seker 'n teken, maar daarvan het ek ook nog te min begryp. Ek het aangeneem dat dit maar weer die ou spanning was wat kop uitsteek. Hoe dit ook al sy, ek was swanger. Ek is kliniek toe, meer as bevestiging vir myself.

137

Hulle het bloed getrek, toe gesê ek kan huis toe gaan, hulle sal my bel. Ek was so bang, sê nou net my ma antwoord? Ek moes nog aan 'n manier dink hoe ek dit vir haar sou sê, nie dat ons meer veel vir mekaar te sê gehad het nie.

Die telefoon het drie dae later, op Carli se derde verjaardagpartytjie, gelui. My ma was besig met die kleintjies, ek het gaan antwoord. Dit was positief.

"Kom gerus in vir berading, my skat," het die vriendelike ontvangsdame by die kliniek gesê. Berading? Vir wat? Ek het al jare lank berading nodig, weet ek dit nie? Hierdie was maar net nog 'n rivier waardeur ek moes kom.

Ek sou oor drie maande sewentien wees en ek was swanger.

Die skool het 'n week na Carli se verjaardag begin. Die laaste twee kwartale het voorgelê. Ek het die derde dag skool gebunk van pouse af. Ek wou die tyd gebruik om te dink. Ek kon nie my kop agtermekaar kry die vorige week nie. Nie met my ma aldag by die huis nie. Sy was nie dié dag by die huis nie, die vrouevereniging waarvan sy 'n lid was, het 'n uitstappie na die een of ander blommeplaas gehad. Carli was veilig in die speelskool – so het ek gedink. My ma sou eers laat by die huis kom, lank na die skool uit is, hý was godsgeluk by die werk. Ek sou swem, want dit was uitsonderlik warm vir dié tyd van die jaar. Ek sou iets lekkers maak om te eet. Ek sou dink. Oor wat my nou te doen staan. Eintlik was dit so eenvoudig. Sê net my ma. Laat sy baklei. Met my. Vir my. Want maak nie saak wat sy van my gedink het nie, sy sou haar en natuurlik haar goeie man se goeie naam nie deur die modder wou sleep nie. Sy sou aan 'n oplossing dink. Miskien 'n aborsie in een van die buurlande? Ek het gehoor dat hulle in Lesotho meisies help wat in die "ander tyd" is. Daar was eintlik niks anders wat mens kon doen nie, was daar? Ek was halfpad met standerd nege. Ek kon nie nou alles los nie. Dit was egter nie my grootste probleem nie. My grootste probleem was baie meer ingewikkeld. Wie was die pa? Nie dat dit van enige noemenswaardige belang was nie. Dit was nie asof ek met hom wou trou nie. Of hom aanspreeklik wou hou nie. Ek sou net graag wou weet. Van al die ouens by wie ek geslaap het, het net twee nie kondome gebruik nie. En natuurlik hý. Wat nooit daaraan geglo het om kondome te gebruik nie. Seker gedink ek is nog te klein om 'n baba te kan hê. Hoe sou ek ooit weet wie die pa is? Ek móés weet. Of dit syne is.

Ek het die voordeur oopgesluit en kamer toe gegaan om my swemklere aan te trek. Toe ek die glasdeur oopstoot wat uitloop na die swembad toe, sien ek hulle. Vir hom. En Carli. Sy sit op die rand van die swembad. Kaal. Haar voetjies hang in die water. Hy staan in die water. Sy kop tussen haar beentjies. Sy kop beweeg ritmies op en af . . . Die naarheid het in my keel opgestoot, onkeerbaar. My braakgeluide het hom laat opkyk. Verskrik. Minder verskrik toe hy sien dis ek.

"Is die skool dan al uit?"

Walg.

"Jou mos gesê hoe jonger, hoe soeter. Trek uit daai swembroek, dan kom join jy ons."

"Vark." Maar dit was net 'n fluistering, my stem wou nie harder nie. Ek het my arms na Carli uitgehou. Sy het vinnig opgespring, na my toe gehardloop. Ek sou hom kon doodmaak. Met my eie twee hande sou ek hom kon wurg. Ek het vir haar klere gaan uithaal, 'n handdoek. Haar nooit uit my arms laat gaan nie. Ons in my kamer gaan toesluit.

Deur die deur het hy geskree: "Jy hoef nie eens die moeite te doen om jou ma te sê nie. Sy sal jou tog nie glo nie, dit weet jy mos! Carli, skattebol, onthou wat Pappa vir jou gesê het, hoor." En asof daar op die aarde niks verkeerd was nie: "Ek gaan werk, jy is mos nou hier om na Carli te kyk."

Ek het amper meganies vir Carli afgedroog, skoon klere aangetrek. Dan het hy haar nooit speelskool toe geneem nie.

"Carli, wat het jy en Pappa in die swembad gedoen?"

"Gespeel."

"Hoe het Pappa met jou gespeel?"

"Hy het my vissie gesoen."

"Hoe het jy met Pappa gespeel?"

"Ek het aan sy tottermannetjie gevat."

My hart het koud geword. My lyf. Alles. My ma sou móés luister. Vandag sou sy luister. Sy moes. Vir Carli.

Ek het vir ons elkeen 'n toebroodjie gemaak, koeldrank ingeskink. Ons weer in my kamer toegesluit totdat ek seker kon wees my ma is by die huis. Ek het geen benul gehad of hy werklik terug is kantoor toe nie en kanse kon ek nie waag nie. Eers toe ek my ma hoor praat, het ek die deur oopgesluit. Met Carli aan die hand het ek haar gaan opsoek. Hy was reeds by haar. Hy sou haar natuurlik nie alleen los nie. Dit sou soveel makliker gewees het met hom uit die pad, het ek gedink, maar niks sou my keer nie.

"Ma, ek moet met Ma praat. Daar is twee dinge. Ek sal begin by die minder belangrike een." Ek het diep asemgehaal. "Ek is swanger."

Soos ek verwag het, het 'n storm om my kop losgebars. Hy was heel voor. Hy het die hardste geskree, die meeste beledigings en dreigemente om my kop laat losbars. Ek het hulle gehoor, maar nie regtig gehoor nie. Alles wat hulle gesê het, het ek verwag. Alles. Op haar vraag wie die pa is, het ek net my kop geskud. Hulle kon dit interpreteer net soos hulle wou. Toe hulle asem skep, toe hulle stil raak, het ek my kans waargeneem.

140

"Ma, dis nie al nie, daar is nog iets wat ek vir jou wil, nee, nie wil nie, móét sê."

"Nog? Daar's nog?"

Hy het 'n tree vorentoe gegee, sy arm gelig, toe bly staan.

"Ma, ek het vanoggend na pouse teruggekom van die skool af. Toe kry ek hóm in die swembad saam met Carli. Hy was besig om vir Carli te lek. Dáár." Dit was nog steeds moeilik om oor seks te praat — al was ek so goed daarin — veral met my ma. "Asseblief, Ma, glo my. Nie terwille van my nie, maar vir Carli."

Sy het na asem gesnak, haar gesig was pers. "Ek is nou moeg van jou leuens. Ek kan nie meer na jou kyk nie. Jy walg my." Sy het dit gesê, nie gegil nie.

"Ma, glo my!" Ek het nog steeds vir Carli aan die hand vasgehou. Ek het op my hurke voor haar gaan kniel. Sy was verbouereerd, Carli. Haar oë was groot. Haar trane naby. "Carli, sê vir Mamma wat jy en Pappa in die swembad gedoen het."

"Gespeel."

"Wat het julle gespeel?"

Sy het begin huil.

"Nee, moenie huil nie, Carli, sê vir Mamma wat jy vir my gesê het, asseblief, sê haar."

"Trap! Uit my huis uit! Ek wil jou nooit weer sien nie. Nooit weer nie." Hy was so wit soos 'n spook. My ma het eenkant gestaan, sy kon nie vir my kyk nie. Ook nie vir Carli nie.

"Ma? Hoekom sal ek oor so iets jok? Asseblief, Ma, terwille van Carli, ek vra niks vir myself nie. Net vir haar."

Sy het opgekyk, moeg, soos 'n ou vrou. "Ek ken jou nie meer nie. Jy is nie meer my kind nie. Jy ontstel almal. Vir my, en nou ook vir Carli. Ek wil jou nooit weer sien nie. Uit, loop. Moet nooit weer terugkom nie."

141

"Ma, dis donker. Waarheen sal ek gaan?"

"Hoekom gaan jy nie na die pa van jou kind toe nie?"

Dit wás donker buite. Ek het verward buite gestaan, nie geweet waarheen om te gaan nie, die geringste geluidjie het my laat spring. Marnus. Ek moes na Marnus toe gaan, hy sou my help.

Nog so twee uur tot by Bloemfontein. Ek het gister vir Marnus in sy spreekkamer gaan kuier. Hy het agter sy lessenaar gesit, 'n toebroodjie voor hom. Dit was middagete. Hy was bly toe hy my sien. Soos altyd.

"Anna."

"As ek jou vra om saam met my na jou vriend wat sielkundige is, te gaan, sal jy?"

"Natuurlik." Hy het opgestaan, om die lessenaar gestap. Na my toe. Ek het hom gekeer, met my hande na die ander stoel beduie.

"Ek moet vandag voorraad vir die winkel gaan koop, dalk kom ek môre terug, dalk later. Sal jy asseblief na my huis kyk terwyl ek weg is?"

Hy het opgestaan, deur die venster na iets daar buite gestaar, sy rug na my. Ernstige gesig toe hy omdraai. "Jy was nog altyd vir my soos 'n sussie. Ek wag al so lank op hierdie dag waarop jy eindelik instem om 'n sielkundige te gaan spreek. Ek is bly dat jy dit nou gaan doen, en ek is trots op jou. Jy is 'n baie sterk mens, ek het dit nog altyd vermoed, nou weet ek dit vir 'n feit. En natuurlik sal ek jou huis oppas. Is jy orraait genoeg om te ry?"

"Natuurlik." Ek het opgestaan, die sleutel van my huis vir hom op sy lessenaar gesit.

Gister. Dit voel soos 'n leeftyd gelede.

Ek het geen benul van tyd gehad nie, net dat die afstand tussen my en Marnus se huise baie lank gevoel het. Die bome het die eienaardigste geluide gemaak. Dis net die wind, dis net die wind, het ek vir myself bly sê. Moenie omkyk nie. Kyk vorentoe, kyk waar jy jou voete neersit. Dis nie meer so ver nie.

Maar dit was.

Ek het eindelik voor Marnus-hulle se huis gestaan. Gehuil, geskree, maar niemand het uitgekom nie. Die honde wou my nie laat inkom nie. Die groot ysterhek het toe gestaan, toe gebly. Die huis was ver agtertoe op die erf. Daar was niks wat ek kon doen om in te kom nie. Daar was nie vir my 'n uitkoms nie. Here? Waarheen nou? Ek het op my knieë afgesak, voor die hek gaan sit. Ek kon nie dink nie. Stadig het ek van die koue bewus geword. Van hoe seer my lyf was van die hardloop. Ek het opgestaan. Al waaraan ek kon dink, was koesterende hitte. Gary. Ek sou na Gary toe moes gaan. Hy was al een wat dié tyd van die nag nog wakker sou wees. Al een wie se ouers nie omgegee het wat hy snags doen, of wie hy snags in sy kamer onthaal nie. Dit was ver na Gary toe ook. Hulle het in die onderdorp gebly. Daar, so het my ma my verseker, waar snags duistere, sondige dinge aangaan, goed wat nooit op Skuldbult gedoen word nie. My kop het vir my gesê om terug te draai. Huis toe. My hart het gesê nee, nooit weer nie. Skuldbult steek sy sondes net beter weg. Ek het na my hart geluister.

Ek het seker 'n uur geloop, soms tussen bosse, agter bome geskuil wanneer ek iemand op straat opmerk. Ek was bang. Ek was nog nooit in my lewe so bang nie. Toe ek Gary-hulle se huis bereik, het sy basterbrak stertswaaiend nader gekom, teen my opgespring. Ek het afgebuk, sy ore gevryf. "Jy is so gelukkig dat jy nie weet wie jou ma en pa is nie." Hy het, asof instemmend, my hand gelek.

Saggies aan Gary se kamervenster gaan klop. Niks. Weer, dié keer harder. Toe maak hy oop en die lig val oor my.

"Anna? Shit, jy lyk sleg. Wat gaan aan?"

"Gary!" Ek kon huil van verligting. "Ek het slaapplek nodig. Vir vannag. Asseblief."

"Kom." Hy het die venster groter oopgemaak, my binnegehelp. "Jy kan bly so lank jy wil, die ou's is weg. Gaan kuier."

"Dankie."

"Wat de hel het met jou gebeur?"

"My ma het my uit die huis gejaag."

"Bitch."

Hy het dit sonder enige gevoel gesê. Slegs 'n stelling gemaak. Ek wou keer, nee, sy is nie. Maar ek kon nie. Sy was. Ook in my oë. Wat daardie nag betref in elk geval.

"Ek gaan vir ons iets kry om te chow. Kry vir jou 'n siggie." Hy het na die pakkie Camels langs sy bed gewys. Ek het dankbaar een uitgehaal, opgesteek, die rook diep ingetrek. Dalk help dit so 'n bietjie. Dit het.

"Kan ek gaan bad?"

"Jip."

"Gary, het jy vir my slaapklere?"

"Ek hou van my girls kaal." Hy het gelag.

"Nie vanaand nie, Gary." En sonder om te dink het ek bygevoeg: "Ek is swanger."

"Fok. Dis nie my kind nie, is dit?"

"Nee." Vinnig. Want, God, asseblief, net nie syne nie. Ek het na hom gestaar, sy verwaarloosde voorkoms, sy onnet kamer. Die badkamer sou seker ook 'n slagveld wees. Hy was nooit goed vir my nie. Het my net altyd uitgevra as daar nie iemand anders beskikbaar was nie. Hy het my gebruik. En ek het hom toegelaat.

Ek was reg, die badkamer wás 'n slagveld, maar die water was warm, die handdoek sag, en die nagklere, alhoewel myle te groot, was snoesig. Na ons geëet het, 'n bord slap-chips met baie sout, asyn en tamatiesous, en 'n paar sigarette, het hy my genadiglik uitgelos sodat ek kon slaap. Saam met hom op een bed, terwyl hy my versmorend vashou.

Ek het die volgende oggend 'n skoon sweetpak by hom gebedel. My klere in 'n sak geprop. Terwyl ons ontbyt eet, het hy gesê: "Die telefoon is afgesny. Ek sal jou 'n paar rand gee. Gaan bel iemand. Ek weet ek het gesê jy kan bly, maar nou," – hy het na my maag beduie – "kan jy nie meer nie. Netnou scheme iemand dat ék jou op die paal gesit het. Ek moet aan my image dink."

Image, Gary?

'n Halfuur later het oom Retief se blink motor voor die deur stilgehou. Hy het self uitgeklim, my kom haal. Marnus was nie saam nie. Natuurlik nie, hy was op universiteit, eerstejaar- mediese student. Dit was stil in die motor. Oom Retief het niks gesê nie, en ek het nie geweet wat om te sê nie. Hy het nie huis toe gery nie, maar strand toe. Eers toe hy die motor afgeskakel het, het hy begin praat.

"Ek het jou ma gebel. Sy sê jy het weggeloop, sy het jou nie weggejaag nie."

Ma?

"Anna, ek weet sy lieg. Sy wil nie hê dat jy moet teruggaan nie."

Ek het begin huil. Geluidloos. Die trane het vanself gekom, deur my vingers gedrup.

"Is jy swanger?" Hy het dit gevra sonder sies.

145

Ek het geknik: ja.

"Weet jy wie die pa is?"

Ek het niks gesê nie. Net skaam gevoel. Soos nog nooit. Nie eens oom Danie kon my ooit so skaam laat kry nie.

"Anna," het hy gesug, "ek is nie 'n sielkundige nie. Maar ek en tannie Miriam wil jou graag help. Ekself kan jou alleen help as jy my alles vertel. Moenie iets uitlos nie." Hy het soos die suksesvolle prokureur wat hy was, geklink.

"Ek kan nie."

"Ja, jy kan. Begin net. Enige plek. Dit hoef nie by die begin te wees nie."

Op daardie oomblik het ek geweet dat ek hom kon vertrou. "My ma het oom Danie na haar en my pa se egskeiding leer ken . . ."

Hy het trane in sy oë gehad toe ek klaar was. My getroos soos my pa sou.

"Tannie Miriam wag seker al. Kom ons ry."

Sy het my met ope arms verwelkom. Teen haar sagte bors getrek. Na 'n slaapkamer gevat. Al my goed was daar. My ma moet dit gebring het. Spokie ook. Toe ek hom sien, het ek besef dat ek nie kon teruggaan nie. Nie net omdat ek nie wou nie, maar my ma het met die aflaai van die kat 'n stelling gemaak: Jy is nie meer welkom nie, ook niks wat my aan jou laat dink nie.

"Het tannie dit gaan haal?" wou ek seker maak.

"Jou ma het dit gebring, my kind, ná oom Retief haar gebel het." Daar was goedheid in haar oë. "Gaan bad jy nou eers lekker. Jy het jou eie badkamer, hier." Sy het een van die hangkaste se deure oopgemaak wat na die aangrensende badkamer lei. "Ek het vir jou skuim langs die bad gelos. Gebruik sommer lekker baie. Mens voel altyd beter na 'n bad." My tweede bad, maar ek het nie teengestribbel nie.

146

"Dankie, tannie. Tannie, Marnus kom seker eers vanaand terug van klas, nè?" Ek het vir Spokie opgetel, hom koesterend vasgehou. Hy het saggies begin spin. Spokie het nog altyd die vermoë gehad om my te troos.

"Ons het hom laat weet. Hy sal nou-nou hier wees; hy het glo 'n oop tydjie."

Na ek gebad het, het ek afgestap ondertoe, hulle stemme gevolg tot in die kombuis. Marnus was daar! Daar was hartseer in sy oë, om sy mond. Ek kon sien hy weet. Hy het my teen hom aangetrek en saggies gefluister: "Ek is bly jy het hierheen gekom. Hier sal jy veilig wees by my ma en pa."

"Ek en Anna gaan gou in my studeerkamer gesels. Miriam, sal jy vir ons tee bring?" het oom Retief gevra. "Anna, jy en Marnus kan nou-nou bietjie praat."

Albei het geknik, oom Retief het sy arm om my skouers gesit en my uitgelei. Sy studeerkamer was groot, met hoë boekrakke en sagte rusbanke. Hy het agter sy lessenaar gaan sit en met sy hand na die rusbank gewys. Ek het gaan sit. Ek was bang. Nie vir hom nie. Vir wat hy gaan sê. Vir wat ek moes sê.

"Anna, ek neem aan dat daar geen twyfel is oor of jy swanger is nie?"

Ek het my kop geskud: nee.

"Hoe ver is jy?"

"Agt weke." Ek kon hom nie in die oë kyk nie.

"Nou goed, soos ek dit sien, het ons drie keuses. Nommer een: jy kan vir 'n aborsie gaan."

"Is dit nie onwettig nie?" het ek hom in die rede geval.

Hy het lank na my gestaar. "Dit is. Maar kom ons sê ek ken iemand wat 'n betroubare iemand ken. Verstaan jy?"

"Ja." Was dit so eenvoudig?

147

Daar was 'n sagte klop aan die deur, tannie Miriam wat verskonend inkom.

"Ek het kaaskoek gemaak. Hier is vir julle elkeen 'n stukkie saam met die tee." Sy het vir my geglimlag. Ek was honger, het ek besef. En die kaaskoek het heerlik gelyk.

Sy was al op pad uit, toe draai sy om, kom staan agter my, streel oor my hare. "Moenie bang wees nie, kind. Luister na die oom. Hy ken van dié soort dinge. En as jy wil, kan jy later met my ook daaroor kom praat. Ek sal luister, en as jy wil, sal ek vir jou raad gee."

Daar was skielik 'n knop in my keel. Ek kon nie praat nie, net knik. Hoe het ek nie gewens dat dit my ma was wat daar gestaan het, aan my geraak het, met my gepraat het, en belangrikste, na my geluister het nie.

"Nou ja," vervat oom Retief toe die deur agter tannie Miriam toeklik, "waar was ons? O ja. Aborsie. Dis jou eerste keuse. Doen 'n aborsie, vergeet dan daarvan. Dit is natuurlik makliker gesê as gedaan. 'n Vrou, so verstaan ek, kom nie maklik oor so iets nie. Maar dan het jy jou lewe terug. Jy kan weer skool toe gaan. Verder gaan leer." Hy het 'n slukkie van sy tee gevat.

Ek het nie geweet wat om te sê nie; eerder nog 'n hap van die kaaskoek gevat.

"Jou tweede keuse is meer, hoe sal ek dit stel, menslik. Gaan na 'n tehuis, ek ken 'n baie goeie een, in die Kaap. Kry jou baba, laat hom aanneem. Jy kan verder leer terwyl jy daar is. Ons kan jou inskryf by een van die korrespondensie-kolleges."

Ek het net geknik.

"Jou derde keuse verg uiterste moed. Ons gaan lê 'n formele klag van aanranding, van seksuele teistering en verkragting, teen jou stiefpa. Dít, Anna, beteken dat ons hof toe gaan. Ek sal jou natuurlik verteenwoordig. Ons gaan hof toe, ons breek hom. Hy verdien om swaar gestraf te word vir wat hy aan jou gedoen het." Hy moes die verbysterde uitdrukking op my gesig gesien het, want hy staan op, kom sit sy hand vertroostend op my skouer en sê dringend: "Hy verdién dit, Anna."

"Ek is bang."

"Natuurlik is jy," het hy saamgestem en weer gaan sit. "Daarom sê ek dat dit uiterste moed gaan verg. Dit gaan beteken dat jy alles wat jy vandag aan my vertel het, weer in die hof sal moet vertel. Ten aanskoue van baie mense. Dit beteken dat sy regsverteenwoordiger gaan probeer om jou uitmekaar te skeur. Maar dit is die regte ding om te doen."

Ek het my mond oopgemaak om te praat, maar hy het my in die rede geval. "Jy is nou sestien?"

"Ja, ek word Oktober sewentien, oom."

"Standerd nege?"

"Ja."

"Daar is om en by vier maande oor voor die skool sluit vir die jaar. Jy gaan terug skool toe asof niks gebeur het nie, ek sal met die prinsipaal gaan praat. Skryf jou eksamen, kom dit deur. Ons praat daarna weer. Dit is en bly jou keuse, ek gaan nie vir jou voorskryf wat om te doen nie. Alhoewel dit seker vir jou duidelik is wat ék graag sou wou doen."

"Sou hý tronk toe gaan?" Wat dan van my ma? Van Carli?

"Hy kan, maar hulle sal hom waarskynlik net 'n opge-skorte vonnis gee. Anna, kan jy doodeerlik vir my sê dat dit sy kind is?"

Ek het my oë laat sak, die patroon op die mat gevolg.

"Moenie nou skaam wees nie, Anna. Jy kan my vertrou. Ek is nie 'n man wat oordeel nie. Dit kom my nie toe nie."

149

Sonder om my kop op te lig: "Nee."

"Dis genoeg vir vandag. Ek is seker Marnus is angstig om met jou te praat. Ek en jy gesels weer ná die eksamen. Of vroeër, net wanneer jy wil. Jy bly natuurlik hier by ons. Ek sal jou nooit na daardie huis laat teruggaan nie."

Ek was al halfpad deur toe, toe ek omdraai en my arms om hom gooi. Ek kon nie praat nie, ek kon nie dankie sê nie. Maar ek het geweet dat hy weet ek bedoel dankie.

Met Marnus kon ek nie lank praat nie; hy moes terug klas toe. Ek moes ook nog al my goed uitpak. Halfpad daarmee het ek doodmoeg op die bed neergeval en byna onmiddellik aan die slaap geraak.

Laat die middag het ek tannie Miriam in die kombuis aangetref, besig om aandete te berei. "Kan ek vir tannie help?"

"Haai nee, my kind. Ek is al so gewoond daaraan om dinge alleen te doen. Dit is wat gebeur as daar net twee mans in die huis is. Sit jy maar bietjie en gesels by my."

Was dit my verbeelding, of was sy op haar senuwees?

"Tannie, is Marnus al terug van sy klasse af?"

"Ja, my kind, hy is al terug."

Sy wás senuagtig.

"Ek gaan kyk of hy hier rond is."

Sy het niks gesê nie.

Ek het stemme uit die sitkamer gehoor en daarheen gegaan. Gou besef hoekom tannie Miriam so senuagtig was. Marnus was daar. Saam met 'n meisie op die rusbank. En te oordeel aan die intieme manier waarop hy in haar oë gestaar het, was dit sy meisie. Honderde emosies het deur my gespoel. Ek wou op haar afstorm, haar aan haar lang blonde hare rondtrek, haar byt, skree: Los hom, hy is myne! Maar ek het nie. Kon nie. Want hy was nie myne nie. Ek het hom gelos. Ek kon tog nie regtig verwag dat hy alleen moes bly nie. Dat hy vir my moes wag nie.

"Marnus, kan ek jou gou sien?"

Ek het verskrik omgeswaai, oom Retief het agter my gestaan. "Naand, Christelle, het jy al vir Anna ontmoet?" het hy saaklik gevra. "Sy kuier 'n rukkie hier by ons. Marnus, net 'n oomblik."

Hulle het saam uitgestap, oom Retief en Marnus. Christelle het met 'n uitgestrekte hand na my gekom. "Aangename kennis, Anna."

"Hallo." My hand het sweterig en koud in haar koel hand gelê.

"Ek is 'n vriendin van Marnus, ek swot ook medies. Hoe ken julle mekaar?"

"Van skool af."

"Jammer, Christelle." Marnus was terug.

"Ek is in elk geval op pad," het sy gesê.

"Ek stap saam met jou uit." Sy arm om haar lyf.

Ek het verwese op die naaste bank neergesak. Wat het ek verwag? Dat ek na my gesprek met oom Retief in Marnus se liefdevolle arms sou inloop? Dat hy my sou troos? My van sy ewigdurende liefde verseker? Dat hy sou sê dat hy nog altyd net vir my wag? Ek? Wat is ek? Ek is 'n slet. 'n Hoer. En nog 'n swanger een boonop. Hy verdien beter. Hy verdien die koel, elegante Christelle. Nie 'n amper sewentienjarige swanger hoer nie.

"Ek sal dit nie duld nie."

Hulle stemme het vanaf die ingangsportaal gekom. Ek het nog dieper in die rusbank probeer wegsak. Hulle het seker gedink ek is by tannie Miriam in die kombuis.

"Pa —"

"Nee, Marnus, luister jy. Anna is deur 'n moeilike tyd.

151

Die laaste ding wat sy nodig gehad het, was om jou vanaand in 'n ander meisie se arms te sien. Hoe dink jy moet daardie arme kind voel?"

"Ek is jammer, Pa, maar ek kon tog nie skielik maak asof Christelle sommer enigeen is nie."

Ek het opgestaan en by hulle gaan staan. Oom Retief het ontsteld gelyk. "Dit maak nie saak nie, oom." En toe hy nie oortuig lyk nie: "Regtig. Ek en Marnus is net vriende. Van lankal af." En aan tannie Miriam, wat in die deur verskyn het: "As tannie nie omgee nie, gaan ek nou maar kamer toe. Ek is nie honger nie."

Sy het later vir my 'n bord kos en koeldrank kamer toe gebring. Ook twee pilletjies om my te laat slaap.

Hoe ek deur die volgende weke gekom het, weet ek nie. Oom Retief het gesê dat dit deur genade was. Ek het nie die hart gehad om hom te sê dat ek lankal nie meer in God en sy genade glo nie. En Marnus. Ek en Marnus het min gesels, deels omdat daar nie rêrig tyd was nie, deels omdat ons nie veel vir mekaar te sê gehad het nie. Sy klasse en Christelle het sy tyd in beslag geneem. Ons gesprekke het bestaan uit: "Môre, Anna, hoe gaan dit? Goed, dankie, met jou? Lekker slaap, Anna. Jy ook, Marnus. Gaan dit goed met die eksamen?"

Hy was altyd belangstellend. Altyd beleef, altyd met die sagte trek in en om sy oë.

Ek is terug skool toe asof daar niks gebeur het nie, asof daar niks fout was nie. Oom Retief en tannie Miriam het hard probeer om my tuis te laat voel, maar ek het myself kort-kort betrap dat ek op 'n manier huis toe verlang. Hoe op aarde kon ek terugverlang na daardie huis?

Ek was eendag besig om vir 'n biologietoets te leer, bo-

op my bed, toe daar 'n yslike lessenaar by my kamer inge-
dra word.

"G'n mens kan leer sonder een nie," het oom Retief die
gebaar geregverdig. "Beskou dit sommer as 'n voorlopige
verjaardaggeskenk."

Dit was 'n deurmekaar tyd. 'n Huis wat nie myne was
nie. Maar hulle het soveel moeite gedoen. Tannie Miriam
het al haar opgekropte dogterverlange op my uitgehaal.
Nuwe beddegoed. Pienk. Ek haat pienk! Maar sy het dit
goed bedoel. Kort-kort nuwe klere op my bed. Sy was 'n ma
in elke sin van die woord. Sy het tee aangedra. My nek met
'n nat lappie afgevee terwyl ek oor die toilet hang en voel
asof ek my derms ook nog gaan uitbraak.

Stadigaan het ek begin tuis voel. Meer as wat ek ooit in
my eie huis was. Ek kon verby oom Retief loop sonder die
vrees dat hy aan my gaan vat of iets viesliks in my oor gaan
fluister.

Ek het hard probeer om weer met Helena te gesels. Reg-
tig te gesels. Ek was selfs bereid om haar alles te vertel.
Pouses het ek gesien hoe sy en haar nuwe vriendinne langs
mekaar in die son gaan sit. Haar nuwe vriendinne wat haar
die pad na húl God gewys het. Sodat Helena nie meer wou
paartie nie. Nie meer drink nie. Nie meer rook nie. Hul
bene lank uitgestrek om bruiner in die son te bak. Gesien
hoe hulle vir, nee, ná my kyk. Geweet hulle praat van my.
Geweet hulle sien net die sleg in my raak. Soos die seuns.
Hulle het nog steeds met lus na my gestaar. My reputasie
het my ver vooruit geloop. Ek kon die jagsheid in die seuns
se oë lees. Die week voor die skool vir die September-
vakansie sou sluit, skraap ek op 'n dag al my moed byme-
kaar en stap na Helena toe waar sy met haar vriendinne in
die koelte van die ou wilgerboom sit. Hulle sien my van ver

153

af kom. Hulle praat, maar nie een keer verlaat hul oë my gesig nie. Die oorhangende takke maak skaduwees op hul gesigte. Hul lywe. Sodat hulle grotesk, boos uitsien vir my.

"Kan ek asseblief met jou praat? Alleen?" Ek kon die uitdrukking in Helena se oë nie peil nie. Verontwaardig deel haar vriendinne kyke uit. Vir 'n oomblik vrees ek dat sy net daar gaan bly sit. Sonder om iets te sê. Tot ek verplig sal wees om om te draai. Verneder.

Maar sy staan tog op. "Ek is nou terug," sê sy vir die ander terwyl sy verby my stap. Vooruit. Ek volg haar gedwee. Omtrent 'n honderd meter verder steek sy vas, draai na my. "Ons het eintlik regtig niks om vir mekaar te sê nie. Maar om jou die vernedering te spaar," en sy beduie met haar kop na die ander, "sal ek na jou luister."

Ek frons. Ek wil na haar hap. Arrogant! Wie dink sy is sy? En tog, ek was die verleë een. "Helena, ek is jammer oor alles. Ek is regtig. Ek sou so graag wou hê dat ons vriende moet wees. Soos wat ons was. Ek weet dit is nie moontlik om weer dieselfde te wees nie, maar niks sal my blyer maak nie. Ek het jou nodig. Veral nou. Wil jy my nie nog 'n kans gee nie?"

Sy staan net daar, arms voor haar bors gevou. "Ek het verander. Ek is trots daarop dat ek nou 'n kind van God is. Ek is trots daarop dat ek ten spyte van alles, my lewe, maar veral my toekoms, kon verander." Sy keer my met 'n uitgestrekte hand toe ek wil antwoord. "Tog, en ek is baie eerlik, sal dit nie veel vat om my weer in die modder te laat beland nie. Ek kan nie bekostig om met jou vriende te wees nie. Ek het ander vriende nou. Ware vriende. Hulle is deur God self aan my gegee. Is my raaiskoot dat jy nog nie vir God gevind het nie, reg?"

Sy het 'n klein glimlaggie gegee toe ek net na haar bly staar. Sonder om eens aan 'n antwoord te dink. "Daarby

vermoed ek dat jy swanger is. Ek kan, ek wíl nie daarby be-
trokke raak nie." Toe voeg sy as nagedagte by: "Ek is jam-
mer vir jou." En draai om, gereed om weg te stap.

"Helena! Ek is seker daarvan dat ek my Bybel nie so goed
soos jy ken nie, maar sê God nie dat jy sewentig maal sewe
keer moet vergewe nie? Het Hy nie ook die hoere lief nie?"

Sy het lank met haar rug na my bly staan, toe, asof sy tot
'n besluit gekom het, het sy omgeswaai, my vierkantig in
die oë gekyk. "Ek is nie God nie, Anna."

Ek wou skree, die klip voor my voete optel, haar teen die
rug gooi toe sy wegstap. Wie het sy gedink was sy? Wie was
sy om my te oordeel? "Jou moer!" het ek desperaat van
woede agter haar aan geskree.

Eers tóé het ek agtergekom wat ek in haar oë gelees het.
Walging.

*Bloemfontein, 100 km. Dankie tog. Nog sowat 'n uur, dan is
ek daar. Nog 'n uur, dan is alles verby. Dan sal ek kan
asemhaal, vir die res van my lewe. Sê die Bybel nie 'n oog
vir 'n oog en 'n tand vir 'n tand nie? Wat beteken dit? Dat
ek hóm moet verkrag? Dat ek hom moet laat voel wat ek
gevoel het? Absoluut, ja. Die vrees wat ek keer op keer er-
vaar het, die pyn wanneer hy by my ingaan, dit alles sal hy
ervaar wanneer ek die pistool op hom rig. Eers op sy balls.
Sodat hy die pyn dáár kan voel. Dan op sy gesig sodat ek in
sy oë kan kyk wanneer ek die sneller trek. Sodat hy nooit
weer na iemand met lus in sy oë kan kyk nie.*

*Iets kom ongevraag by my op: Maar ek sê vir jou, as
iemand jou slaan, draai ook die ander wang, of so iets. Ek
hét, Here, ek het my ander wang gedraai. Te veel gedraai.
Ek is al duiselig van al die gedraai. Dis tyd om stil te staan.
Dis tyd om terug te baklei. Dis my tyd. Vannag.*

Helena se woorde het lank by my bly spook. "Het jy God al gevind?" God. Wie was Hy? Was Hy ook daar vir my? Saam met al die ander vrae waarop ek in daardie tyd vir myself moes antwoorde kry, was dit ook skielik op die voorgrond. Wat gaan ek doen? Sou ek ooit met myself kon saamleef as ek 'n aborsie ondergaan? Was dit moontlik om 'n ongebore kind te vermoor en net met jou lewe aan te gaan? Was dit nie in ieder geval te laat vir 'n aborsie nie? Moes ek deur die hel van swangerskap gaan en my kind afgee? Wou ek my kind afgee? Aan oom Retief se derde opsie het ek so min as moontlik gedink. Ek kon nie. Nie in 'n hof nie. Nie aan my ma nie. Nie aan Carli nie. Of moes ek juis aan Carli dink en voortgaan daarmee? Hoe moes ek weet? Terug by God. Hoe gaan ek Hom vind? Hoe gaan ek Hom in my lewe toelaat? Hy het my tog vergeet. Hoekom moes ek aan Hom dink?

Daardie hele tyd het oom Retief en tannie Miriam nooit druk uitgeoefen op my nie. Die besluit om die kind te laat aanneem, het al hoe duideliker geword vir my. My eie besluit.

Dit was net voor die eindeksamen vir standerd nege. Ons sit die aand aan vir ete. Die tafel is soos gewoonlik oorlaai met kos. Ek sukkel om te eet. Die naarheid bly vlak in my keel sit. Tog, terwille van tannie Miriam, dwing ek iets in my lyf in. Sy glimlag goedkeurend toe ek die laaste hap op my vurk bymekaar maak.

Dit was net ons drie. Marnus het sy eerste jaareindeksamen op universiteit reeds afgelê en het in dié dae heerlik in die son op die strand gelê, saam met Christelle. Hy is saam met haar na haar ouers se strandhuis op Plettenbergbaai. Dit raak my nie, moes ek myself telkens herinner.

"Oom Retief?"

"Ja, Anna?"

"Ek wil graag met iemand praat. Maar nie 'n sielkundige nie." My ondervinding met hulle was nie goed nie.

"Dalk 'n predikant?"

Hy het goedkeurend geknik. "Dis 'n goeie plan. Sal jy nou kan? Met die eksamen?"

"Ja, ek het goed genoeg voorberei, dit behoort nie in te meng met my studies nie."

"Dan maak ek vir jou 'n afspraak met dominee Theron."

Twee dae later bevind ek my saam met oom Retief voor die indrukwekkende pastorie van dominee Theron. Dominee Theron was oud, waardig, soos sy huis. Mevrou Dominee se lippe was in 'n dun lyn saamgepers. Nie die vergewende tipe nie. Die studeerkamer waarheen hy my gelei het, was donker. Moeg. Te veel hartseer is al daar geopenbaar.

"Ek kry jou weer oor 'n uur," het oom Retief gesê en my skouer 'n drukkie gegee.

"Nou toe, jong dame, laat ons hoor wat jy op die hart het." Sy oë was soos 'n uil s'n agter die dik lense van sy bril. Sy stem sag, dralend. Dit het my laat wonder of dit ook een van die vakke vir teologie is, hulle praat almal altyd dieselfde. Spreek hulle woorde so uit asof hulle met 'n mindere praat. Sodat daar geen misverstand is nie.

Dit was maar die tweede keer dat ek my storie moes vertel, het ek besef. En noudat ek daar was, het ek nie meer geweet of ek wou nie. Maar hy kyk so dringend na my, probeer so hard om nie na my maag van skande te kyk nie, dat ek nie anders kon as om te begin vertel nie. Toe kom ek agter dat ek veral uitwei oor die aanrandings, selfs Klein-Danie s'n, meer as oor die molestering en verkragting. "Dominee, ek weet daar is nie 'n magic woord wat alles ongedaan sal maak nie, ek wil net weet hoekom die Here so

157

iets toelaat? Nee," korrigeer ek myself toe, "nie hóékom nie, hoe kán die Here so iets toelaat?"

"Die Here se weë is duister, Anna. Ons as swakkelinge verstaan nie altyd hoekom nie. Maar daar is genesing, daar is genesing by God. Die eerste stap is om op jou knieë te gaan en jou stiefpa te vergewe, daarna sal jy voel dat ook jy deur God vergewe word."

"Ekskuus?" Ek het seker verkeerd gehoor. Dink hy dat ek ook daaraan skuld het?

"My kind, dit help tog nie ons kruip weg vir die waarheid nie. Ons is nie volstruise nie, is ons? Ons is mos maar álmal sondige mense. Feilbaar." Hy het gekug, toe sy keel skoongemaak. "Jou toestand is tog daarvan bewys." Sonder om na my toestand te kyk.

My maag het op 'n knop getrek, ek het begin bewe. Kalmeer, het ek vir myself gesê, dit gaan nie help as ek vandag my moer strip nie. Ek moet kalm word. Ek het diep asemgehaal, stadig uitgeblaas. "Dominee, ek kan nie sien hoekom ek myself moet vergewe as ek geen skuld aan my toestand het nie."

"Anna, so iets kom tog van albei kante af."

Ek het my kop geskud. Dit sou nie help om met hom te stry nie, het ek geweet. Hy was een van dáárdie mans. Meisies wat swanger raak buite die huwelik, was hoere. Mans wat dit veroorsaak, was máns. Dit sou nie help ek stry nie. Dit sou nie help ek skreeu ten hemele nie. "Dominee." Ek het beswaarlik die woord uitgekry, ek sou hom eerder op 'n ander, baie slegte naam wou noem. "Hoe kan ek hom vergewe? Nie net vir my tóéstand nie," – hy het nie eens die sarkasme gehoor nie – "maar ook vir die aanrandings?"

"Deur te bid. Vir hom, vir jouself. Dit is al wat genesing bring."

"Jy het dit al gesê."

158

Hy het skeef na my opgekyk. "Dalk is daar iets wat God vir jou wil sê? Het jy al daaraan gedink?"

Dit was alles tevergeefs.

Mevrou Dominee se klop aan die deur het 'n einde aan die gesprek gebring. Oom Retief was daar om my te kom haal.

Ek was so dankbaar dat hy daar was om my weg te vat dat ek my arms om sy nek gegooi het. Hy het my 'n rukkie vasgehou. Soos my pa altyd gedoen het. "Wanneer moet jy weer kom?"

"Ek kom nie weer nie."

"Hoe dan nou?"

"Ek het gedink dat ek hier vir God sal vind, maar ek het uitgestap met meer vrae as antwoorde."

Hy het gesug. "Wil jy my vertel?"

"Nie regtig nie." Ons al twee het stilgebly. Lank.

"Dit help om te praat."

"Ek weet. Oom? Dis nou al so lank dat ek sonder God lewe." Godloos. Goddeloos. "Ek wonder net, wil God my ken? Wil Hy my help?"

"Natuurlik, Anna. Jy behoort te weet dat God sy arms vir al sy kinders oopmaak. Ook sy ore."

"Hoekom stuur Hy my dan na 'n predikant wat glo dat ek ook skuld daaraan het?"

"Is dit wat hy gesê het!"

"Ja. Oom, my ma-hulle is lidmate van hierdie gemeente. Oom Danie is 'n ouderling."

"'n Predikant behoort hom nie daaraan te steur nie, Anna." Hy was kwaad.

"Ek dink nie hy het my geglo nie. Ek dink hy dink dat ek net 'n verskoning vir my toestand, soos hy dit genoem het, soek. Dalk moet ek self my pad na God toe oopmaak?" Ek het hoopvol na hom gekyk.

"Gebed kan wondere laat verrig. God slaap nie. Ja, praat direk met Hom. Dalk is dit jou antwoord. Moenie dat iemand anders vir jou voorspraak by God maak nie. Veral nie 'n leraar wat kan glo dat jy skuldig is nie."

Saans het ek gesit met die Bybel wat tannie Miriam die dag na my gesprek met oom Retief op my bedkassie gelos het. Nie geweet waar om te begin nie. Nie geweet wat om te sê nie. Wat om te dink nie. Maar een aand het ek dit gelees: *Net by God vind ek rus, van Hom kom my redding. Net Hy is my rots en my redding, my veilige vesting, sodat ek vas en stewig staan.* Sou God my kon red? Ek bid die aand so onsamehangend dat ek agterna twyfel of God my verstaan. Tog het ek beter gevoel toe ek in die bed klim. Asof ek nader aan God was. Iewers moes iets my geraak het. Of het God my eindelik raakgesien? My gehoor? My jammer gekry? Ek het beter gevoel, ja, maar nog nie soveel beter dat ek my lig kon afsit nie. Want lig gee beskerming, lig gee veiligheid, verdryf die donker. Sodat as iemand dalk deur die geslote deur kom, ek hom dadelik sou raaksien. Al wat die lig nie kon verdryf nie, was die nagmerries. Van hóm. Hoe hy oor my buk, sy walglike Old Spice-reuk, sy grynsende bakkies. Van my ma. Wat vinger in die lug na my staan en kyk. Sonder woorde, maar haar houding, haar vinger, wys my weg.

Die eindeksamen was verby. Ek het nie weer skool toe gegaan vir die res van die kwartaal nie.

Ek was in die sewende maand van my swangerskap. Die kind het soms hard geskop en my buik het bly groter word sodat ek snags gesukkel het om te slaap. Dan het ek probeer lees. Tannie Miriam het soms kom klop, 'n skinkbord met tee en crackers in haar hande.

Een nag het sy met 'n boek aangekom. "Ek hoop nie jy

gee om nie, dis oor swangerskap. Ek is seker dat jy nuus-
kierig is oor wat alles besig is om met jou liggaam en die
baba te gebeur."

"Dankie, tannie." Dr. Jan van Elfen se *Die verwagtende
moeder*. Op die omslag was 'n foto van 'n verliefde paartjie
wat vir mekaar glimlag, albei se hande beskermend oor die
vrou se buik gevou. Dís hoe 'n kind in die wêreld moet
kom, gekoester. Nie soos dié een nie, het ek gedink.

En ja, dit was fassinerend vir my, die ontwikkeling van
die fetus deur die maande. 'n Wonder, selfs ek kon dit in-
sien. Maar vir my het dit gevoel of ek van daardie wonder
uitgesluit was.

Dis goed dat ek besluit het om die kind te laat aanneem,
het ek gedink. Dit kon iemand anders gelukkig maak. Net
jammer dat dit ek was wat deur 'n hel moes leef sodat ie-
mand anders die vreugde van ma-wees kon ervaar. Nie dat
ék ma wou wees nie, nie toe nie. Dalk later, wanneer ek
nie meer bang vir mans was nie. Wanneer ek nie meer vir
hulle gril nie. Wanneer ek vergeet het wat met my gebeur
het.

My uitslae het toe gekom, ek het aansienlik beter gedoen
as die vorige kwartaal. Dit was my geskenk aan oom Retief
en tannie Miriam. My manier van dankie sê.

Maar my hart het in my skoene gesak die dag toe oom
Retief my voorkeer en beduie dat ons studeerkamer toe
moes gaan.

"Het jy al besluit?" Hy het nie doekies omgedraai nie.

"Ja." Het ek?

Na ek lank stilgebly het: "Ek luister, Anna."

"Ek wil hof toe gaan."

Hy het verras na my gekyk. "Ek vertrou dat dit nie is om-
dat jy weet dat ek dit so wil hê nie?"

Ek het geknik. "Ek doen dit terwille van Carli. Iemand moet hom stop. Sy kan nie deur dieselfde hel as ek gaan nie. Ek sal dit nie toelaat nie."

"Wonderlik!" Hy het op en af agter sy lessenaar gestap. "Daar is baie wat ons moet doen." Hy het na my gekyk, gestop. "En die baba?"

"Ek wil iets goeds doen vir iemand anders. Ek wil my kind laat aanneem."

"Goeie besluit. Ek moet jou egter waarsku: voor ons nog daaraan kan dink om in die hof te verskyn, moet ons eers na die polisie gaan. Daar lê jy 'n formele klag van seksuele molestering en verkragting." Hy het opgestaan, voor my op die lessenaar kom sit. Daar was iets in sy oë, iets soos genoegdoening. Hy het die beplanning, die taktiek, die aanval geniet. Wat my laat besef het dat ek die beste prokureur het om my met my saak te help. Hy was nie een vir gaan lê nie.

"Dit gaan nie maklik wees nie, jy sal 'n verklaring moet aflê. Jy sal alles moet vertel. Daarom wil ek hê dat jy vanaand moet begin. Skryf dit neer as dit jou beter sal laat onthou. Die polisie sal by die ander ook verklarings afneem." 'n Klein huiwering. "Die ding is, daarna gaan al hierdie verklarings na die prokureur-generaal, wat moet besluit of ons genoeg rede het om so 'n saak te maak. Maar," en hy het geglimlag, "ek het volle vertroue in ons saak. Dit sal wonderlik wees as ons kan bewys dat dit sy kind is. Daarom hoop ek om die saak uitgestel te kry tot ná die geboorte, want dan kan ons bloedtoetse doen. As dit nie sy kind is nie, gaan hulle jou uitmekaar trek in die hof."

Ek was bang. "Sal dit my kanse verswak?"

"Nie noodwendig nie. As ons net jou ma sover kon kry . . ." Skielik opgekyk, geglimlag. "Nou toe, jy kan maar gaan, los hierdie sake vir my."

"Oom Retief?" Ek moes weet. "Sal ek na 'n inrigting moet gaan? Tot die kind gebore word?"

"Nee. Jy bly hier."

Dankie. "Ek wil nie 'n las wees nie. Sal dit nie beter wees om uit die huis te trek nie?"

"Anna, tannie Miriam was nog nooit so gelukkig soos in die afgelope maande nie. Sy wou nog altyd 'n dogter gehad het. Verkieslik," het hy met 'n glimlag gesê, "een wat haar nodig het. Soos jy. Marnus was nog altyd 'n baie selfstandige kind. Bly. Jy sal ons almal gelukkig maak."

"Dankie, oom."

Ons is die volgende oggend na die polisiestasie, na 'n verbeeldinglose kantoor met 'n ewe verbeeldinglose vrouesersant agter die lessenaar. 'n Paar geraamde foto's van 'n vrou in uniform wat by 'n dogtertjie hurk, 'n man in uniform met 'n kind op sy skouers, het teen die mure gehang. Die vrouesersant het 'n klomp vrae gevra en my toe aangemoedig om haar alles te vertel. Soos ek gepraat het, het sy geskryf, tussenin nog vrae gevra. Dit was nie die eerste keer dat ek die hele siek storie moes vertel nie, maar elke keer was dit of my hart opnuut uit my borskas geruk word en sonder seremonie op getrap word voor hulle hom eindelik terugsit. Uiteindelik was ons klaar. Vir oom Retief het sy gesê: "Ek sal die verklaring sommer na u huis toe bring sodra ons dit klaar getik het. U kan dit saam met haar deurgaan voor sy dit teken."

Was dit al? Wanneer gaan hulle hom haal? Wanneer gaan hulle hom toesluit? Ek weet oom Retief het alles aan my verduidelik, maar ek sou wat wou gegee het dat hulle op daardie oomblik in hulle voertuie klim en met skreeuende sirenes, soos in die flieks, voor sy huis gaan stilhou. Hom in boeie teruglei na die kar.

"Anna?"

Ek het geskrik, vir 'n oomblik het ek hóm daar sien staan, maar dit was oom Retief wat in die deur gestaan het. Bly staan het.

"Anna, ek het slegte nuus. Die PG weier om met die saak voort te gaan."

Reguit soos altyd.

"Hoekom?"

Hy kon my nie in die oë kyk nie. Sy skoene, die mure, selfs die dak was op daardie oomblik interessanter as ek.

"Oom?"

Met 'n sug het hy na my gekyk, my in die oë gekyk. "Jou ma het die PG van mening laat verander. In haar verklaring noem sy spesifiek dat jy seksueel aktief was." Sy oë het weer weggedwaal. "Ook van jou selfmoordpoging."

"Maar dit het oom Retief mos geweet?"

"Ek is jammer, Anna. Daar is niks wat ek meer kan doen nie. Nie nou nie. Maar ons kan ná jou baba se geboorte laat bloed trek. Sodat jy kan weet wie die pa is. As jy 'n bewys het, kan ons weer probeer."

Here? Is dit hoe dit is? Kan 'n man wegkom met aanranding en verkragting? Kan 'n ma so teen haar kind draai?

Hy het omgedraai en uitgestap.

Aan sy houding, aan daardie iets in sy oë, het ek geweet daar is meer wat hy my nie vertel nie. Ek het saggies die trappe afgesluip, hom met tannie Miriam in die kombuis hoor praat. Ek het in die eetkamer, agter die deur, gaan staan. Wrang gedink dat ek, if all else fails, altyd 'n privaat speurder kon word. Ek het die kuns vervolmaak om af te luister.

"Hel, Miriam, ek weet nie meer wat om te doen nie. Ek was by dokter Müller, jy weet, die sielkundige na wie Anna

164

moes gaan ná haar selfmoordpoging. Sy is van mening dat Anna selfmoord wou pleeg oor 'n kêrel. Marnus, om presies te wees. Sy sê dat sy geen rede het om te glo dat Anna ooit gemolesteer is nie. Dat Anna net 'n ooremosionele tiener is."

"Wat sê haar huisdokter?"

"Dieselfde. Ek het die Welsyn gevra om ondersoek in te stel na Carli. Die vrou wat daar was, se verklaring lui dat sy 'n lieflike, goed gebalanseerde driejarige in 'n liefdevolle huis aangetref het. Jy weet, liefdevolle pa, liefdevolle ma. Die hele toetie. Ek is óp, sê ek jou nou, Miriam, óp. Op daarvan dat skuldiges vry mag rondloop terwyl dit die onskuldiges is wat ly. Want dis wat gaan gebeur, ons het nie 'n kans om hierdie saak te wen nie. Behalwe as Danie du Toit wel die pa van die kind is."

"Een man kan tog nie soveel invloed hê op professionele persone nie? Wat van die seun en sy ma? Was jy daar ook?"

"Natuurlik was ek. Hulle wou nie eintlik met my praat nie. Net gesê dat hy 'n sorgsame man en pa vir hulle was. Dat sy die egskeiding wou hê omdat sy iemand anders liefgekry het. En ja, om jou eerste vraag te beantwoord, blykbaar hét hy soveel mag. Ken dokter Cloete ook al van sy seun se geboorte af. Speel elke Woensdag saam gholf."

'n Stoel het geskuif, tannie Miriam moet opgestaan het.

Ek het so vinnig as wat my groot maag my toegelaat het, die trap opgedraf kamer toe. Op my bed gelê en na die dak gestaar. Die kind het geskop, en ek wou graaf en graaf tot ek hom uit my lyf het. Dood het. Weg het. Ek het nie omgegee dat ek nie hof toe kon gaan nie. Ek het nie eens meer omgegee wat van Carli word nie. Die ding wat die seerste gemaak het, was dat dit gevoel het asof oom Retief nie harder vir my wou baklei nie. Asof hy nie die moed had nie. Was daar nog steeds 'n greintjie ongeloof in sy gemoed, selfs na alles wat ek hom vertel het? Of was hy werklik magteloos? Ek het my kop in my kussing gedruk sodat hulle nie my snikke kon hoor nie.

Marnus het later die aand by my kom sit. My kom troos.

"Ek het vergeet jy kom vandag terug. Was dit lekker op Plet?" Ek het so normaal as moontlik probeer praat.

"Dit was. Ons het nou net hier aangekom, toe dink ek, ek kom kyk hoe dit met jou gaan." Hy het geweet. "Is jy or-raait?"

"Dit voel asof iemand 'n mat onder my voete uitgepluk het. Kan soveel dinge in een mens se lewe verkeerd gaan?" Niemand wíl my regtig glo nie.

"Jy moet dit nie so sien nie. Alles het op die ou end 'n doel. My pa glo jou. Hy glo ook ín jou."

Dit het my effens beter laat voel. "'n Doel? Watse doel is daar met my? Ek het niks geleer uit hierdie ondervinding nie. Behalwe dat geen man te vertroue is nie. Is dit goed?"

"Jy vertrou my darem seker?"

Ek het geknik. "Maar dinge sal nooit weer soos vroeër wees nie. Jy het vir Christelle. Ek is swanger en ek weet nie eens wie die pa is nie."

"Ons is nog steeds vriende, is ons nie?"

Ek wil nie vriende wees nie! Ek wens ek kon dit hardop skree. Ek wil nie net vriende wees nie, Marnus! Ek wil hê dat jy vir my moet lief wees.

Hy het lank stilgebly, eindelik opgekyk. "Anna, ek is lief vir Christelle. Ons wil volgende jaar verloof raak. Maar ons sal eers trou wanneer ons klaar is met ons studies."

Ek het die trane voel kom, my kop in my hande laat sak.

Hy het stilgebly, my hand in syne geneem, 'n ruk net so

166

gesit. My toe vas in die oë gekyk. "Miskien is dit nie my plek om vir jou raad te wil gee nie, maar ek gaan. Ek dink dis tyd dat jy ophou om jouself jammer te kry. Wat met jou gebeur het, was erg, maar, Anna, die lewe is wat jy nou wil wees, nie wat jou verlede is nie. Jy het nou die kans om wat met jou gebeur het, reg te maak. Om van voor af te begin lewe. Doen dit. Nie vir my of iemand anders nie. Jy is dit aan jouself verskuldig."

Dit was die deurmekaarste tyd in my lewe. Die laaste twee maande voor die kind gebore is. Ek het na my ma verlang en ek wou nie. Sy het haar foute gehad, maar sy was my ma. Ek het na Carli verlang, en ek wou. Ek het in daardie twee maande meer met God gepraat as in al die vroeër jare tesame. Soms het ek antwoorde gekry. Soms meer vrae. Oor my ma. Oor Marnus. Oor Carli. Maar veral oor hóm. Ek het soms tot ses keer op 'n dag die telefoon opgetel en ons huisnommer geskakel, net om weer neer te sit. Ek wou vir my ma sê dat ek haar liefhet. Ek wou haar vra om my te glo. Terwille van Carli, en ook terwille van myself. Ek het nooit my ma gebel nie. Sy het my nooit gebel nie. Sy het nooit die moeite gedoen om met my in aanraking te kom nie. Vir haar was ek dood.

Snags in my drome het hý oor my gebuk.

Soms het ek geskree, sodat tannie Miriam kom troos het. Ek kon nie van hom af wegkom nie. En wanneer ek gebad het – nou nog as ek bad – doen ek dit anders as ander mense. Ek skrop, ek was nie. Dis soos 'n ritueel. Begin by my klein-toontjie. Al die pad op. Ek skrop myself, stukkie vir stukkie, sodat my lyf rooi is wanneer ek uitklim. Gloeiend. Van seerkry. Dit maak nie saak hoe lank ek bad, hoe goed ek skrop nie, ek kry myself nooit skoon genoeg nie.

Dit was 'n warm Januarienag toe oom Retief en tannie Miriam met my ingejaag het hospitaal toe. Tannie Miriam het by my gesit. My hand vasgehou. My rug gevryf wanneer die pyne kom. My kind, 'n dogtertjie, is vroeg die oggend van die twintigste gebore. Skreeuend. Asof sy geweet het dat ek haar nooit wou hê nie. Ek het haar nooit gesien nie. Net gehoor. Hulle het tannie Miriam toegelaat om haar te sien, vas te hou. Maar sy mag geen foto's geneem het nie.

"Anna! Sy is die mooiste ou dingetjie. Ek wens jy kon haar sien sodat jy haar altyd in jou hart kan ronddra. Ek is trots op jou. Jy het nie eens 'n geluidjie gemaak nie. En dit ís so seer."

Dit wás seer. Baie. Maar ek het al seerder gehad.

"Ek is jammer om jou nou met so iets te pla," het oom Retief verskonend om die saaldeur geloer, "maar as jy nog met die bloedtoetse wil voortgaan, moet jy dit nou doen."

Tannie Miriam het langs my gesit, my hand 'n bemoedigende drukkie gegee.

"Ek wil nie."

"Anna! Hoekom nie?"

"Niemand glo my tog nie."

"Bloedtoetse kan alles verander," het oom Retief probeer.

"Miskien," het ek toegegee, "maar ek wil nie. Ek wil nie meer in 'n hof voor vreemde mense gaan staan en vir hulle vertel hoe my stiefpa my verkrag het nie. Môre kom haal hulle die kind. Dan is dit verby. Ek wil met my lewe aangaan. Ek wil matriek skryf." Ek was kwaad, al het ek nie geweet vir wie nie.

"Wat van Carli?" het tannie Miriam gevra.

"Niemand glo my tog nie."

"Maar bloedtoetse kan bewys dat jy die waarheid praat. Bloedtoetse kan bewys dat dit sy kind is."

"Sê nou dit is nie sy kind nie, tannie? Wat dan?"

Hulle het haar die volgende dag aan haar nuwe ouers oorhandig. Sy was weg. En ek het haar nooit gesien nie. Daar bly 'n leegheid in mens oor as jy jou kind vir aanneming opgee. Selfs al was dit jou eie wil. Selfs al kon jy nie anders nie. Ek kon dit nie voorsien nie, maar die kind se wegneem het my seerder gemaak as wat hý ooit kon. En tog was ek verlig om van alles van hom ontslae te raak. "Here," het ek snags gebid, "laat dit met haar goed gaan. Laat sy die lewe hê wat ek so graag vir myself sou wou hê."

"Dis nog nie te laat om terug te gaan skool toe nie," het oom Retief einde Januarie gesê.

"Ek wil nie skool toe gaan nie."

"Maar jy wil matriek skryf?" het hy seker gemaak.

"Ja."

"Dan bel ek vandag nog die kolleges. Jy kan tuis studeer."

"Oom," het ek gekeer, "ek kan darem nie vir ewig hier bly nie. Ek is nie oom-hulle se verantwoordelikheid nie, en ek wil nie moeite wees nie."

"Jy is nie. Jy is ons plesier," het tannie Miriam gekeer.

"Luister na die tannie, sy weet waarvan sy praat."

"Dit kos geld om deur die pos te studeer." En ek is nie regtig vir jou 'n plesier nie.

"Die oom het baie geld."

"Darem nie baie nie," het hy gelag. "Maar genoeg om jou te laat leer. Die dag as jy op jou eie voete kan staan, daardie dag kan jy uit hierdie huis stap."

"Maar —"

Hy het sy hand in die lug gesteek. "Ek wil niks verder hoor nie. Jy bly net hier." Hy het afgebuk, my saggies op die wang gesoen.

169

Oom Retief het woord gehou en my by 'n kollege inge-
skryf. Ek het my dae sorgvuldig beplan, soggens was vir
leer. My boeke het byna onmiddellik gekom. Na middagete,
wat gewoonlik uit 'n slaai of toebroodjie bestaan het, het ek
vir tannie Miriam geselskap gehou. Haar gehelp om die
aandete te berei, iets wat my ma my nooit wou toelaat om
mee te help nie. Sy het geglo dat my hulp vir haar meer
werk sou beteken. Sy sou agter my moes opruim, sy sou my
flops moes regmaak, ek sou net onder haar voete wees, sy
sou dit vinniger sonder my hulp kon doen. Tannie Miriam
het nie omgegee as ek help nie, sy het my eerder aange-
moedig.

"Tannie Miriam?"

"Ja, my kind?"

Ons was besig om aartappels te skil. Ek kon my verkyk
aan haar hande, dit was hande wat nie bedoel was om te
werk nie. Dit was hande vir niksdoen. Fyn hande. Sy kon
'n aartappel skil sonder om die skil te breek. Ek het na my
hopie skille gekyk, frummels die wêreld vol. Ek het nog
baie gehad om te leer.

"Hoekom bel my ma nooit? Dink tannie dat sy van my
vergeet het?"

Haar hande het vlugtig stilgeraak voor sy weer begin skil
het. "Ai, kind, ek het myself daardie vraag al 'n duisend
keer gevra. Miskien is sy te skaam om met jou te praat. Ek
sou wees. Maar dat sy van jou vergeet het, glo ek vir geen
oomblik nie. 'n Ma kán nie vergeet nie." Sy het die aartap-
pel in die bak water laat plons asof om haar woorde te be-
klemtoon.

"Soos ek nie die kind kan vergeet nie."

Sy het opgekyk. "Dink jy baie aan haar?"

"Meer as wat ek gedink het ek sou. Moet my nie verkeerd verstaan nie, dis nie asof ek haar wil hê nie, dis net dat ek wonder hoe sy lyk. Of hulle goed vir haar is."

"Aanneemouers word baie streng gekeur."

"Ek weet. Ek wonder maar net soms."

"Dis natuurlik, Anna. Ek sou eerder bekommerd gewees het as jy glad nie oor haar gewonder het nie." Nog 'n perfekte aartappel het in die water geplons. "Hoekom bel jy jou ma nie? Dalk, as dit van jou kant af kom, sal sy die vrymoedigheid hê om met jou te praat."

"Ek is bang." Ek wás bang dat sy die telefoon in my oor gaan neergooi, dat hy dalk sal antwoord. Maar, moes ek erken, dit was dalk die ergste wat kon gebeur. Ek moes bel. Vir myself. "Kan ek maar?"

"Gaan, ek kan hierdie gou klaarmaak."

Ek het my hande afgedroog en na die telefoon gestap. Ek wou nie die een in die kombuis gebruik sodat tannie Miriam my jammer kry as my ma nie met my wil praat nie. Die telefoon het lank aan die ander kant gelui, en net toe ek wou neersit, het sy geantwoord. My ma. "Mamma?"

"Anna?"

Ek moes hard sluk teen die knop in my keel. "Hoe gaan dit met Mamma?"

"Anna." Daar was 'n oomblik stilte, toe het sy sagter gepraat, asof sy nie wou hê dat iemand hoor nie. "Jy moenie weer bel nie. Jy het vir ons amper vreeslike moeilikheid gemaak. Asseblief, moenie weer bel nie."

"Mamma, ek het 'n dogtertjie gehad," het ek tog probeer.

"Moenie weer bel nie."

Daar was 'n sagte klik aan die ander kant.

Ek het net daar bly sit. Tot tannie Miriam my kom soek het. Sy het niks gesê nie, my net teen haar vasgetrek.

Later, toe die trane nie meer wou kom nie en ons elkeen

171

met 'n koppie tee sit, het sy gesê: "Dalk is dit die beste as jy van haar probeer vergeet. Ek het nooit gedink dat ek dit sal sê nie, maar ek dink dat jy beter daaraan toe sal wees."

"Hoe doen mens dit?"

"Ek weet nie, Anna. Al waaraan ek kan dink, is dat jy haar eenvoudig onthou soos mens iemand onthou vir wie jy lief was en wat nou nie meer hier is nie."

Saans het ek steeds my kamerdeur sorgvuldig agter my gesluit. Al het ek geweet dat ek nooit in daardie huis hoef bang te wees nie. Soms na ek gebad het, het ek kaal voor die vollengtespieël gaan staan. Sodat ek kon sien wat hom maak kyk het. Maak vat het. Ek kon niks sien nie. Daar was niks besonders aan my lyf nie. Ek was nie lank nie, ek was nie kort nie. Ek was nie mooi nie, ek was nie lelik nie. Ek was doodgewoon. Alle tekens van die swangerskap was weg, behalwe dat daar 'n sagtheid om my heupe oorgebly het. Dít was vir my mooi. My borste het nog steeds parmantig regop gestaan, die tepels twee donker vlekke. Hoe het ek hulle geháát. Ek sou hulle so graag wou afsny. Sê die Bybel dan nie dat as iets jou laat struikel, moet jy dit afsny en van jou wegwerp nie? Ek het my lang hare oor my borste laat hang om te sien hoe ek sonder hulle sou lyk. Dit was mooi. Dit was beter. Bedek.

Soms in dié relatief rustige jaar het ek gedink aan wat ek die volgende jaar sou doen. Ek kon nie besluit nie.

Een middag – dit was tyd vir ons klein middagete – gaan soek ek tannie Miriam. Ek kry haar staan in die sitkamer, diep ingedagte.

"En as tannie nou so staan?"

"Hoe laat jy my skrik! Ek kyk sommer, ek dink dis tyd om hierdie sitkamer oor te doen. Nuwe gordyne, nuwe be-kleedsels vir die banke. Wat dink jy?"

172

Ek het om my gekyk. Alles was in skakerings van bruin. "Hou tannie van bruin?"

Sy het haar kop skuins gedraai, dit oorweeg. "Nie eintlik nie, maar dit is nou eenmaal 'n praktiese kleur vir so 'n vertrek."

"Hoekom oorweeg tannie dit nie om helder kleure te gebruik nie?"

"Dink jy so?"

Sy was skepties oor die idee, kon ek sien. "Ek dink kleur sal die vertrek lewendig maak. Dit lyk so dood."

Ek kon sien hoe sy opflikker. "Jy is reg, dink ek. Wat sê jy, kom ons ry materiaalwinkel toe, dan besluit ons daar."

Die winkel was bedrywig, vol bont lap. Dit was daar, op daardie oomblik, dat ek verlief geraak het op die tekstuur en kleur van lap. Ek, wat naaldwerk gehaat het, wat nie gou genoeg 'n ander vak kon kies nie. "Hier is so baie mooi goed," het ek gefluister.

"Hier is. Kom ons soek iemand wat ons kan help."

'n Indiërvrou het ons na die rak vol gordynmateriaal geneem. "This is all the curtaining." Sy het met haar hande wyd oop beduie. "Call if you need me."

"O, Anna, voel net hier." Die tekstuur van die verskillende lappe, grof, glad, het my en haar oorweldig. "Hier is te veel om van te kies."

"En tannie kyk al weer na die beiges." Ons het gefluister asof ons op heilige grond was.

"Wat stel jy voor?"

"Ek moet erken dat ek nie veel van materiaal weet nie, maar my gevoel is dat ons die see en son moet inbring in die sitkamer. Tannie het so 'n mooi uitsig op die see, dis 'n sonde om die vertrek vaal te maak."

173

"Jy is reg," het sy beslis gesê, "dit is tyd vir 'n verande-ring. Kom ons kyk na daardie helderder kleure."

Na sowat 'n uur het sy op lemmetjiegroen, seeblou en suurlemoengeel besluit.

"Ek hou daarvan," het ek gesê.

"Julle is twee besige bytjies!" Dit was 'n week nadat ons die materiaal gaan kies het. Die sitkamerstel was alreeds by die meubelhandelaar, tannie Miriam was besig met die maak van die gordyne. Ek het gekyk hoe sy dit maak, agter 'n naaimasjien het ek myself nog glad nie vertrou nie.

"Marnus!" Sy was bly om hom te sien. "Jy skeep ons af deesdae vandat jy in die woonstel is." Hy en 'n vriend was van die begin van die tweede semester af saam in 'n woon-stel op die kampus.

Hy het afgebuk, sy ma met 'n soen gegroet. "Dit lyk mooi."

"Dankie, maar die eer kom Anna toe. Dis sy wat daarop aangedring het dat ek kleur gebruik." Sy het met haar hand oor die materiaal gestreel. "En kyk hoe mooi lyk dit."

"Hoe gaan dit, Anna?"

"Goed, dankie, Marnus."

"Ek gaan vir ons tee maak, ek is al styf gesit agter die naaimasjien."

Hy het gewag tot sy uit is. "Gaan dit goed met die ma-triek?" Met egte belangstelling.

"Ja."

"Wanneer begin die eindeksamen?"

"Oor twee weke, joune?"

"Ook daar rond. Ek kan nie glo jy sit hier rond as die eksamen op hande is nie."

"Jy vergeet dat ek nie soos jy is wat heeldag leer nie. Ek het 'n breuk nodig so nou en dan."

Hy het so goed gelyk. En hy was gelukkig, mens moes blind wees om dit nie te sien nie.

"Natuurlik."

Tannie Miriam het ingekom, 'n skinkbord in haar hande. Daar was 'n paar skywe lemoenkoek ook daarop.

"Kry vir jou koek, Anna het gebak."

Hy het verbaas na my gekyk. "Wel, wel, Anna! Ons bak koek, help met die binneversiering, wat doen jy nog waarvan ek nie weet nie?"

"Dis jou ma wat my toelaat om hierdie dinge te doen."

"En hoe geniet ek dit nie. Sê my, hoe gaan dit met Christelle, en met die studies?"

"Dit gaan goed met albei. Sy wou graag saamkom, maar is vandag te besig. Sy sal mal wees oor hierdie koek. Sorg jy maar net dat daar volgende keer nog is." Hy het met sy vurk na my beduie.

Ek het die volgende jaar begin werk en deeltyds 'n kursus in binneversiering gedoen. Ook oor die pos. Dit was oom Retief wat vir my die werk gereël het. Die eienaar was een van sy kliënte. Dit was 'n groot winkel wat daarin gespesialiseer het om snuisterye vir die huis te verkoop. Nie regtig my smaak nie, te Oosters, te veel wierook. Maar oom Retief het gesê dit sou waardevolle ondervinding vir my wees, en soos gewoonlik was hy reg. Ek het baie by mevrou Cronjé, die eienares, geleer, en ook by die kopers. Hulle voorkeure en afkere. Saam met my het Bertus gewerk. 'n Bebrilde bleeksiel, maar met 'n goeie hart. Ek het geweet dat hy van my hou, daarom het ek hom nooit aangemoedig nie. Twee jaar lank het Bertus om my gedraai, vir my blomme aangedra, koeldrank, sjokolade, noem maar op. Twee jaar. Van my negentiende tot met my een en twintigste jaar. As ek nou daaraan dink, kan ek nie glo dat hy nie lank tevore moed opgegee het nie.

"Skaam jou, Anna, hy probeer so hard," het mevrou Cronjé gesê, "jy kan maar gerus vriendeliker met hom wees. Shame, hy bedoel dit goed."

Ek het vir haar gelag maar die volgende dag tóg ingestem om saam met hom te gaan fliek. Hy het dan so mooi gevra en ek het van hom gehou, want hy was nie 'n bedreiging nie.

"Asseblief, Anna, kom saam. Dit is my laaste maand hier, dan gaan ek terug platteland toe. Die stadslewe akkordeer nie met my nie."

Ek het die aand meer moeite met my voorkoms gedoen, nie vir Bertus nie, vir myself. Meer grimering as gewoonlik aangesit, 'n mooi bloesie by my jeans aangetrek. My lang hare geborsel tot hulle blink, en toe los laat hang.

"Hoe laat kom haal hy jou?" het tannie Miriam gevra toe ek vir hulle in die sitkamer totsiens sê. Sy het niks oor my voorkoms gesê nie, maar ek kon die goedkeuring in haar oë sien. Oom Retief het 'n lang wolwefluit gegee, wat my skaam laat voel het.

"Ek kry hom daar."

"Slim kind. Ek hoop nie ou Jakoba gee jou vanaand moeilikheid nie."

Jakoba was die Volla wat ek die vorige jaar by oom Retief gekry het toe ek my rybewys gekry het. "Nee wat, ek weet hoe om haar nukke te hanteer."

Daar was 'n gewoel van mense by die teater, maar Bertus het soos 'n seer duim uitgestaan. Sy klere se kleure was nie subtiel nie. "Ek was bang jy kom nie. Jy lyk beeldskoon," het hy handewringend gesê.

"Ja, toe," het ek vir hom gelag, "flattery will get you nowhere." Sies tog, het ek by myself gedink, ek kry hom regtig jammer. Hy het vir ons Coke en popcorn gekoop en ons het ons plekke ingeneem. En dís waar dit begin het. Hy het aan my hare geraak. "Jou hare is so sag soos sy."

Ek moes die impuls onderdruk om my kop weg te ruk. Dis tog net hare, Anna! En "Dankie," gefluister. Hy moes dit as aanmoediging gesien het, want die volgende vyftien minute moes ek spook om hom van my lyf af te hou. Dit het gevoel asof hy twee pare hande het, op my bene, op my borste, hulle was oral.

"Bertus, stop dit!" het ek gesis.

"Kom nou, Anna, laat my net voel," het hy gesmeek, en sy hande tussen my bene laat ingly. In die proses het hy my Coke, wat ek tussen my bene vasgeknyp het, omge-stamp sodat die taai vloeistof onder my ingeloop het. Genoeg was genoeg. Ek het opgespring en sonder 'n woord uitgestorm.

Eers met my kamerdeur veilig agter my gesluit, het ek begin ontspan.

Tannie Miriam het saggies geklop en met 'n beker Milo voor my deur gestaan toe ek oopsluit. "Gedink jy is dalk dors. En jy's vroeg. Het daar iets gebeur?"

Toe kom die trane. Sy het geduldig gesit en luister, my nie een keer onderbreek nie.

"Hoekom is mans so? Al wat hulle interesseer, is seks!" Ek het my neus aan my mou afgevee, 'n paar keer gesnuif. "Ek het verwag dat hy my hand sal wil vashou. Dit selfs oor-weeg om hom 'n goeienagsoen te gee. Maar hy wil gryp."

"Alle mans is darem nie so nie." Ek kon sien sy wou lag.

"Dis nie snaaks nie."

"Ek weet, ná wat met jou gebeur het, is dit nie, maar jy moet erken dat die idee van Bertus wat sy geluk probeer, nogal snaaks is."

Ek moes glimlag. "Tannie is reg, dit was eintlik snaaks. Ek wonder hoe lank hy homself moes moed inpraat?"

Sy het lekker gelag, toe ernstig geword. "Onthou, alle mans is nie so nie," het sy herhaal. "Jy het ongelukkig ondervinding van die slegste."

"Dit is seker so, maar dit voel vir my asof alle mans wat na my kyk, net 'n lekker steek sien."

"Anna!"

"Jammer, tannie." Sy het nie daarvan gehou dat mens lelik praat nie.

"Wel, jy is darem nie bang vir oom Retief nie, of vir Marnus nie. Daar is nog sulke mans soos hulle. Glo dit. Jy sal hulle wel eendag ontmoet."

Die probleem is net, het ek gedink, dat ek dalk nie vir Marnus sou wou nee sê nie.

"Shame, gelukkig gaan Bertus die einde van die maand weg, jy hoef hom net nog 'n rukkie in die oë te kyk."

"Ek is nie bang vir hom nie."

Ek wás bang vir die gevoelens wat hy in my wakker gemaak het. Gevoelens wat ek gedink het lankal dood is. Is ek tog maar sleg?

"Ek het besluit om my hare te sny," het ek die volgende dag met aandete gesê.

"Is dit omdat Bertus so mal oor jou hare is?"

Hoe het sy dit geweet?

"Hy kon vandag weer nie ophou om aan my hare te vat en te ruik nie. Dis creepy."

"Korter hare gaan jou nie onsigbaar maak nie," het tannie Miriam gesê, terwyl sy vir my nog van haar bredie inskep.

Hoe weet sy dié goed? "Dis nie dit nie, tannie. Ek is maar net lus vir 'n verandering. Ek dink dis hoog tyd." Nie net die hare nie, tannie Miriam, ook die klere en grimering gaan waai. Van môre af ís ek onsigbaar. Ek wou my eie ruimte afbaken: geen toegang. Dan sal ek veilig bly.

"Dis 'n sonde om sulke lieflike hare te laat knip," het oom Retief vir die eerste keer gepraat. "Maar dit is jou besluit." Hy het sy keel geskraap. "Intussen het ek goeie nuus, Anna. Jou ma het my geskakel." Ek het my asem vinnig ingetrek. "Daar is geld vir jou uit jou pa se boedel, en dit kom jou eersdaags toe. Wanneer jy een en twintig word."

"Regtig?" Ek het nie eens geweet dat my pa wel vir my voorsiening gemaak het nie.

"Regtig. Nie baie nie, maar genoeg, skat ek."

Genoeg vir wat?

"Jy sal mooi moet dink wat jy daarmee wil doen."

"Ek weet klaar, ek hoef nie te dink nie, ek wil my eie blyplek kry."

"Huis koop?" het hy verbaas gevra.

"Nie noodwendig 'n huis nie, sommer net 'n woonstel huur. Die geld kan ek gebruik vir meubels en goed."

"Anna, jy weet tog seker jy is welkom om hier aan te bly," het tannie Miriam gesê.

"Ek weet, dankie, tannie, maar dit word tyd dat ek van tannie-hulle se nekke afklim en my eie potjie krap."

"Nou goed, wanneer kan ons gaan kyk?"

"Ek is môre af, oom. Ek het 'n afspraak in die oggend vir my hare, so ek sal die middag tyd hê om te gaan kyk."

"Dan kry ek jou hier vir middagete, en daarna kan ons gaan kyk wat ons kan kry."

"Ek kom natuurlik ook saam."

"Asseblief, tannie, ek sal dit nie sonder tannie se hulp kan doen nie."

"Ek kan nie glo dat jy hierdie pragtige hare wil laat sny nie!" Die haarkapster het met haar hande op haar heupe bly staan.

"Kort, asseblief." En na 'n ruk: "Nog korter." Totdat sy in frustrasie uitgeroep het dat sy dit netsowel kon skeer.

"Doen dit."

Sy het my in vertwyfeling aangekyk. "Dit was net 'n grap."

"Maar ek is ernstig."

En ek wás reg. Die kort geskeerde hare het my onsigbaar laat voel. En goed.

Oom Retief het uiteindelik tog op 'n huis besluit, daar was genoeg geld. Nie 'n groot huis nie, nie te klein nie, in 'n doodgewone middelklasbuurt. Waar die kinders nog in die middae krieket in die straat speel.

Ek het die huis mooi gemaak, binne en buite. Genot daaruit geput om met my vingers in die grond te woel. Hope plantjies geplant. Sodat Marnus met een van sy gereelde kuiers gesê het dat ek klaar oud voor my tyd is. Ek kook en bak en plant soos 'n ou vrou. Vir my was dit goed. Vir my was dit helend. Dit was my nes, waar ek van alles kon wegkom.

Marnus het, net soos sy ma en pa, glad nie van my kort hare gehou nie, gesê dat die lang hare my beter gepas het, dat dit my bate was. Saam met die nuwe huis, saam met die nuwe kort haarstyl, die skoon gewaste gesig sonder grimering, en die vormlose klere het daar tog 'n mate van rus gekom. Dít is wie ek is, het ek geweet. Nie iemand vir die limelight nie, nie iemand wat aandag wil trek nie, eerder iemand wat daarsonder op my gelukkigste is. Spokie was ook nog saam met my, maar hy was nou oud en as hy geslaap het, het hy gesukkel om sy stywe lyf weer soepel te kry. Ek het geweet dat ek eendag van hóm ook sou moes afskeid neem. Soos van my ma en Carli.

My ma het my op my twee en twintigste verjaardag vir die eerste keer gebel. "Ek bel net om vir jou te laat weet dat ons trek. Bloemfontein toe. Moet ons tog nie daar ook probeer opspoor nie."

"Hoe gaan dit, Ma?"

"Goed."

"En met Carli?" Dit was so goed om weer haar stem te hoor. Ek wou nie dat sy gaan nie, ek wou haar stem in my geheue probeer vaslê.

"Dit gaan met haar baie goed."

"Kan ek met haar ook praat?"

"Nee."

"Asseblief, Mamma, ek sal vinnig wees, ek verlang na haar."

"Nee, Anna, jy ontstel haar dalk net."

"Ek verlang na Ma ook." Ek moes dit sê. "Dankie vir die geld, ek het vir my 'n huis daarmee gekoop."

"Dit het jou toegekom. Geluk met jou verjaardag, Anna."

"Ek is lief vir Ma."

Dit was lank stil, sodat ek gedink het sy het die gehoorbuis teruggesit, maar eindelik het sy tog hees gefluister: "Ek ook."

"Ma . . ."

"Ek moet gaan. Kyk mooi na jouself."

Ek klou nou nog vas aan daardie twee woorde: Ek ook. Sy wás lief vir my. Dalk sal ek haar kan vergewe. Eendag.

Ek was vier en twintig jaar oud toe ek die winkel by mevrou Cronjé gekoop het. Dit het amper toevallig gebeur, en weer

181

was dit oom Retief wat tot my redding gekom het. Tannie Miriam het daarop aangedring dat ek en Marnus, en meesal ook Christelle, elke Sondagmiddag daar is vir ete. By so 'n ete het ek aan hulle genoem dat mevrou Cronjé die winkel in die mark gesit het. "Ek is nogal jammer dat ek my erfgeld op 'n huis spandeer het, ek sou eerder my eie besigheid wou hê."

"Ek kan altyd die geld vir jou leen," het oom Retief gesê.

"Dit was nie 'n skimp nie, oom," het ek gekeer, "julle het al vir my te veel gedoen. Doen nog steeds vir my te veel."

"Ek het dit ook nie as 'n skimp gesien nie," het hy my verseker. "Ek dink dit is die ideale geleentheid vir jou om jou eie besigheid te begin. Jy het genoeg ervaring opgedoen, jy sal daarvan 'n sukses kan maak. As jy nie so jonk was nie, sou ek voorgestel het dat jy by 'n finansiële instansie aansoek doen vir 'n lening. Maar ek twyfel of jy een sal kry. Juis as gevolg van jou ouderdom. Daarom bied ek aan om die geld vir jou te leen. Ons kan 'n kontrak opstel as dit jou beter sal laat voel."

"Ek sal eers moet dink daaroor."

"Jy gaan nie weer so 'n kans kry nie, Anna," het tannie Miriam my aangepor.

"Ek weet. Dankie, oom, tannie. Ek sal daaroor dink."

"Terwyl Anna dink," het Marnus gesê, terwyl sy hand na Christelle s'n soek, "het ons ook nuus. Ons het besluit om te trou. Hierdie jaar kon ons darem bietjie geld wegsit."

"Dis wonderlik! Is die datum al vas?" Tannie Miriam was opgewonde.

Ek het hard probeer om in hulle vreugde te deel, maar ek kon nie. Terwyl hulle nog nie getroud was nie, was daar nog altyd vir my 'n stukkie hoop. Ag, mans is tog maar varke, het ek gedink, maar miskien was Marnus anders. Ek het geweet

182

hy was anders, en tog moes ek aan myself erken, ek het die idee van saam met iemand te gaan lê, steeds walglik gevind. Selfs al was dit Marnus. Hy het in elk geval beter verdien as ek. Diep binne, dit het ek geweet, bly ek sleg, daar is net 'n dun lagie vernis oor geverf. Maar eendag, eendag sou dít ook verweer, en wie weet waartoe ek dan in staat sou wees?

Hulle is vroeg die volgende jaar getroud. Dit was 'n groot, mooi troue, dié van die twee jong dokters. Christelle se ouers was baie ryk, mens kon dit aan alles rondom jou sien. Die onthaal is in hul reuse-tuin gehou. Ek het so alleen gevoel daardie dag. Oom Retief en tannie Miriam het hulle plekke by die bruidstafel ingeneem, en ek moes tussen vreemdes sit. Dalk moes ek tog maar iemand saamgevra het, het ek gedink, maar wie? Ek het my eenkant gehou, ek was nie eens vriende met die vrouens wat vir my gewerk het nie. Daar was niemand wat ek sou kon vra nie.

Christelle het pragtig gelyk in haar lang wit rok, Marnus het besonders gelyk. Marnus wás besonders. Ek is vroeg huis toe, voor hulle kon begin dans. Dans was vir my te intiem, en al het ek ook hoe probeer, daar was altyd iemand wat my raaksien, of jammer kry, en met my wil dans. Ek het 'n hoofpyn geveins, die ouers van die bruid en bruidegom gaan groet – dié een keer het oom Retief en tannie Miriam my nie probeer oorreed om te bly nie – en daarna die bruid en bruidegom self.

Marnus het my teen sy harde lyf getrek. "Ek is lief vir Christelle, maar jy bly vir my baie spesiaal. Ek gee regtig vir jou om."

"Ek weet. Dankie, Marnus."

Ek het ses jaar afbetaal aan my winkel. Toe was dit myne. In daardie ses jaar het ek gevoel hoe die wonde in my ge-

nees. Letsels sou daar altyd wees, en tog het ek beter ge-
voel. Oor myself. Ek het geleer om my ore te sluit vir berigte
oor die radio van kindermolestering en verkragting, om my
oë te sluit vir die nuus op televisie. Om dié berigte in die
koerante mis te lees. Ek het geleer om in plaas van ál die
ligte, saans net een te laat brand. Die nagmerries het nie
meer so gereeld gekom nie. Ek het geleer om gelukkig met
myself te wees. Om gelukkig sáám met myself te wees.
Harde werk, het ek ook geleer, maak die fisieke pyn van
verlange beter. Want ek hét verlang. Na Carli, na my ma.

Ek het nog steeds Sondae by oom Retief en tannie Miriam
gaan eet. Saam met Marnus en Christelle. Christelle wat ge-
straal het in die gloed van swangerskap. Marnus wat so trots
was dat mens sou dink hy was die eerste man wat dit regge-
kry het om 'n kind te verwek. Hy het gereeld, soms saam met
Christelle, meestal alleen, by my kom kuier. Dan het ons in
my popspeeltuintjie elk met 'n glas wyn gesit en kuier. Hy
was my dokter, hy was my vriend, hy was my broer.

My lewe het sy loop begin kry, het dit gevoel.

Dit was 'n doodgewone Vrydagaand. Ek het my gemaklik
gemaak voor die televisie, 'n glas wyn langs my op die tafel,
toe daar aan my voordeur geklop word. Dit was vir my
vreemd, ek het nie ander kuiermense as Marnus-hulle ge-
kry nie, en dit was te laat vir hulle.

Toe ek die deur oopmaak, staan daar 'n séér meisiekind
voor my.

"Anna?"

Dit kon nie waar wees nie! Tog was dit nie moeilik om
haar te herken nie. Sy het soos ek gelyk. Dieselfde oë, die-
selfde neus, haar mond was my ma s'n. Daar was niks van
hóm in haar nie. Carli! Hier voor my deur? Kon dit wees?

184

"Carli?" het ek haar naam huiwerig gesê. "Hoe kom jy hier?"

Ek het oor haar skouer padop gekyk, daar was nêrens 'n motor naby nie, my ma was dus nie daar nie.

"Danie het my jou adres gegee."

"Danie?"

"Hy sê dat hy al lank weet waar jy bly, dat hy te bang is om na jou te kom. Kan ek inkom?"

"Ag, Carli. Natuurlik. Kom in, is jy honger?"

Sy wás. Asof sy lanklaas geëet het.

"Weet Ma jy's hier?" Iets aan haar houding, haar voorkoms, het vir my gesê dat hulle nie weet nie.

"Jy gaan haar nie sê nie!"

"Ek het nie eens 'n telefoonnommer vir haar nie," het ek haar verseker. "Moet ek vir jou solank 'n bad tap terwyl jy eet?"

Sy het dankbaar geknik.

Toe sy al in die bad was, het ek onthou van pajamas.

"Kan ek inkom?" Ek het voor die deur bly staan met nagklere van my wat ek vir haar wou gee.

"Ja."

Die badkamer was vol stoom, sy moet nóg warm water ingetap het. Dit het geruik na skuim, seep en iets anders, iets soets. Ek het die nagklere neergesit en omgedraai. Sy het daar gelê, in die vol bad, toe van die skuim, met 'n dik zol tussen haar vingers. Die soet reuk!

"Carli!"

"Moenie raas nie, dit help vir die pyn." Oud. Moeg. "Ek wil jou iets vertel, ek weet nog net nie hoe nie."

Ek het op die toilet gaan sit, my bene kon my nie langer dra nie. Vinnig somme gemaak. As ek nou dertig is, maak dit haar sestien. Sestien en sy rook dagga. Weet my ma dit?

"Wat wil jy my vertel?"

185

Sy het vreemd gegiggel, orent gekom, al twee arms uitge-
strek, gelag. "Dit!" Die zol was nog steeds tussen haar vingers.

Ek het opgekyk na haar arms, en alles wat ek so lank
onderdruk het, wat ek geglo het weg was, het na bo gespoel.
Die blou merke, die letsels van vorige kere, die pyn op haar
gesig. "Here!"

"Hy sê dat jy hom nooit geweier het nie. Dat ek slegter is
as jy. Dat jy nog altyd sy eerste keuse was. Dat hy dit aan
my doen om jou te straf."

Nee. Nee. "Weet Ma?"

"Sy gee nie om nie. Kyk hoe lyk ek! Wil jy weet wat hy
nog aan my doen? Moet ek jou vertel hoe ek dag en nag
verkrag word? En dis jou skuld. Joune!" Gillend. "Jy het
weggeloop, my alleen gelos."

"Carli! Moenie my die skuld gee nie. Jy weet nie die
waarheid nie."

"Al wat ek móét weet, is dat dit jou skuld is!" Haar stem
was skril. "Hy sê dit elke dag vir my."

"Glo jy dit?" Ek was moeg.

Sy het begin snik, die zol in die water laat val, na my ge-
kyk met soveel haat, soveel verdriet. "Hy's my pa." Soos bid.

Ek het nie daardie nag geslaap nie. Ek het Klein-Danie se
telefoonnommer by Carli gekry. Hom sou ek môreoggend
moes bel, dit was nou te laat, het ek besluit. Vir haar kon ek
net troos, sonder woorde.

Ek het vir Marnus laat kom sodat hy haar 'n inspuiting
kon gee. Sodat sy kon slaap. Sodat sy kon rus.

Sy oë was donker, broeiend, kwaad toe hy die kamer-
deur agter hom toetrek. "Anna, wat gaan jy doen? Dit kan
nie so aangaan nie. Moet ek my pa laat kom? Die polisie?
Ek voel so magteloos." Hy het op die naaste stoel neerge-
sak. Sy kop in sy hande.

186

Ek het 'n beker koffie voor hom neergesit. "Ek weet nie wat om te doen nie. Ek dink ek moet eers met haar praat, hoor wat sy wil hê. Ons kan nie vir haar besluit nie."

Hy het opgekyk, die beker warm koffie in sy hande toegevou. "Jy is seker reg." Versigtig 'n slukkie gevat. "Jy weet, destyds toe dit jy was wat so by ons opgedaag het, het ek jou jammer gekry. En vir hom. Hy is tog duidelik 'n man met 'n groot probleem. Maar, het ek in my onkunde gedink, dis 'n eenmalige voorval. Hy sou dit nooit weer waag nie. Ek het aangeneem dat hy geskrik het, met die polisie en als. Dis al erg genoeg om dit aan enige kind te doen, maar jou eie? Hoe kan hy met homself lewe? Ek weet nie meer wát om te dink nie."

"Ek weet."

Ons het lank so gesit. In stilte.

"Sy wou nie hê dat ek haar moes ondersoek nie. Seker te verstane. Ons moes dalk eerder vir Christelle gebring het. Ek het haar net 'n inspuiting gegee, sy sal lank slaap. Sal jy regkom, so alleen?"

"Ek sal. Gaan maar."

Hy het vooruit geloop deur toe.

"Marnus, dankie dat jy gekom het."

Omgedraai. My liggies op die wang gesoen. "Dis mos waarvoor mens vriende het."

"Dis my skuld," het ek saggies gesê.

"Wat?" Hy het onbegrypend na my gekyk.

"As ek destyds hof toe gegaan het, as ek hulle gedwíng het om my te glo, as ek vir bloedtoetse gegaan het, was sy nie nou hier nie."

Hy het my teen hom vasgetrek. Troostend. "Jy mág jouself nie verwyt nie."

"Dis nie 'n verwyt nie, dis 'n feit." My mond teen sy baadjielapel vasgedruk.

187

"Anna, moenie dit aan jouself doen nie. Jy was nog te jonk om so iets te kon voorsien. Jy kan nie nou gaan lê nie. Jy was dalk nie destyds daar vir haar nie, maar jy is nou. Dis na jou wat sy gekom het vir hulp. Kyk eerder dat jy nie dieselfde foute met haar maak nie."

"Jy is reg." Ek het teruggestaan. "Ry maar, ek wil nou my gedagtes agtermekaar kry."

"Is jy seker? Ek gee nie om om hier by jou te bly nie. Jy weet dit tog."

"Ek weet, maar dis beter as ek nou alleen is."

Na hy weg is, is ek terug kombuis toe, nog 'n pot koffie gemaak. Gesit. Ek kon nie gaan slaap nie. Die nag in die kombuis deurgebring, my radio na RSG gedraai. Na al die patetiese oproepe geluister. Koffie gedrink. Gedink. Gewag dat die son moet opkom. Sodat ek vir Klein-Danie kon bel. Vroemôre.

"Dis Anna."

"My hemel, Anna! Hoe gaan dit?"

"Danie, Carli is hier by my. Weet jy wat gebeur het?"

"Nie oor die telefoon nie. Ontmoet my oor 'n uur, in daardie koffiewinkel skuins oorkant jou winkel. Hulle sal oop wees."

"Moet ek iets saamvat? Sodat jy my sal herken?"

Hy het gelag. "Ek weet hoe jy lyk."

Die koffiewinkel was klein, beknop, baie besig. Ek moes 'n pad oopveg na 'n tafel.

Sal ek hom nog herken? het ek gewonder. Al wat ek van Klein-Danie onthou het, was hoe hy my geterg het. Ons was nooit werklik na aan mekaar nie. Vreemdelinge wat dieselfde huis moes deel. Aan dieselfde tafel moes eet. Dikwels gestry het oor die badkamer. En toe onthou ek hoe ek by sy bed gesit het die dag toe sy pa hom so verniel het.

Ek wou nie weer betrokke raak nie. Ek wou hom nie sien

nie. Ná veertien jaar weer herinner word nie. Maar ek moes met hom praat. Hoor wat aangaan.

Die kelnerin was Carli se ouderdom. So moes Carli nou gelyk het, het ek gedink, sorgvry, gelukkig. Met 'n vakansie-werkie wat vir haar 'n paar rand inbring. Nie die stukkende stukkie mens wat in my spaarkamer op die bed lê en slaap nie. Onder verdowing slaap nie.

Ek het vir haar 'n nota teen die yskas gelos, gesê ek moet uit vir 'n rukkie. Sal nie te lank wees nie. Ek hoop sy is orraait.

"Anna!"

Hy het 'n mooi man geword. Al die babavet was weg. Lank, donker, soos sy pa. Hy was nie meer Klein-Danie nie, hy was Danie, en hy was nie sy pa nie. "Danie!"

Hy het my op die wang gesoen. 'n Stoel uitgetrek en gaan sit. Koffie bestel.

"Danie, wat gaan aan? Met Carli? Sy sê dat sy my adres by jou gekry het."

"Ek weet al lank waar jy bly, waar jou winkel is. Jy doen goed vir jouself, nè? Ek het jou toevallig eendag hier ge-sien." Hy het straat toe beduie.

"Hoekom het jy nooit kom inloer nie?"

"Ek was te skaam. Here, Anna, na wat my pa aan jou ge-doen het?"

Hoe weet hy? "Hoe weet jy?"

"Ek weet nog altyd, hy het daaroor by my gespog. Is dit wat met Carli gebeur?"

"Ja."

"Shit. Ek kon sien daar is fout. Ek het net gemaak of ek niks sien nie. Omdat ek 'n banggat is."

"Sien jy hulle dikwels? Hoe lyk my ma? Hoe gaan dit met haar?"

189

"Ek was net twee keer daar. Die tweede keer om myself te oortuig dat ek nie daar wou wees nie. Sy't oud geword. Moeg. Ek het gegaan om hóm te vergewe. Ek kon nie. Die laaste keer het ek jou adres vir haar gegee. Vir Carli. Nie vir jou ma nie. Ek is jammer, maar die waarheid is dat sy niks van jou wil weet nie." Hy het sy hand oor myne gesit. "En vir Carli gesê as sy ooit hulp nodig het, moet sy jou opsoek. Ek was te bang. Ek's jammer, Anna, ek is regtig so jammer."

"Sy is op die oomblik seker nog aan die slaap. Maar sy sal nou-nou wakker word. As jy regtig jammer is, as jy wil vergoed daarvoor, kom saam met my. Help my. Ek kan dit nie alleen doen nie. Ek het jou hulp nodig." Ek sou op my knieë voor hom kruip.

Hy het net geknik. Kon nie praat nie.

Ons het besluit dat hy saam met my sou ry. Ons kon sy motor altyd later kom haal.

Op pad het hy by die venster uitgekyk na die see. Vir my gesê: "Dis hoekom ek nooit getroud is nie, weet jy. Ek is bang dat dit soos 'n oorerflike siekte is."

"Ek het iewers gelees dat molesteerders dikwels self as kind gemolesteer is. Feit is, dit het met hom gebeur. My ma het my daarvan vertel. Dis hoekom ék nooit sal trou nie. Nooit sal kinders hê nie. Ek vertrou myself nie."

"Hy het ons opgefok, nè? As ek my oë toemaak, sien ek sy vuiste. Of ek hoor jou in die kamer langsaan huil, sien hoe jy vroeg die oggend uitsluip met jou nat lakens."

My oë was skielik klam. "As ek net kon verstaan hoekom, hy wéét tog self wat dit aan 'n mens doen."

Toe ek die deur oopstoot, die stilte vóél, begin ek hardloop.

Danie agterna.

"Nee!" Terwyl ek stadig teen die muur afsak.

"Nee!" Terwyl die wêreld om my begin draai en draai.

"Nee!" Terwyl ek die naarheid in my mond proe.

Dis Danie wat oorneem. Danie wat Marnus bel. Danie wat die polisie bel.

Ek kon nie beweeg nie, net sit.

Net huil.

Terwyl hulle haar afhaal van die stortreling, dáár waar sy besluit het om 'n einde aan alles te maak.

Carli.

My sussie.

Dis Marnus wat my ophelp, Marnus aan wie ek vasklou.

"Hoe voel jy nou?" Marnus trek die gordyne in die kamer wyd oop. Kom langs my sit, twee koppies koffie in sy hande. Troos my.

"Is dit al oggend?"

"Dis oggend. Het jy goed geslaap?"

Toe ek ja knik, val my blik op die leunstoel langs my bed. Kussing. Kombers. "Het jy hier geslaap?"

"Ja, ek en Christelle het beurte gemaak."

"Dankie."

"Anna, het jy geweet dat sy swanger was?"

"Nee!" Nuwe skokke, nuwe ou beelde, ek met 'n groot maag. Ek met 'n haat vir die kind in my wat bly skop, skop.

"Jou ma-hulle is op pad. Ek het hulle in 'n hotel inge-boek. Jy hoef hulle nie te sien nie."

"Dankie."

"Staan op, trek aan. Die polisie sal nou hier wees om jou verklaring af te neem. Jou ma-hulle vat haar terug Bloem-fontein toe. Wil haar daar begrawe. Ek sal saam met jou be-grafnis toe gaan, ek en Christelle."

"Ek wil nie begrafnis toe gaan nie."

191

"Dit sal goed vir jou wees om te gaan."

"Ek wil hulle nie sien nie. Vir Carli sal ek op my eie manier begrawe."

Kan mens, nee, mág mens te midde van kwaad laat lewe? Dit in God se hande laat om te oordeel? Nee, besluit ek, God se oordeel, God se straf, is te stadig. Hier, te midde van hierdie kwaad, oordeel die mens self. Oordeel ék. Daarom sit ek vannag in my motor. In Bloemfontein. Voor hulle huis. Met 'n gelaaide pistool in my bewende hande.

Soms in 'n oomblik van stilte dink ek ek ken die Here en Hy ken my. Maar kinders van God soek nie wraak nie, oordeel nie. Kinders van God vergewe en vergeet. Wat maak dít dan van my? Is ek nie 'n kind van God nie? Dan, as ek terugkyk na my lewe, na Carli se lewe, weet ek ek moet doen wat ek moet doen. Weet ek ek moet hom doodmaak. Terwyl hy nog lewe, terwyl ek weet dat hy iewers is, sal ek nooit heel kan word nie, sal ek nooit wat met my gebeur het, wat met Carli gebeur het, kan vergeet nie. Of kan verwerk nie. Die vraag waarmee ek al agt uur lank worstel, is: Sal ek my ma kan skiet? Is sy nog my ma? Ek het in veertien jaar twee keer met haar gepraat. Twee keer. Sy is nie my ma nie. En tog, sy is bejammerenswaardig, dis waar. Dan weer, is dit nie ook so dat die deler net so skuldig soos die steler is nie?

Maar sy bly my ma.

Ek huil. Omdat my Calvinistiese sy sê dis nie reg nie. Ek huil omdat alles so anders kon gewees het. Die roof is af, al wat oorbly, is 'n gapende, bloeiende wond. Dit sal nie weer regkom nie; daarom sal ek ná die tyd na die naaste polisiestasie ry en myself gaan oorgee. Ek weet dat dit wat ek gaan doen, sonde is, en daarom sal ek my straf dra. Met trots.

192

Omdat hy en sy niks beter verdien nie – hulle het Carli se dood afgemaak as 'n bang swanger tiener se oplossing vir haar probleem. Omdat ek niks oorhet om voor te lewe nie. Carli is dood. Marnus is Christelle s'n. Jy was verkeerd, Marnus. Dit was nie net kalwerliefde nie. Ek het jou nog steeds lief.

My bene bewe rukkerig terwyl ek met die tuinpaadjie opstap na die voordeur. My hande bewe toe ek die klokkie lui. Ek hoor voetstappe. Hoor hom aankom. "Wie's daar?" 'n Ou man se stem.

"Dis ek, Anna." Terwyl ek die pistool oorhaal.

"Ek, Anna." Terwyl hy die deur oopsluit, oopstoot.

"Ek, Anna." Terwyl ek die pistool op hom mik.

"Ek, Anna." Terwyl ek begin skiet en skiet enskietenskiet- enskietenskiet.

"Ek, Anna." Terwyl die wêreld om my rooi raak.

Ek is Anna.

Niemand sal dit ooit weer aan my doen nie. Hy sal dit nooit weer aan enige iemand kan doen nie. Mag God my en hom vergewe.

Nawoord

Anna se verhaal ís my lewensverhaal. Maar sekere aspekte is vervorm – soos skrywers maar doen met feite. Soos: Carli se selfmoord. Die waarheid is dat my sussie nie selfmoord gepleeg het nie, sy het net opgehou léwe. Eers met die afsterwe van haar pa, my stiefpa, het sy weer die moed gehad om op te staan en die wêreld in die oë te kyk. Sukkel-sukkel, maar darem. En: nee, ek het nie my stiefpa vermoor nie. Ek wou. Alles in my het uitgeskreeu daarna, maar Christendogters doen net nie so iets nie. God het my voorgespring, hy is aan natuurlike oorsake dood. Met die nuus van sy afsterwe was ek twee mense, die een wat dankie, Here! sê, wat wil huil – nie omdat ek hartseer is nie, maar juis omdat ek so verlig is, so bly. Die ander een wat sê: ék wou dit doen, ék wou hom sien ly. Male sonder tal het ek voor daardie huis gesit met wraak in my hart, maar nooit die moed gehad om in te gaan nie, nooit die moed gehad om hom of my ma te konfronteer nie, nooit die moed gehad om hom dood te maak nie. Vandag dank ek God daarvoor. Want, ja, Hy is daar vir ons, ja, Hy luister. As ons maar net met Hom wil praat, as ons maar net wil vra.

En so word ek een oggend wakker met die besef dat die verlede verby is, dat ek vorentoe moet kyk, moet aangaan. Ek besef dat ek nie alle mans kan wantrou net omdat één man my misbruik het nie. En die Here stuur 'n wonderlike man op my pad, een wat my aanvaar net soos ek is, en Hy gee my twee pragtige kinders, wat die pyn van die verlede draagliker maak. Hy gee my die lewe waaroor ek altyd gedroom het. 'n "Normale" lewe. Ek is nie meer bang vir seks nie, daarvoor is ek my man dankbaar. En ek het geleer uit my ma en haar generasie se foute; ek práát met my kinders oor seks. Die goeie en die slegte. Ek leer hulle om nee te sê. Ek leer hulle om dit te skree! Want die onus rus op óns, die ouers. As ons hulle nie leer dat hulle die laaste sê oor hulle liggame het nie, wie sal? Ek lees onlangs in 'n tydskrif die volgende: *Dit lyk vanself-sprekend dat die kinders van hul ouers weggeneem moet word, maar soms kan die skeiding nog meer traumaties wees as die mishandeling. Seksuele molestering is nie altyd ge-welddadig of 'n onmiddellike bedreiging vir die welstand van die kind nie. Dikwels kom die ergste gevolge eers jare later te voorskyn.* En ek kan my kop net in ongeloof skud. Dit vat 'n baie sterk mens om ten spyte van jou verlede jou kop te lig en met die lewe aan te gaan. Ons kinders ís tog ons toekoms, watse toekoms bou ons met kinders wat in sulke situasies gelos word? Ek sidder by die gedagte wat van my sou geword het as ek nie uit daardie huis ontsnap het nie. Dié wat so maklik sê dat jy dit later vergeet, tyd heel alle wonde, maak 'n groot fout. Dit is iets wat jy nooit vergeet nie. Daarom slaap ek nou nog met 'n lig iewers in die huis aan. Daarom is dit nog steeds vir my baie moeilik om gewoon vriendelik met ouer mans te wees. Dit sal altyd deel van jou wees. Jy leer dalk net om dit beter te hanteer. Jy leer ook dat nie alle mense wat as kinders gemolesteer is, molesteerders word nie. Aan almal wat weet hoe dit is, wat weet hoe dit voel, wil ek sê: Sterkte! Ek dra almal van julle elke dag in my gebede op.

Die skrywer

196

Oor kindermolestering

deur Sharon Lewis *

Anna se storie gaan oor die trauma van seksuele misbruik by kinders. Seksuele misbruik of kindermolestering is die term wat gebruik word wanneer 'n kind vir seksuele bevrediging uitgebuit word.[1] Dit kan verskeie aktiwiteite behels, van 'n persoon wat homself aan 'n kind ontbloot tot onvanpaste aanraking tot verkragting.

Statistiek weerspieël beslis nie die omvang van hierdie misdaad nie, omdat dit deur geheimhouding omring word. Na beraming word vier persent van alle meisies en twee persent van alle seuns voor die ouderdom van sestien seksueel misbruik.[2] Die meeste mense vind dit moeilik om te aanvaar dat kindermolestering enigsins voorkom, wat nog te sê so algemeen. Kindermolestering kom in alle sosiale klasse en in alle gemeenskappe voor, en is nie beperk tot enige rasse- of ekonomiese groep nie.

Kindermolestering kan binne gesinne of families (interfamiliale misbruik, of bloedskande) plaasvind, of die molesteerder kan buite die familiekring wees (buite-familiaal). Misbruik in families word gewoonlik gepleeg deur pa's, stief-

* Skrywer van *An adult's guide to childhood trauma*

pa's en broers, hoewel vrouens ook molesteerders kan wees of daaraan kan meedoen. By buite-familiale molestering is dit gewoonlik mense soos babawagters, onderwysers, bure en vriende wat betrokke is. In die meeste gevalle ken die kind die molesteerder. Die meeste van hulle is manlik en het al baie jare lank kontak met die kind. Só 'n persoon word gewoonlik as betroubaar en ordentlik beskou, en die kind word dikwels in sy sorg gelaat.

Anna se ervaring van misbruik deur haar stiefpa ontlok baie vrae oor die soort mens wat kinders seksueel misbruik; die uitwerking van seksuele misbruik op kinders; en die behoeftes van persone wat misbruik is. Vir 'n kind is die familie die belangrikste basis van emosionele en praktiese ondersteuning. In gevalle van bloedskande is dit juis 'n familielid wat die trauma veroorsaak, en dus kan die kind nie hulp en steun soek by die mense van wie hy of sy die afhanklikste is nie. Hierdie situasie vererger dikwels die trauma. Om vasgevang te wees in 'n huislike kring waar chroniese geweld plaasvind, is al vergelyk met die ervaring om gemartel te word.

Kenmerke van kindermolesteerders

Kindermolesteerders het dikwels patriargale of outoritêre sienswyses, beskou vroue en kinders as hul besittings, en dink dit is hul reg om seksuele omgang met hulle te hê of om ander tipes fisieke geweld teen hulle te gebruik. Hulle word seksueel geprikkel deur kinders, en het soms probleme om 'n volwasse seksmaat te kry.[3] Volwassenes wat nie bevredigende volwasse verhoudings kan smee nie, is meer geneig om kinders seksueel te misbruik.

Die molesteerder se begrip en model van verhoudings met kinders sluit dikwels die gebruik van geweld in, en dit kan die gevolg wees van seksuele misbruik in die persoon se eie kinderjare. Die seksuele misbruik bevredig die een of ander emosionele behoefte by die molesteerder – moontlik die behoefte om ten volle in beheer te wees van 'n seksuele verhouding of 'n poging om vroeë ervarings van seksuele misbruik te herstel deur dieselfde scenario uit te speel.[4]

Seksuele molesteerders probeer toesien dat hulle in 'n posisie van verantwoordelikheid en gesag kom teenoor die kind. Dit maak dit makliker om alleen met die kind te wees en die kind te dwing of te oorreed om mee te doen aan die seksuele aktiwiteit. Die meeste gevalle van kindermolestering word sorgvuldig beplan en kan oor 'n lang tydperk plaasvind. Dit is makliker vir die molesteerder om toegang tot die kind te hê indien, soos in Anna se geval, die kind nie veel ondersteuning van die ander ouer kry nie, en die gesin sosiaal geïsoleer is.[5] Navorsing toon dat families waar bloedskande voorkom, dikwels emosioneel geïsoleer is, en dat die kind se gevoelens geïgnoreer word. Die dader dwing gewoonlik die kind om die seksuele misbruik toe te laat met dreigemente of beloftes van beloning. So 'n persoon gebruik soms ook alkohol en/of dwelms om die vrees om gevang te word of skuldgevoelens te demp.

Die kind se perspektief

Baie kinders word steeds geleer dat dit verkeerd is om vir 'n volwassene "nee" te sê. Kinders is vir die meeste van hul behoeftes totaal afhanklik van hul ouers – van liefde en toegeneentheid tot kos en blyplek. Volwasse molesteerders het die gesag en mag om te sorg vir ernstige nagevolge as die kind weier om hulle te gehoorsaam. Dit is moeilik en soms selfs gevaarlik vir 'n kind om weerstand te bied, en kinders is magteloos om die misbruik te stop. Kinders word dikwels liggaamlik en sielkundig gedreig om "nie te sê nie". Hulle leef in 'n voortdurende toestand van vrees en angs, nie net tydens die tydperk van misbruik nie, maar ook jare nadat dit opgehou het.

Bloedskande word gewoonlik vir lank weggesteek. Kinders hou die molestering geheim omdat die molesteerder dreig om hulle of ander familielede leed aan te doen as hulle vertel of weerstand bied. Ook Anna se stiefpa het dreigemente gebruik om te sorg dat sy nie vertel nie. Hy het haar laat skuldig voel, sodat sy skaam en bang was dat sy geblameer en gestraf sou word. Anna was ook bang, soos baie misbruikte kinders, dat haar ma en sussie sou swaar kry omdat die gesin uitmekaar sou spat as sy haar stiefpa van molestering aangekla het.

Seksueel misbruikte kinders voel dikwels skuldig omdat hulle meestal glo dat hulle op die een of ander wyse vir die molestering te blameer is. Die molesteerder laat die kind dikwels opsetlik skuldig voel deur te sê dat die kínd iets gedoen het om die molestering uit te lok, wat die kind onseker laat voel oor sy of haar rol in die seksuele attraksie van die grootmens. Sulke kinders voel gewoonlik dat hulle meer moes gedoen het om die misbruik te verhoed. Kinders kan self die verantwoordelikheid en skuld by die molesteerder oorneem en voel dat hulle "sleg" is. Miskien word hulle vertel dat dit "ons geheim" is, en dit versterk die gevoel dat hulle medepligtig is aan die seksuele aktiwiteit. Kinders kan hulle afsny van maats of familie omdat hulle skuldig en niks werd voel. Hierdie isolasie maak dit vir die molesteerder net nog makliker om voort te gaan met die seksuele misbruik.

Kinders voel dikwels dat as hulle iemand van die molestering vertel, die persoon hulle nie sal glo nie – veral omdat dit hulle woord teen dié van 'n volwassene is. En, as kinders

wel vertel van die seksuele misbruik, word hierdie vrees dik-
wels bevestig wanneer hulle verwerp of gestraf word. Dit is
'n tweede, diepgaande vlak van trauma. Toe Anna haar ma
probeer vertel het dat sy én haar kleutersussie misbruik word,
het die ma gewelddadig teenoor haar opgetree en uiteindelik
gekies om by die molesteerder te bly en Anna heeltemal te
verstoot. Dit is 'n vernietigende ervaring as 'n kind se ergste
vrese vir verwerping waar word. Dit is ook nie so 'n uitson-
derlike ervaring by slagoffers van seksuele molestering nie.
Gevolglik kan kinders 'n baie diep woede ontwikkel, nie net
teenoor die dader nie, maar ook teenoor die ma wat hulle nie
kan of wil beskerm nie.

Seksueel misbruikte kinders kan die volgende simptome toon:
- Vertrou skielik nie meer 'n welbekende volwassene nie, of
  probeer daardie persoon vermy
- Is skielik bang vir of vermy 'n bekende plek of plekke
- Ontwikkel 'n nuwe vrees om gebad te word, skoon klere
  aan te trek of 'n skoon doek te kry
- Seksuele kennis wat onvanpas is by die ouderdom
- Seksuele gedrag wat oormatig is of onvanpas by die kind
  se ouderdom: byvoorbeeld kompulsiewe masturbasie, of
  die uitspeel van volwasse seksuele gedrag met 'n ander
  kind of volwassene
- Verandering in buie, waaronder skielike wisseling tussen
  hartseer, prikkelbaarheid en ongewone woede
- Swak konsentrasie
- Skoolprestasie gaan agteruit
- Afwesigheid van skool
- Regressie na jonger gedrag: die kind begin byvoorbeeld
  duim suig of bed natmaak nadat hulle hierdie tipe gedrag
  reeds ontgroei het

- Afsondering van familie en vriende sodat die kind eensaam en geïsoleer raak
- Psigosomatiese klagtes (byvoorbeeld maagpyn en kopseer wat geen fisieke oorsaak het nie)
- Eetversteurings: skielike verlies aan aptyt, weiering om te eet, of oormatige ooreetpatrone
- Slaapversteurings: nagmerries, sukkel om aan die slaap te raak, te veel slaap, word dikwels wakker en sukkel om weer te slaap, wil skielik snags 'n lig aan hê
- Destruktiewe of aggressiewe gedrag: die kind verniel speelgoed of boeke by die skool, of wil ander kinders seermaak
- Selfleed: die kind kan hom- of haarself opsetlik seermaak, deur byvoorbeeld te krap of te sny
- Adolessente kan roekeloos, rebels of promisku raak
- Loop weg van die huis
- Probeer selfmoord pleeg (algemeen by adolessente meisies wat slagoffers van bloedskande is)
- Middelmisbruik

Die volgende fisieke simptome en mediese probleme kan ook spruit uit seksuele misbruik:
- Loop moeilik vanweë pyn of ongerief
- Ongewone vlekke op onderklere
- Irritasie, besering of infeksie van die geslagsdele
- Urienweginfeksies
- Seksueel oordraagbare siektes
- In adolessensie: pynlike maandstondes, afwesigheid van maandstondes, swangerskap

In party gevalle kan 'n kind wat seksueel misbruik is, géén van bogenoemde tekens toon nie. Tog beteken dit nie dat hulle nié seksueel misbruik is nie.

Die nie-betrokke ouer

Die nie-betrokke ouer se reaksie op seksuele molestering het 'n belangrike invloed op die kind. 'n Ma wat nie 'n kind ondersteun en beskerm nie, is 'n groot risikofaktor vir 'n gemolesteerde kind se geestestoestand. As Anna 'n goeie en warm verhouding met haar ma gehad het, en as haar ma Anna se bekentenis van die molestering ernstig opgeneem het, sou Anna se vrees en emosionele pyn veel kleiner gewees het.

Die kwessie van ma's wat nie hul kinders beskerm nie, is kontroversieel. Daar ís soms faktore wat dit vir die ma onmoontlik maak om te erken dat misbruik plaasvind. Ander ma's is gewoon nie ingestel op hul kinders se gevoelens nie, en dus let hulle nie gedragsprobleme by die kind op of voel aan as die kind swaar kry nie. Kommunikasie tussen ma en kind is dalk ook swak omdat die molesteerder geheimhouding by die kind afdwing.

Party ma's ignoreer of keur as 't ware bloedskandelike verhoudings tussen pa en dogter goed. Daar is verskeie redes hiervoor. Die ma wil dalk ten alle koste die gesin bymekaar hou. Hierdie ma glo gewoonlik dat as die bloedskandelike verhouding stopgesit word, die gesin noodwendig sal verbrokkel, met gevolglike vernietigende emosionele of finansiële gevolge vir die ma. Sy mag haar verhouding met die man, veral die seksuele sy, wil ontduik. Dit gebeur veral as die ma sielkundige probleme het, soos depressie. Sy mag ook bang wees as die molesteerder gewelddadig en gevaarlik is.

Die realiteit is dat ma's wat hul kinders finansieel kan versorg in 'n beter posisie is om hulle te beskerm. Dié ma's wat finansieel afhanklik is van die molesteerder, is in 'n veel moeiliker situasie en weet dat hulle sonder geld of heenkome sal wees. Dit illustreer hoe belangrik dit is dat ma's maatskaplike hulp kry sodat hulle die nodige stappe kan doen om hul kinders te beskerm.

'n Ma moenie die blaam kry omdat 'n ander volwassene haar kind seksueel gemolesteer het nie. 'n Ma mag wel skuldig wees daaraan dat sy duidelike tekens van seksuele misbruik miskyk of ignoreer. Dit is nog erger as 'n ma weier om te luister na haar dogter se pleitredes om hulp, of die dogter blameer vir wat gebeur. Tog berus die uiteindelike verantwoordelikheid vir bloedskande by die molesteerder.

Die gevolge van kindermolestering

Elke kind is uniek, dus sal die gevolge van molestering van mens tot mens verskil. Tog is dit waarskynlik dat seksuele misbruik uiters ernstige sielkundige gevolge op die kort termyn én die lang termyn kan hê as die kind nie geskikte behandeling ontvang nie. Daar is vier hooffaktore wat die sielkundige uitwerking op seksueel misbruikte kinders verklaar.[6]

Deur "traumatiese seksualisering" ontwikkel die kind wanopvattings oor seksuele gedrag. Seksualiteit kan geassosieer word met vrees, negatiewe emosies en herinneringe. Of, die kind mag voel dat die enigste manier om teerheid, liefde en aandag te ontvang, deur seksuele gedrag is. Gevolglik toon die kind óf oordrewe seksuele gedrag, óf vermy enige seksuele aktiwiteit. Volwassenes wat as kinders seksueel gemolesteer is, het dikwels verhoudingsprobleme en seksuele probleme.

Seksuele misbruik stigmatiseer die kind omdat die molesteerder die kind blameer en verkleineer, en die kind dwing om dit geheim te hou. As die misbruik op die lappe kom, kan ander mense ook die kind blameer. Gevolglik voel die kind skaam en skuldig, en ontwikkel 'n negatiewe beeld oor die self wat aanleiding gee tot probleme soos depressie, eetversteurings, vermyding van verhoudings en gedrag soos selfleed, middelmisbruik of selfmoord.

Die seksueel misbruikte kind ervaar verraad, dikwels juis deur die mense wat hom of haar eintlik moes beskerm het. Die aanvanklike verraad deur die molesteerder word dikwels bevestig en vererger deur verraad van ander volwassenes wat die kind blameer of weier om hom of haar te beskerm as die misbruik aan die lig kom. Hierdie verraad lei tot 'n verlies aan vertroue in ander mense en gevoelens van hartseer, intense woede en moontlike wraakfantasieë.

Kinders wat seksueel gemolesteer word, voel ook erge magteloosheid omdat hulle dit nie kon voorkom of verhoed het nie. Die kind kan hierdie ervaring van magteloosheid veralgemeen en 'n gevoel ontwikkel dat hy of sy 'n hulpelose slagoffer is, wat ook tot depressie en angs kan lei.

Volwassenes wat as kinders seksueel misbruik is, kan van die volgende probleme ervaar:
- Ongewenste en onwillekeurige herinneringe aan die misbruik (in gedagtes, gevoelens of nagmerries)
- Probleme met selfbeeld en selfrespek
- Sukkel om bevredigende en wedersydse vertrouensverhoudings te hê (is dikwels in disfunksionele of gewelddadige verhoudings waarin verdere mishandeling voorkom)
- Voel doods, afgesny van ander
- Seksuele probleme
- Middelmisbruik
- Eetversteurings
- Depressie

Daar is baie faktore wat die kind kan beskerm en verhoed dat die kind nog erger nagevolge van die molestering beleef. Dit is besonder voordelig as die kind 'n sterk band met die ander ouer het. Dit is ook belangrik vir die ander ouer om die kind te glo, te ondersteun en te beskerm. As die kind egter weggestuur word terwyl die molesteerder in die huis bly, versterk dit die kind se opvatting dat dit sy of haar skuld is, en dít is besonder ontstellend. 'n Goeie skoolomgewing, maatskaplike ondersteuning en finansiële sekuriteit is ook beskermingsfaktore.

Hulp vir 'n kind wat seksueel misbruik is

Volwassenes moet altyd goed na kinders luister, en glo wat hulle sê. Kinders jok selde oor seksuele misbruik. Daar is 'n groot gevaar van erge sekondêre trauma as die kind iemand wat hy of sy vertrou uiteindelik van die misbruik vertel, maar daardie persoon weier om te luister of reageer ongelowig.

As 'n kind 'n betroubare volwassene vertel dat hy of sy gemolesteer word, moet die persoon kalm en simpatiek bly. Dit is nie goed om te veel besonderhede oor die molestering te vra of die molesteerder onmiddellik met geweld te dreig nie. Die belangrikste is om die kind te laat voel sy is veilig en haar aan te moedig om, as sy so voel, oor die misbruik te praat maar sonder om enige druk uit te oefen.

As die ander ouer woede toon (selfs al is dit teenoor die molesteerder), kan dit die kind afskrik. Die kind moet besef dat mense nie vir haar kwaad is nie, maar wel vir die molesteerder. Volwassenes moet die kind gerusstel dat sy niks verkeerd gedoen het nie en dit duidelik stel dat dit nie haar skuld is nie. Hulle kan ook te kenne gee dat hulle bly is dat sy oor die misbruik praat.

Afhangende van die tipe seksuele misbruik behoort die kind dokter toe geneem te word om mediese probleme te behandel.

Die kind moet teen verdere misbruik beskerm word. Die Gesinsgeweld-, Kinderbeskerming- en Seksuele Misdrywe-eenheid (GKS) van die Suid-Afrikaanse Polisiediens is spesiaal opgelei om met kinderslagoffers te werk. Enigiemand wat vermoed dat 'n kind seksueel misbruik word, kan die GKS skakel, hulle hoef nie verwant te wees aan die kind nie. Organisasies soos Childline kan ook geraadpleeg word vir advies en sal inbellers verwys na die geskikte instansie, indien nodig.

In gevalle waar kindermolestering aan die lig kom, moet die ander ouer ideaal gesproke die kind beskerm en toesien dat die molesteerder die huis verlaat (met die hulp van die polisie of maatskaplike dienste, indien nodig) en dat so 'n persoon geen kontak met die kind het sonder behoorlike toesig nie. Dit is noodsaaklik om die kind en die molesteerder te skei, tot die molesteerder ten minste al 'n hele tydjie lid van 'n rehabilitasieprogram is.

In gevalle waar 'n kind erken dat hy of sy deur 'n ouer seksueel misbruik is, en sowel die molesteerder as die ander ouer ontken dit, moet die kind onmiddellik onder maatskaplike sorg geplaas word. As die kind teruggaan huis toe, kan die kind later, weens dreigemente en moontlike geweld, die misbruik ontken.

Die kind en/of die gesin behoort sielkundige berading te kry. Dit is gewoonlik baie belangrik vir die kind se genesing om te gesels oor wat gebeur het. Jong kinders kan hulleself dalk nog nie goed genoeg in woorde uitdruk nie, en hulle mag dit makliker vind om te teken of die gebeure met poppe uit te speel.

Individuele en groepsterapie is baie nuttig om seksueel misbruikte kinders te help om hul intense en verwarde gevoelens wat uit die molestering spruit, te verwoord en te verwerk. Sodoende bou hulle ook gesonde verhoudings met volwassenes en tydgenote op. Die ander ouer kan ook baie baat vind by terapie.

Die woord "slagoffer" is hierbo gebruik om kinders te beskryf wat seksueel misbruik is. Tog word seksueel misbruikte kinders nie noodwendig volgens hierdie etiket gebrandmerk nie en die misbruik bly nie noodwendig die sentrale ervaring van hul lewe nie. Vasberadenheid is die vermoë om weerstand te bied teen moeilike omstandighede en om te ontwikkel en te floreer, ten spyte daarvan. Navorsing het getoon dat baie kinders wat traumas soos molestering, oorlog of gestremdheid ervaar het, nie net oorleef het nie, maar beter toegerus is as gevolg van hierdie omstandighede. Vasberadenheid ontwikkel waarskynlik uit sowel die karaktereienskappe van die kind (soos sosiale vaardighede en intelligensie) as omgewingsfaktore (soos byvoorbeeld volwassenes wat die kind emosioneel ondersteun en die beskikbaarheid van rolmodelle).

Hoewel seksuele misbruik waarskynlik talle areas van 'n persoon se lewe sal beïnvloed, is hierdie gevolge nie noodwendig permanent nie. Herstel het plaasgevind wanneer die misbruik nie meer die sentrale en pynlikste fokus in die persoon se lewe is nie. Pynlike gedagtes en gevoelens is nie meer oorheersend nie en word vervang deur hoop en entoesiasme vir die toekoms.

Dit is nooit te laat vir 'n volwassene wat as kind gemolesteer is om hulp te kry nie, en daar is baie paaie tot herstel. Om te gesels oor die trauma en gepaardgaande uitwerking in 'n veilige, nie-veroordelende omgewing is 'n kritieke stap in

die herstelproses. Om vertrouensverhoudings met onder-
steunende, nie-veroordelende mense te vorm, kan ook help
om vertroue te kweek en die selfbeeld op te bou. Selfhelp-
boeke kan ook nuttig wees. Individuele psigoterapie kan 'n
veilige omgewing skep waar die persoon oor sy of haar ge-
dagtes en gevoelens rondom die trauma kan gesels, en ma-
niere kan vind hoe om dit te hanteer. Terapie en ondersteu-
ningsgroepe vir oorlewendes van seksuele misbruik is ook
besonder effektief, omdat die persoon dan ook van die erva-
rings van ander te hore kom en so sy of haar eie ervarings
makliker kan deel.

Die skrywer van *Dis ek, Anna* het haar ervaring van sek-
suele misbruik as kind oorkom deur haar dapperheid, intel-
ligensie en vasberadenheid. Haar vroeë ervaring van 'n lief-
devolle en ondersteunende verhouding met haar eie pa het
haar waarskynlik ook gehelp om hierdie erge teëspoed te
bowe te kom. Sy het voortgegaan om bevredigende en ver-
vullende volwasse verhoudings te vorm, en het waarskynlik
haar traumatiese ervarings verwerk deur daaroor te skryf.

Voorkoming van kindermolestering

Die grootste probleem wanneer dit kom by die voorkoming
van kindermolestering, is dat mense nie wil erken dat dit
gebeur nie. Daar is 'n groot behoefte aan openbare bewust-
heid, en die gemeenskap moet meer bewus raak van kinder-
molestering en ook meer op die uitkyk wees daarvoor. Ouers,
onderwysers en ander versorgers moet weet dat oortreders op
alle vlakke van die samelewing aangetref word, en dikwels in
gesagsposisies is.

'n Gebrek aan kennis maak kinders meer kwesbaar vir alle
vorms van misbruik en mishandeling. Kinders wat nooit ge-
leer is om "nee" te sê vir enigiemand nie, en wat niks oor

seks en seksualiteit weet nie, is meer kwesbaar. In enige program is dit egter moeilik om 'n balans te handhaaf tussen kinders toerus om hulleself teen misbruik te beskerm, en om hulle bang en wantrouig te maak. Die klem moet wees op veilig voel, eerder as op die aakligheid van molestering. As kinders weet dat volwassenes bewus is daarvan dat seksuele misbruik van kinders plaasvind, en dat grootmense hulle sal glo en nie geskok of kwaad sal wees nie, sal hulle makliker daarmee uitkom. Die wete dat dit met ander kinders ook gebeur, sal die kind minder alleen en gestigmatiseer laat voel. Hierdie vaardighede moet in al die fases van skoolleerplanne vasgelê word, van kleuterskool af verder. Ouers gaan nie altyd hul kinders hiervan leer nie omdat hulle in baie gevalle self die oortreders is.

Kinders moet geleer word van persoonlike en sosiale verhoudings sodat hulle bewus is van interpersoonlike misbruik in al sy vorme. As seks nie 'n taboe-onderwerp in die gesin of by die skool is nie, sal kinders meer openlik daaroor praat omdat hulle weet hul ouers en onderwysers is bereid om dieselfde te doen. Kinders moet geleer word om ag te slaan op hul gevoelens van ongemak in enige situasie, en om hierdie gevoelens te vertrou. Kinders moet weet dat enige aanraking wat hulle ongemaklik maak, op 'n plek of manier waarvan hulle nie hou nie, verkeerd of onveilig is.

Hoewel sulke bewustheidsprogramme kinders beter bemagtig, is dit onbillik om te verwag dat hulle hulself teen seksuele uitbuiting moet beskerm. Vanweë hul ouderdom is hulle in der waarheid magteloos, en hulle verstaan gewoonlik nie wat met hulle gebeur of wat hulle daaromtrent kan doen nie, veral omdat die oortreder in 'n gesagsposisie is.

Skole kan 'n atmosfeer skep waar seksuele misbruik bespreek kan word, sodat kinders makliker daarmee kan uitkom. Onderwysers moet bewus wees van die tekens van seksuele molestering by kinders. Dié wat kontak met die kind het, moet hul vermoedens opvolg om seker te maak die kind word beskerm teen verdere misbruik.

Die gemeenskap se houding teenoor seksuele misbruik van kinders bly een van ongeloof en ontkenning. Dit is baie moeilik om te erken dat kinders seksueel misbruik kan word deur volwassenes wat as betroubaar beskou word. Slegs deur bewus te raak daarvan sal kinders ondersteun en geglo, en hul pyn erken word. Dit is hoekom Anna se storie so belangrik is.

1 Carr, 1999
2 ibid.
3 Finklehor, 1984
4 ibid.
5 Carr, 1999
6 Browne & Finklehor, 1986

Bronne

Browne, A. & Finklehor, D. (1986). The impact of child sexual abuse: A review of the research. *Psychological Bulletin, 99,* 66-77.

Carr, A. (1999). *The handbook of child and adolescent clinical psychology: A contextual approach.* East Sussex: Brunner-Routledge.

Finklehor, D. (1984). *Child sexual abuse: New theory and research.* New York: Free Press.

Lewis, S. (1994). *Dealing with rape.* Johannesburg: SACHED Books.

Tolvry hulplynnommers

Childline
0800 055 555

LifeLine
0861 322 322

Stop Women Abuse-hulplyn
0800 150 150

Vigs-hulplyn
0800 012 322

Verdere leesstof

Lewis, S. (1999). *An adult's guide to childhood trauma: Understanding traumatised children in South Africa.* Kaapstad: David Philip.

Richter, L., Dawes, A. & Higson-Smith, C. (2004). *Sexual abuse of young children in Southern Africa.* Kaapstad: HSRC Press.

Webbladsye

www.childline.org.za

www.rapcan.org.za

www.rapecrisis.org.za

www.speakout.org.za